Nos en cœurs CHUTE LIBRE

Ce livre est une fiction. Les noms, caractères, professions, lieux, événements ou incidents sont les produits de l'imagination des auteurs utilisés de manière fictive. Toute ressemblance avec des personnages réels, vivants ou morts, serait totalement fortuite.

Image de couverture : © Depositphotos : Blokhin_Oleg
Couverture : Ariane Galateau

34-36 rue La Pérouse
75116 Paris
www.hugopublishing.fr
Collection dirigée par Franck Spengler
Ouvrage dirigé par Marie Maublan

Dépôt légal : juillet 2022
ISBN : 9782755696462
Imprimé en Espagne par CPI Blackprint

Valentine Stergann

Nos cœurs en chute libre

Hugo Poche

NEW ROMANCE®

CHAPITRE 1

Gladys
Le mec du Airbnb vient d'annuler
notre réservation, j'ai trop le seum.

Je jette un coup d'œil discret à la conversation WhatsApp de la « Team Rocket » et tente de ne pas me faire griller par mon supérieur qui anime une réunion assommante. Sa voix laconique me rappelle que travailler aux impôts n'était (et n'est toujours) pas la carrière dont je rêvais.

– Dites-le si je vous dérange !

Trop occupée à lire et relire le message de Gladys, je ne comprends pas immédiatement que c'est à moi qu'on s'adresse.

– Mademoiselle Lefebvre, s'impatiente mon patron.

Je manque de faire tomber mon portable et reporte mon attention sur mes collègues qui m'observent avec des yeux ronds.

– Je… Excusez-moi.

Après un roulement oculaire blasé, M. Charmant (qui n'a de charmant que le nom) reprend son speech interminable. Je griffonne quelques notes sur les nouvelles mesures en vigueur et réprime un bâillement.

Charly me tend la boîte de chocolats qu'une de nos collègues a apportée pour son anniversaire. Je louche sur les friandises, mais me ravise au dernier moment. Avant de les passer à Jeanne, j'hésite encore. J'aime tellement ça… Ce ne serait pas un drame, si…

– Ne vous faites pas prier, bon sang ! râle mon boss.

Il m'a prise en grippe dès l'instant où je suis arrivée au centre des impôts de Dijon. Un quinqua pimpant, tiré à quatre épingles (et avec un manche à balai dans le derrière). Piquant et revêche. Même Charly se la boucle quand M. Charmant est dans ses mauvais jours. Et pourtant, pour l'empêcher de se la ramener, il faut y aller !

Je pousse la boîte de chocolats vers ma voisine de gauche, les mains tremblantes, comme s'il s'agissait d'un colis piégé. Mon supérieur ricane d'un air mauvais.

– C'est bien la première fois que je vous vois refuser une sucrerie.

Charly se tend à mes côtés et ses sourcils se froncent. La remarque de mon boss pourrait passer comme une lettre à la poste si j'étais mince. Mais vu que mon IMC est loin de me considérer en « insuffisance pondérale », ça prend un tout autre sens.

Et comme je n'ai pas le cran de rétorquer quoi que ce soit, mon collègue est toujours prêt à montrer les dents à ma place.

– Ne me dites pas que vous préparez votre *summer body*, je n'y croirais pas ! insiste Charmant.

Tais-toi, Félicie. Ne fais pas de vagues.

J'ai pourtant envie de chialer, là, tout à coup.

– Alors, cette nouvelle circulaire… relance Charly.

D'un regard en coin, je le remercie. La réunion se déroule sans autres commentaires, même si je reste un peu dans la lune à force de repenser au message de Gladys. Ça signifie donc que nos « vacances » en Corse sont annulées ? Franchement, ça m'arrangerait. Je ne suis pas enthousiaste à l'idée de passer mes congés avec les potes de Gladys. (Après tout, quelles personnes saines d'esprit se surnomment la « Team Rocket » ?)

Dès que la réunion est terminée, je m'enferme dans mon bureau – en ayant pris soin de piquer un chocolat au passage, j'en ai bien besoin – et consulte mes nouveaux messages.

Mika
Nan, arrête, tu déconnes, Glad ?

Léo
La Team Rocket ne s'envole pas
vers la Corse, alors ?

Je lève les yeux au ciel. Mika et Léo sont aussi inséparables qu'insupportables. De vrais gamins qui adorent les références geek et sont un peu (beaucoup) lourdingues. C'est d'ailleurs d'eux que vient le surnom du groupe.

Joséphine
Croyez-moi, je n'ai pas fait
ce régime draconien pour rien !
Je VEUX me pavaner dans ma super
combinaison taille 34
sur la plage de Saleccia.

Ma mâchoire reste bloquée sur la noisette du chocolat. Je regarde mon corps et soupire.

Léa
Il nous faut une solution illico !

Pierre
Mika, j'ai peut-être une idée,
je t'appelle.

Mon téléphone résonne dans le bureau, signe que ma meilleure amie est en train de paniquer. Dès que je décroche, elle emprunte sa plus belle voix de *drama queen* :

– Je suis tellement dégoûtée, Félie !

– Oui, j'imagine.

– J'ai fouillé sur le site, il n'y a plus rien à louer. J'ai envie de chialer, je te jure. J'attends cette semaine de vacances depuis des mois. J'ai tout organisé, et forcément, ça tombe à l'eau.

– Je suis sûre que tu vas trouver une solution.

En vérité, j'espère que la poisse va continuer à la poursuivre. Je ne déteste pas la Team Rocket (à part

Joséphine, soyons clairs), mais je n'ai aucun point commun avec eux.

Ils sont fêtards ; je suis casanière.

Ils se prennent des cuites jusqu'au bout de la nuit ; je préfère boire du vin avec deux ou trois amis à la maison.

Ils adorent les activités à sensations fortes ; j'aime lire et dessiner (seule de préférence).

Autant dire que nous n'avons pas beaucoup d'atomes crochus.

– C'est une catastrophe ! chouine de nouveau Gladys. Pour la Corse, c'est mort. Tout est complet. La *team* va me tuer.

Je lâche un petit « hmm hmm », mais face à mon manque de réaction, ma meilleure amie devient soupçonneuse :

– Tu n'as pas l'air déçue…

– Si, si… Bien sûr que si.

Trop de « si » dans une même phrase.

En réalité, avec ses amis, je me trouve insuffisante. *Pas assez* fêtarde. *Pas assez* délurée. *Pas assez* drôle. Et surtout, aux côtés de Joséphine et Léa, *pas assez* mince. *Pas assez* belle.

Cependant, pour ne pas vexer mon amie d'enfance, je fais toujours un effort pour les voir une à deux fois dans l'année. Il paraît que « ça lui tient à cœur »… Alors, quand elle m'a demandé, il y a six mois, de me joindre à eux pour leurs vacances dans une superbe villa en Corse, je n'ai pas résisté à son regard de chien battu.

– Mika a mis un message sur le groupe ! s'exclame-t-elle soudain.

Je m'empresse de consulter la conversation en mettant Glad sur haut-parleur.

Mika
Comme Pierre me l'a conseillé,
j'ai passé un coup de fil à ma tante
Sandrine. Elle tient un camping
en Provence, près des gorges
du Verdon.
Il lui reste un mobile-home.
Elle propose de nous le réserver,
et même de nous faire une ristourne.
Ça vous dit ?

Vu comme Gladys s'excite à l'autre bout du fil, je crois qu'elle est partante. Et moi, le mot « camping » me file la nausée. J'y ai passé de super vacances avec mes parents lorsque j'étais petite, c'est vrai, c'était chouette quand j'avais dix ans. Ça le sera sans doute beaucoup moins à l'approche de la trentaine.

– Ce serait MER-VEIL-LEUX, non ? piaille ma meilleure amie.

Ce qui serait merveilleux, ce serait que je puisse passer cette semaine de vacances chez moi, à rattraper mon retard en séries, à jardiner, à dessiner, à lire de bons bouquins et à fignoler les robes que je suis en train de coudre.

Je me fais violence pour répondre avec un minimum d'enthousiasme :

– Pierre a souvent de bonnes idées. Ça doit être beau, les gorges du Verdon.

– Carrément ! Je te laisse, ma Félie, je vais appeler Mika pour confirmer tout ça.

Au même moment, M. Charmant déboule dans mon bureau en frappant à peine et sans attendre ma réponse.

– Mademoiselle Lefebvre, vous n'avez toujours pas terminé le dossier Fournier ?

– Euh… b… bientôt, bégayé-je en planquant mon téléphone sous ma cuisse.

– Bientôt quand ?

Lorsqu'il aperçoit le papier doré du chocolat sur mon bureau, il arbore un sourire machiavélique.

– Arrêtez donc de grignoter et mettez-vous au boulot !

Alors qu'il claque la porte derrière lui, je pousse un long soupir d'agacement.

J'ai peut-être besoin de ces vacances, finalement.

***

À J–1 avant le départ, je n'ai plus qu'une envie : recevoir enfin ma lettre pour Poudlard et quitter le monde des Moldus. Gladys m'envoie une multitude de messages pour s'assurer que ma valise est prête. Ma valise l'est. Pas moi. Quand j'ai raconté à ma mère que j'allais passer une semaine au camping, elle est restée silencieuse, puis a éclaté d'un rire irrépressible qui m'a vexée pour les dix années à venir.

– Toi ? Félicie ? Ma fille ? Dois-je te rappeler que tu as peur de tout ?

Si elle n'avait pas autant raison, je l'aurais sans doute envoyée bouler. Sauf que c'est vrai. J'ai peur de tout.

Du vide.

De l'eau (quand je n'ai pas pied).

De glisser (je chausse des crampons en hiver).

Des clowns.

Des poils dans la douche (avec mon ex, c'était l'enfer).

Des robinets mal fermés.

Des personnes déguisées.

Des esprits (en général, je négocie avec eux en leur disant « Ne venez pas, vous me faites peur » et jusqu'ici, ça fonctionne).

Au camping de tata Sandrine, je ne survivrai pas deux heures.

Je sursaute quand mon portable sonne. Kiwi, mon chat albinos, quitte précipitamment mon ventre en griffant mon bras au passage. Je grommelle quelques insultes et réponds enfin à ma meilleure amie.

– Féliciiiiiiie ! Ta valise est prête ?

Je grogne. Ce n'est que la dixième fois de la journée qu'elle me le demande.

– Tu es épilée ?

– Glad, je t'aime… Mais en quoi l'état de ma pilosité te concerne ?

– Je compte bien m'assurer que tu péchos dès demain. Depuis Carlo, c'est le désert, ma belle. Ça ne peut plus durer.

Il est vrai que mon expérience sentimentale n'est pas des plus florissantes. Il n'y a bien que mon dernier copain en date qui a tenu le choc en me fréquentant pendant trois ans. Et ça fait déjà deux ans que nous sommes séparés…

– La traversée du désert ne me déplaît pas.

Gladys souffle, et je l'imagine lever les yeux au ciel. Elle qui ne supporte pas de rester célibataire plus de trois mois ne comprend pas comment je peux me passer d'un homme. Je déteste cette société où le couple est vu comme le Saint Graal. Comme si être heureux célibataire était impossible.

– C'est le discours que tu sers à tout-va, mais pas à moi, Félie ! Je sais que tu rêverais d'un mec attentionné qui te masse les pieds quand tu rentres du travail.

– Je ne ferme pas la porte au grand Amour, mais ça n'empêche que je ne le recherche pas pour le moment.

– Tu as encore cette idée romantique où le prince Charmant arrive sur son cheval blanc pour te sauver de ta vie morose.

– Ma vie n'est *pas* morose !

– D'accord, raconte-moi ta journée.

Je roule des yeux. Ça sent le piège à plein nez. Parfois, je me demande pourquoi Gladys et moi sommes amies ; nous sommes si différentes.

Mais l'amitié ne se choisit pas. Peu importent nos divergences, nous nous aimons coûte que coûte.

Je prends une profonde inspiration :

– Je me suis levée à 7 h 30.

Gladys éclate déjà de rire, me vexant un peu au passage, mais je décide de ne pas m'en formaliser. Moi aussi je la charrie quand elle me dit qu'elle a mal aux cheveux après une soirée trop arrosée et qu'elle ne boira « *plus jamais !* » (la bonne blague).

– J'ai pris mon petit déjeuner sur la terrasse, j'ai marché autour du lac, j'ai cuisiné un poulet au curry, j'ai regardé *Les Douze Coups de midi*, je suis allée dans le centre de Dijon et j'ai dessiné les passants. Après, je suis rentrée et j'ai cousu avec Kiwi sur mes genoux. C'était une bonne journée.

– Une bonne journée pour mamie Félie !

– J'assume complètement.

– J'aimerais te croire, mais je pense surtout que tu te voiles la face.

Cette discussion commence sérieusement à me saouler. J'ai mes aspirations dans la vie, Gladys a les siennes. J'ai *vraiment* passé une excellente première journée de congés. J'ai besoin de ces instants de solitude pendant lesquels je me ressource.

– Pourquoi tu m'appelais, déjà ?

– Ne te vexe pas, ma Félie. Je dis juste que ça fait du bien de s'envoyer en l'air de temps en temps.

Je soupire pendant qu'elle continue sa croisade :

– J'aimerais tellement que tu sois épanouie, tu comprends ? Je ne souhaite que ton bonheur !

– Qui est l'idiot qui a affirmé qu'une femme a besoin d'un sexe masculin pour être épanouie ?

Glad bougonne.

– Je pense que tu as peur, Félie.

– Ah oui ? Et de quoi ?

– Tu as peur de reproduire les erreurs du passé.

Mes doigts se crispent autour du téléphone. J'avais vingt ans quand j'ai rencontré David. Je n'avais pas grande estime de moi et David était un beau parleur, racoleur, séducteur. Il lui suffisait de claquer des doigts pour avoir toutes les filles à ses pieds. Et pourtant… C'est moi qu'il a choisie. C'est moi qu'il a adulée pendant des semaines. Il m'a élevée au rang de princesse. Dans ses bras, je retrouvais la confiance dont l'adolescence m'avait privée.

Puis mon physique a fini par le rebuter. Les remarques ont commencé à pleuvoir et ses regards sont devenus de plus en plus dédaigneux. Depuis, je ne comprends pas qu'un homme puisse me désirer. Gladys pense que c'est dans ma tête, mais je n'en suis pas si sûre.

– Je suis fatiguée, Glad, je vais aller me coucher pour être en forme demain.

Cette discussion m'a épuisée. J'en veux un tantinet à ma meilleure amie de m'avoir sapé le moral. Je suis une femme indépendante, fonctionnaire, propriétaire d'une petite maison (tout à fait charmante) près de Dijon, dessinatrice à mes heures perdues, couturière à temps partiel. Mes journées sont chargées, et parfois je ne vois pas où je pourrais y caser un mec.

– J'ai tellement hâte d'être à demain ! trépigne Gladys.

Mon cœur se serre. Je souffle du bout des lèvres avant de raccrocher :

– Moi aussi.

Mais c'est faux, bien entendu.

CHAPITRE 2

Je dois me faire une raison : ces vacances au camping de tata Sandrine vont avoir lieu. J'ai déposé Kiwi chez ma mère, et elle en a profité pour en rajouter une couche en me souhaitant d'un air moqueur de « belles aventures ». Je n'aime pas les aventures, moi. J'aime quand c'est calme et réglé comme du papier à musique.

J'ai ensuite fait route jusqu'à Lyon pour récupérer Gladys avant de descendre jusqu'aux gorges du Verdon. Elle m'attend en bas de chez elle, chargée comme une mule et aussi rayonnante que le soleil. Ses grands yeux marron pétillent de mille feux, et elle a eu le temps de se faire quelques tresses. C'est Penelope Cruz en mode bohème. Pour ma part, j'ai sauté dans la voiture après un rapide coup de brosse dans ma crinière brune (fadasse), un peu d'anticernes et une pointe de rouge à lèvres pour donner du peps à mon teint pâle.

Derrière son énorme valise, Gladys a l'air encore plus petite qu'elle ne l'est réellement. Du haut de son mètre cinquante (quarante-neuf et demi, mais elle préfère arrondir), ma meilleure amie est le parfait exemple du proverbe « tout ce qui est petit est mignon ». Si elle s'est pris quelques remarques au collège, elle a vite rebondi et fait désormais de sa différence une force. Elle prend un malin plaisir à grimper sur les épaules de mecs baraqués pendant les festivals ou à accoster un bel homme pour qu'il l'aide à attraper un produit au supermarché.

Dès que je sors de la voiture, Gladys délaisse sa valise et me saute dessus pour me serrer contre elle. Même si je ne suis pas une grande fan de câlins, je l'enlace avec un large sourire.

– Féliciiiiiiie !

– Enfin réunies !

– Je suis tellement contente de te voir. Les semaines sont interminables sans toi.

Nous sommes copines depuis l'enfance, nos chemins se sont séparés au moment où Glad est partie à la fac à Lyon (où elle a rencontré la Team Rocket). Seules deux heures de route nous éloignent, mais avec son emploi du temps de ministre et nos jobs respectifs, on ne se voit plus assez souvent. Je rêverais de pouvoir passer cette semaine juste avec elle plutôt que de rejoindre la Team Rocket.

Je l'aide à mettre ses affaires dans le coffre, puis nous prenons la route pour le Verdon. À peine est-elle montée dans la voiture que Gladys pousse un long soupir de contentement :

– Cette semaine de vacances va être la bienvenue. J'ai dû virer deux employés ce mois-ci, ça commence à me peser sérieusement.

Glad est directrice des ressources humaines pour un grand groupe automobile lyonnais. Sa verve et son dynamisme sont des atouts primordiaux pour ce métier, même si je sais qu'elle prend parfois trop à cœur ses missions. Les licenciements ne sont pas une partie de plaisir, loin de là.

– Ton boss fait encore des excès de zèle ?

Elle lève les yeux au ciel.

– Franchement, il me les brise. S'il n'était pas aussi sexy, il serait impardonnable.

– Depuis quand le physique d'un mec rend ses actes excusables ? Ton patron est un con. Point barre.

Gladys éclate de rire.

– OK, Victor est un chouïa imbu de lui-même et légèrement condescendant. Mais je fonds devant ses beaux yeux gris, c'est plus fort que moi.

– Je préfère de loin le mec que tu as rencontré sur Tinder l'autre jour.

– Lequel ?

Je ricane. Gladys a tellement de prétendants qu'elle ne sait plus où donner de la tête.

– L'Italien qui cuisinait des lasagnes comme personne. Tu m'en as parlé pendant une soirée entière.

– Ah oui, lui… On n'était pas vraiment compatibles, au final… Il me parlait déjà d'avenir après le premier baiser.

– Ma vie sentimentale est peut-être déserte, mais la tienne est très difficile à suivre.

Nous échangeons un sourire complice. Encore un point sur lequel nous ne serons jamais similaires. Gladys sort son téléphone et me montre une photo d'un beau blond au teint hâlé.

– Je discute avec lui, en ce moment. Rafaël de son petit nom.

Elle me présente ensuite plusieurs profils et me vante les mérites de chacun. La présence de Glad est rafraîchissante, ça me permet *vraiment* de déconnecter. Alors que nous dépassons Manosque, elle s'écrie, en agitant son portable devant mon nez :

– Josie et Léa ont déjà posté des photos sur Insta. Le mobile-home a l'air ouf.

Du coin de l'œil, je repère Joséphine et Léa en bikini dans une allée de camping. Sur cette photo, on peut lire le message : « *On vous attend, les grosses !* »

Probablement l'œuvre de Josie. Si Léa ne parle pas beaucoup, Josie l'ouvre dès qu'elle en a l'occasion. Elle est vulgaire et mesquine, et je la soupçonne même d'avoir écrit ce message dans l'unique but de me blesser. J'ai bien compris qu'elle ne me portait pas dans son cœur, même si Glad est persuadée que je me fais des films.

– Mika, Léo et Pierre sont arrivés aussi, ronchonne ma meilleure amie. On est en retard ou quoi ?

– T'inquiète, le rendez-vous était fixé à 14 heures, on est largement dans les temps.

Glad continue à consulter son téléphone, puis se met à parler toute seule devant son micro :

– Si Félicie arrête de rouler comme une mamie, on peut espérer arriver dans moins de deux heures. Je suis tellement pressée de tous vous retrouver, les loulous ! Par contre, le premier qui boit l'apéro sans moi, je le renie à vie, *capiche* ?

En attendant une réponse de la Team Rocket à son vocal, je ne peux m'empêcher de sourire, c'est impossible de s'ennuyer avec Gladys. Malgré mon stress, je suis heureuse d'être à ses côtés. Je comprends désormais pourquoi j'ai accepté ces vacances de groupe : parce que j'adore lui faire plaisir. La vie est toujours plus lumineuse quand elle sourit.

***

Lorsque nous débarquons au Camping des pins, je réfrène de justesse un soupir las. Cet endroit est tout ce que je déteste. J'aperçois des papis en slips de bain qui jouent à la pétanque, un prof d'aquagym qui donne un cours tonitruant, et des mioches qui hurlent dans les allées.

Sartre avait tort. L'enfer, ce n'est pas les autres. L'enfer, c'est le camping.

Je gare la voiture sur le parking extérieur, puis nous sortons nos valises du coffre. Le soleil est haut dans le ciel et la chaleur déjà écrasante. Ma jupe longue me colle à la peau et le frottement de mes cuisses est de plus en plus désagréable tandis que nous avançons vers l'entrée. Je me maudis de ne pas avoir pensé à enfiler mon short de sport qui empêche les irritations, avant de partir. La friction de ma peau, ajoutée à la transpiration, est souvent insupportable. Entre ça et la sueur sous la poitrine qui me crée des rougeurs, l'été peut être un véritable calvaire pour moi.

Le camping porte bien son nom, il y a des pins tout autour de l'établissement. Même si l'endroit ne me paraît pas vraiment reposant, la verdure lui confère une ambiance accueillante et nous dépayse directement.

Quand nous arrivons à l'accueil, une femme d'une cinquantaine d'années aux cheveux gris coupés court et aux yeux bleus rieurs nous accueille, tout sourire.

– Bonjour les filles. Vous avez réservé ?

– C'est notre ami Mika qui l'a fait pour nous, explique Glad.

Le visage de la quinquagénaire s'illumine :

– Oh ! Vous devez être Gladys et Félicie, mon neveu m'a parlé de vous.

– Effectivement, c'est nous. Moi, c'est Félicie, et voici Gladys.

La gérante du camping nous observe avec toute la bienveillance du monde, mais mon stress parle pour moi :

– Vous pouvez aussi nous appeler « Laurel et Hardy »… *C'est moi Laurel, c'est toi Hardy, c'est moi le gros, c'est toi le petit.*

Elle éclate d'un rire frais et sincère qui me détend sur-le-champ, puis elle se penche pour me chuchoter à l'oreille :

– J'ai fait cette blague mille fois avant toi.

Maintenant que je la regarde de plus près, je comprends que nous faisons partie de la même équipe, elle et moi : *team* 44 et plus. Avec ses formes généreuses et ses fossettes, elle a tout de la tatie gâteau qu'on rêve d'avoir dans nos petits papiers.

– Je vais vous accompagner à votre mobile-home. Les autres n'attendent plus que vous.

Alors que Gladys me lance un regard assassin qui signifie clairement « fait chier, on est les dernières », je souris à la tante de Mika.

– Merci, madame.

– Appelez-moi Sandrine, vous voulez bien ?

Glad et moi hochons la tête à l'unisson avant de lui emboîter le pas. Nous tirons nos valises sur le chemin sableux. Tous les emplacements sont remplis et des éclats de rire résonnent un peu partout. Les enceintes Bluetooth sont de sortie, et tandis qu'un couple de retraités écoute du Eddy Mitchell, une bande de jeunes en face dégaine les meilleurs titres de Nekfeu.

Nous croisons une voiturette digne d'un épisode de *Camping Paradis* et Sandrine salue vivement son collègue.

– D'après Mika, vous êtes plus nombreux que prévu, nous informe-t-elle. J'espère que vous ne serez pas serrés comme des sardines.

L'un des campeurs, qui a entendu la réflexion de Sandrine, se met à chanter :

– *Ah qu'est-ce qu'on est serrés, au fond de cette boîte, chantent les sardines, chantent les sardines !*

Je jette un coup d'œil vers Gladys dans l'espoir que, tout comme moi, elle affiche une grimace de désespoir. Au contraire, elle est morte de rire et se met à fredonner aussi.

– Il y a de l'ambiance, dis donc, lancé-je avec ironie.

Sandrine me prend au mot et annonce fièrement :

– Les gens reviennent d'une année sur l'autre pour l'ambiance du camping. Je n'ai rien contre les nouveaux établissements plus chics, mais le *glamping*[1], ce n'est pas au goût de tout le monde. Ici, on sait s'amuser.

C'est bien ça qui me fait peur.

Une fois arrivées à notre emplacement, nous n'avons pas le temps de dire « ouf » que Mika nous saute dessus :

– Yo, la famille !

Il a une bière à la main et son short à fleurs est kitsch au possible. Cette ambiance m'agace déjà.

---

1. Contraction de « glamour camping ». Camping qui propose davantage de confort que dans le camping traditionnel et des séjours originaux (roulotte, yourte…).

Glad s'élance dans les bras de son ami, puis lui pique une gorgée de sa boisson. Quant à Sandrine, elle est happée par un Léo à l'air espiègle :

– Hey, *tatounette*, tu payes ta tournée ce soir, hein ? J'espère au moins qu'on va pouvoir boire un peu à l'œil pendant cette semaine de vacances.

La gérante du camping le fusille du regard.

– Ce fichu surnom ne m'avait pas manqué, grommelle-t-elle.

– Mais à moi, si !

Léo, grand brun au nez en trompette et au large sourire, sautille devant elle, tout heureux. Elle lève les yeux au ciel.

– Tu es encore moins mature que le jour où je t'ai rencontré.

– J'avais deux ans !

– C'est bien ce que je dis.

– *Tatounette*, tu abuses.

Sandrine s'esquive en m'accordant une petite tape d'encouragement sur l'épaule – *aidez-moi à m'enfuir, je vous en prie* – pendant que Léo part dans un grand rire.

La Team Rocket est rassemblée près du mobile-home. Ça sautille dans tous les sens, ça s'esclaffe de manière démesurée et ça me file le tournis. Mika a parlé de « famille », mais je ne m'en suis jamais sentie membre. Si j'ai été timide au départ devant ces personnages hauts en couleur, ils n'ont pas vraiment fait d'efforts pour m'intégrer (à part peut-être Pierre).

À chaque fois, c'est la même chose, je me sens extérieure à leurs délires et mise de côté.

Néanmoins, maintenant que je suis au Camping des pins avec eux, je vais devoir mettre de l'eau dans mon vin et tenter une approche pour ne pas être mal à l'aise toute la semaine. Je lance un sourire en direction de Pierre, adossé à un pin avec une canette de Coca. Il me répond d'un clin d'œil qui me déstresse un peu. Même si je sais que les autres ne sont pas méchants (enfin, pas tous), j'ai du mal à me détendre devant eux.

Mon regard passe de Mika (digne successeur de Patrick Chirac) à Léo avec son tee-shirt « Tous les chemins mènent au rhum », puis à Pierre, en retrait du groupe, qui sirote sa boisson. Quant à Léa, elle est assise à la table de notre jardinet, accrochée à Josie comme une moule à un rocher. Le sourire mesquin de Joséphine me pousse à dévier les yeux vers…

– Qu'est-ce que tu fiches ici ? grondé-je.

À droite de Léa, dans une chaise en plastique blanc passée d'âge, se trouve Carlo, mon ex. Presque affalé, des lunettes de soleil sur le nez et son éternel épi sur la tête, il affiche un petit sourire narquois qui me hérisse le poil.

– C'est moi qui l'ai invité, intervient Mika. Plus on est de fous, plus on rit, non ?

Je tourne brusquement la tête vers lui. Face à mon regard assassin, il recule.

– Du calme ! On dirait que tu vas mordre, Félicie.

– Non, mais j'hallucine ! C'est une blague !

Carlo perd immédiatement son sourire. Penaud, il se lève et s'avance vers moi, une main sur la nuque.

– J'avais besoin de cette semaine de détente, Félicie, tu comprends ? Je me suis dit que tu n'y verrais pas d'inconvénient. Ça fait deux ans qu'on est plus ensemble après tout, tu dois t'être remise de notre rupture, non ?

J'éclate d'un rire mauvais.

– Tu as zappé que c'est moi qui t'ai largué ?

En réalité, ça s'est fait au fil du temps, d'un commun accord. C'est juste moi qui ai eu le cran de poser le mot « séparation ». Notre relation n'avait rien de magique. On s'est mis ensemble par la force des choses, un peu pour faire plaisir à nos amis aussi. Ni lui ni moi n'étions amoureux. On s'est juste habitués l'un à l'autre, jusqu'à se lasser.

Étrangement, la rupture a été assez électrique, Carlo ne supportant pas d'être mis sur la touche. Nous ne sommes pas restés en très bons termes, c'est peu de le dire…

– Arrête ton cinéma, Félicie, ce n'est pas un drame, ronchonne-t-il d'un ton las.

– Passer une semaine avec mon ex n'est pas l'idée que je me fais des vacances.

J'évite le regard de Carlo pour ne pas m'énerver davantage. Alors que Josie affiche un sourire moqueur, je m'éloigne un peu pour me poster aux côtés de Pierre qui est le seul à m'accorder une moue compatissante.

– On a dit à Mika que c'était une mauvaise idée, m'assure-t-il. Mais tu sais bien que ce grand benêt n'en fait qu'à sa tête.

Je roule des yeux, puis finis par admettre :

– Le connaissant, ça ne partait pas d'une mauvaise intention.

Pierre hoche la tête pour confirmer. Avec un petit sourire, il me pousse un peu de l'épaule et nous retournons auprès des autres. À peine avons-nous mis un pied sur notre emplacement que Mika annonce :

– Bon, vous êtes les dernières arrivées, les filles !

– Vous êtes surtout tous arrivés en avance, grommelle Gladys.

Mika l'ignore en beauté et poursuit :

– Je suis au regret de vous annoncer qu'il n'y a plus de place dans le mobile-home.

– Pardon ? s'égosille ma meilleure amie. On était censés être sept, ça passe crème, non ?

– Sauf qu'il y a Carlo en plus.

Il va faire suer jusqu'au bout, celui-ci !

– Et un collègue de Pierrot, aussi… Mais ne vous inquiétez pas, ma tante vous a trouvé une tente et… Tiens, c'est drôle, ça ! Ma tante… Une tente…

Mika ricane d'un air gêné face au regard meurtrier de Glad.

– Une tente ? hurle-t-elle. J'ai une tronche à dormir sous une tente ? Est-ce que je dois te rappeler que j'ai des problèmes de dos et que…

– Je peux dormir dans la tente avec Félicie, si besoin.

Je mets un temps fou avant de comprendre qui vient de parler. Quand je saisis qu'il s'agit de Carlo, une vilaine nausée me noue l'estomac. L'idée de dormir sous une tente, entourée de bêtes en tout genre et de bruits bizarres, ne m'enchante pas beaucoup. Mais alors avec mon ex… *Fausse bonne idée !* D'un, il ronfle. De deux, il parle beaucoup (énormément). De trois, j'ai l'impression que ça lui ferait trop plaisir (et je me demande pourquoi).

Mika se tourne vers moi pour obtenir mon approbation.

– Et pourquoi pas Josie ou Léa ? osé-je demander.

Joséphine éclate d'un rire moqueur.

– J'ai des allergies, c'est impossible.

Je lève les yeux au ciel, agacée.

– Léa aussi ?

La poupée de Josie, aussi blonde que son amie est brune, affiche un sourire machiavélique et papillonne des cils.

– Je ne laisserais ma meilleure copine pour rien au monde.

J'essaie de soudoyer Pierre et Léo avec une œillade larmoyante, mais je les soupçonne de regarder volontairement ailleurs.

– Ça ne me gêne pas de dormir sous la tente, annonce soudain une voix blasée.

Je tourne brusquement la tête, à la recherche de l'auteur de cette proposition. À mes côtés, Pierre me souffle :

– C’est mon collègue de boulot, tu verras, il n’est pas méchant.

Lentement, je coule un regard en direction du mec qui vient de sortir de l’arrière du mobile-home. Il s’agit d’un grand type blond aux yeux bleus intimidants et à l’air beaucoup plus sérieux que l’ensemble du groupe réuni.

Devant ce beau mec, Josie change immédiatement son fusil d’épaule, c’est à peine si un filet de bave ne coule pas de ses lèvres entrouvertes. Elle lève la main, comme à l’école.

– Je veux bien dormir sous la tente, tout compte fait.

C’est vrai que le collègue de Pierre est sexy. Sous son tee-shirt qui lui colle à la peau à cause de la température, on peut imaginer un pack d’abdos bien dessinés et des pectoraux fermes. Sa mâchoire carrée légèrement tendue, il scrute Joséphine de la tête aux pieds pendant de longues secondes. Je sais déjà comment cette semaine de vacances va se dérouler : les deux bombes du groupe vont s’enticher l’une de l’autre. Cliché de base.

J’aimerais que tout soit aussi facile dans ma vie que pour les filles comme Josie.

Glad s’approche de sa peste de copine et lui tapote l’épaule en se moquant :

– Pense à tes allergies….

Le collègue de Pierre tourne les yeux vers moi. Comme il l’a fait avec Joséphine, il me reluque de la tête aux pieds et ma gorge se serre. Il affiche un rictus que je ne parviens pas à interpréter, puis lance :

– Si tu veux bien de moi…

Je peine à déglutir correctement, enivrée par les notes rauques de son timbre. Comme je ne trouve rien à dire (ou du moins pas assez rapidement), Mika acte, fatigué par nos tergiversations :

– OK, donc Félicie et Andrès dormiront sous la tente.

J'ignore les moues déçues de Carlo et Josie.

La seule chose que je vois, c'est le regard aussi intense qu'énigmatique que pose mon futur colocataire sur moi.

Andrès.

CHAPITRE 3

Carlo s'est tout de suite proposé pour nous aider, Andrès et moi, à monter la tente. Je constate qu'il n'a pas changé depuis notre rupture : il est toujours aussi bavard et épuisant.

– J'ai regardé la météo sur mon téléphone ce matin et il est prévu du beau temps. C'est vraiment génial. Je suis content d'être là. Je pense que nous allons passer une semaine merveilleuse.

Et bla bla bla et bla bla bla.

Andrès soupire. Je le comprends. Même si Carlo peut être un chic type, il est aussi envahissant. Avec lui, il faut accepter de ne plus avoir l'occasion de goûter aux bienfaits du silence. Il continue, encore et encore :

– Heureusement que Mika a une tante qui bosse dans un camping, sinon les vacances seraient tombées à l'eau. Ça aurait été trop dommage. C'est compliqué pour moi en ce moment au boulot et…

Je n'écoute plus mon ex qui se lance dans un nouveau monologue interminable. Je me concentre tant bien que mal pour planter des sardines malgré le regard insistant d'Andrès. Depuis que nous avons commencé l'installation, il n'arrête pas de me lancer des coups d'œil appuyés qui, je dois bien l'avouer, me mettent mal à l'aise.

– Et toi, tu fais quoi dans la vie ?

Carlo s'adresse à mon voisin, qui sursaute un peu, pris en flagrant délit d'inattention.

– Je suis prof.

Les clichés ont la dent dure, mais je dois bien avouer que je ne l'imaginais pas du tout enseignant.

– Ah ouais ? De quoi ? questionne Carlo.

– Sport.

Je grimace. La pire des matières qu'il puisse enseigner. Mes premiers souvenirs traumatisants remontent au CE2, quand l'intervenant sportif m'a contrainte à faire une roulade et que je me suis bloqué les cervicales. Je ne dis pas que tous les profs de sport sont à mettre dans le même panier, mais jusqu'ici, seule l'une d'entre eux a su se montrer bienveillante à mon égard.

C'est peut-être pour ça qu'Andrès me scrute aussi intensément ; il doit déjà être en train d'imaginer un programme de fitness adapté.

Carlo s'exclame, mort de rire :

– Encore un qui est payé à rester assis sur un banc pour regarder ses élèves courir.

J'écarquille les yeux, choquée. À mes côtés, le blond ne bouge plus et fixe Carlo, la mâchoire serrée.

– Tout à fait. Et quand je ne suis pas assis sur un banc, je suis en vacances.

Je baisse la tête en essayant de ne pas pouffer. Au moins, il pratique l'autodérision.

– C'est toi qui le dis ! se marre Carlo, imperméable au sarcasme d'Andrès.

Nous continuons à monter la tente sans un mot, hormis mon ex qui ne cesse de chanter *Que Dieu me pardonne* de Kendji Girac et Claudio Capéo. Moi, j'ai surtout envie que Dieu lui dise de se la boucler. Entre ça et les regards insistants du collègue de Pierre, je suis à deux doigts de l'implosion. Il faut que je trouve une parade pour me sortir de là !

– Qu'est-ce qu'il fait chaud, hein ! Je vais boire un coup.

Je me lève d'un bond et laisse en plan les deux hommes. Carlo continue à s'égosiller et Andrès semble avoir envie de lui faire avaler une sardine. Je ricane dans leur dos et capte une dernière fois le regard du beau blond qui, après m'avoir matée de bas en haut, m'adresse un sourire (machiavélique ou séducteur, aucune idée). Je file en vitesse, les joues rougissantes.

Quelques mètres plus loin, je tombe sur Gladys, Joséphine et Léa, serviettes sur l'épaule et lunettes de soleil sur le nez.

– On va à la piscine, m'explique Léa. Elle a l'air énorme et l'animateur est *absolument* canon.

Cette banale proposition de baignade me hérisse le poil. Me balader à la piscine aux côtés de bombes atomiques comme Josie ou Léa, très peu pour moi. Depuis aussi longtemps que je me souvienne, je suis en surpoids. Les gens préfèrent toujours dire que je suis « ronde » ou « bien en chair » – enfin, les plus gentils. En réalité, ils savent que je flirte dangereusement avec l'obésité, ce mot qui paraît effrayer tout le monde (comme *celui-dont-on-ne-doit-pas-prononcer-le-nom*).

– Tu viens avec nous, ma Félie ?

Gladys tente une moue enfantine pour me faire céder. J'adorerais, mais c'est trop tôt. J'affronterai l'épreuve du maillot de bain plus tard.

– Mika, Léo et Pierre font une partie de pétanque, je vais aller jouer avec eux.

– Quel garçon manqué ! se moque Josie.

Qu'est-ce que ça peut lui foutre si je préfère la pétanque à la piscine ?

Je la dévisage, tandis qu'un silence pesant s'immisce entre nous. Gladys pose sa main sur mon bras, comme si elle m'intimait de ne rien rétorquer. Je me contente de sourire le plus naturellement possible.

– Amuse-toi bien, ma Félie.

– Et je compte bien leur mettre la pâtée !

Sans attendre de réponse, je leur tourne le dos et prends la direction du terrain de pétanque.

***

Les gars, ravis que je les rejoigne (et déjà éméchés en plein après-midi), me proposent un verre pour, je cite, « me mettre dans l'ambiance ».

– Je vais boire un pastis ! braille Mika. Et Félicie…

– … aussi, chantonnent en chœur Léo et Pierre.

– Bravo, les gars, c'est la première fois qu'on me fait cette vanne. Très innovant.

Les trois gaillards sont morts de rire. Mika nous sert en Ricard, puis nous encourage à nous rapprocher pour trinquer.

– Pastis par temps bleu, pastis délicieux !

Ce mec est un cliché ambulant, et je suis certaine qu'il en joue. Nous dégustons nos boissons sur un muret, les cigales en bruit de fond. En contrebas, nous avons une vue imprenable sur le lac du Verdon où bon nombre de campeurs s'adonnent aux activités nautiques. L'eau y est si pure que nous pouvons voir d'ici de petits cailloux mordorés dans le fond. La Corse était sans nul doute une destination incroyable, mais je suis certaine que la Provence est pleine de promesses.

Les garçons rattrapent le temps perdu et se racontent leur vie (de vraies pipelettes).

– Je me suis blessé au genou au rugby, se plaint Mika.

Léo arbore une moue inquiète :

– Ah ouais, tu t'es pris un mauvais coup ?

– Euh… Pas vraiment. C'était pendant la troisième mi-temps, j'étais un peu trop bourré et je suis tombé de la table.

Pierre lève les yeux au ciel, un fin sourire amusé sur les lèvres.

– Mais qu'est-ce que tu foutais sur la table, encore ?

– Je chantais la *Peña Baiona*.

– Le Pays basque aura raison de toi…

Après leurs études, les membres de la Team Rocket se sont tous dispersés aux quatre coins de la France. Pierre travaille à Saint-Brieuc, Mika à Biarritz, Carlo près de Dijon, comme moi, tandis que Léo, Josie et Léa habitent du côté de Paris et sa banlieue – et Gladys à Lyon. C'est plutôt touchant de constater que cette bande de potes parvient à garder le contact malgré la distance.

Mika grimpe sur le muret, son verre en l'air et l'autre main sur le cœur.

– Je crois que j'ai toujours été basque dans l'âme.

Les yeux fermés et avec un air beaucoup trop sérieux, il chante d'une voix grave :

– *Allez, allez, les bleus et blancs de l'Aviron bayonnais, c'est la Peña, c'est la Peña Baiona !*

– Descends de là, se moque Pierre. Tu vas encore te casser une jambe.

Léo, originaire de Lyon comme son ami d'enfance, s'offusque :

– Et les bouchons lyonnais ? La fête des Lumières ? Le parc de la Tête d'or ? Tu renies d'où tu viens, Mika !

Leur dispute (un brin théâtrale) me fait éclater de rire.

– T'en penses quoi, toi, Félicie ? m'interroge sérieusement Léo. Tu comprends que Mika puisse à ce point retourner sa veste ?

– J'en pense surtout qu'il n'y a rien de meilleur que la moutarde de Dijon.

Les garçons s'esclaffent à leur tour, puis Mika descend du muret sous le regard assassin de Léo. Histoire de clore le débat, Pierre change de sujet de conversation :

– Je suis désolé pour le coup de la tente, Félicie. Mika et moi, on était convaincus que le mobile-home pouvait accueillir jusqu'à dix personnes. Du coup, on a mal calculé, et…

– C'est vous deux les coupables, en fait ! s'exclame Léo. C'est à toi et Mika de dormir sous la tente !

L'air offusqué des deux magouilleurs vaut tout l'or du monde.

– Nan, mais… C'est Pierre qui m'a suggéré d'appeler ma tante, hein ! Sans nous, les vacances seraient tombées à l'eau. On mérite une place dans le mobile-home.

Léo roule des yeux, peu convaincu, pendant que Mika bombe le torse d'un air fier. Ces deux-là sont à la fois inséparables et toujours en train de se charrier. Ils se lancent des grimaces comme des gamins, pendant que Pierre me propose :

– Si tu veux, je peux dormir avec Andrès à ta place. Léo a raison, c'est en partie ma faute.

– Ça va aller, t'inquiète. J'ai passé plusieurs vacances sous une tente avec mes parents, je devrais survivre.

Je n'ai jamais été adepte de ces nuits peu réparatrices, mais je m'y suis habituée avec le temps.

Pierre affiche un sourire crispé, sans doute se sent-il coupable de me mettre dans une telle situation. Ce grand roux à la peau très pâle a toujours été le membre de la Team Rocket avec lequel je m'entends le mieux. J'apprécie sa discrétion et son pragmatisme. Parmi les amis de fac de Gladys, il est celui qui me ressemble le plus. Je ne peux que sourire quand ses petits yeux clairs me coulent un regard désolé qui m'attendrit.

– Je survivrai, Pierre. Comme Jean-Pierre François.

Il pose sa main sur mon épaule et penche la tête sur le côté.

– Je t'aime bien, Félicie. Mais arrête ce genre de blagues, OK ?

Pour enfoncer le clou, je me mets à fredonner :

– *Je te survivrai d'un amour vivant, je te survivrai dans des yeux d'enfants*.

Pierre se frappe le front avec la paume de sa main, alors que Mika et Léo s'époumonent avec moi.

Une fois notre interlude musical terminé – et après avoir rattrapé Pierre qui voulait éviter de perdre toute crédibilité en restant à côté de nous –,

Mika vide son verre puis se lève d'un bond, prêt pour la pétanque.

– En équipe ? Je joue avec Pierrot.

Léo arbore un air blasé.

– N'espère pas gagner, je me suis amélioré depuis l'été dernier.

– On joue à la pétanque à toutes les vacances, et tu perds quasiment toujours, Léo ! Il faut te faire une raison, tu es nul !

Les trois potes se charrient pendant que je termine mon Pastis. Bien rafraîchie et déjà un brin pompette, je me poste au côté de Léo pour débuter la partie.

– On va leur mettre la pâtée ! assuré-je en mimant quelques squats d'échauffement.

– Ils sont trop sûrs d'eux, de toute manière.

Au premier tir de Mika, Léo fait semblant de le chatouiller, mais son ami reste de marbre et place la boule si proche du cochonnet que ma mâchoire se décroche. Nos adversaires bombent le torse et se dandinent comme deux coqs dans une basse-cour.

– J'ai été joueur pro de pétanque dans une autre existence, se vante Mika.

Léo lève les yeux au ciel, et, les sourcils froncés, se concentre sur son tir. Même si ce n'est qu'un jeu entre potes, je vois bien qu'il prend cette partie au sérieux. Lorsque la boule ricoche sur un gravier qui fait dévier sa trajectoire, il pousse un cri de désespoir digne d'un César. Pierre joue à son tour et, comme celui de Mika, son tir est réussi. Lorsque c'est à moi de tenter ma chance, je lance un sourire crispé à Léo.

– Tu ne m'en voudras pas si…

– Si, je t'en voudrai beaucoup. La pétanque, c'est sacré. On joue avec son âme ou on ne joue pas.

Mon essai n'est pas si mauvais. Je cale ma boule entre celles de nos adversaires.

– Tu as du potentiel, chère partenaire.

Le compliment de Léo m'arrache un rire. Plus les manches s'égrènent, plus je me surprends à me sentir à l'aise et à ma place. Cette nouvelle complicité me fait un bien fou. Alors que nos équipes sont au coude à coude, Léo s'approche de moi et place ses mains sur mes épaules avant de me chuchoter :

– J'ai foi en toi, Félicie. Il faut faire taire ces vantards, OK ?

Mika et Pierre dansent déjà, convaincus de remporter la victoire. Léo me scrute tandis que je me focalise sur mon dernier coup. Il scande mon nom pour m'encourager.

– L'important, c'est de participer, se moque Mika.

Déconcentrée, je lance la boule sans véritablement viser et…

– Oh la vache !

Les trois garçons ont crié à l'unisson, les yeux écarquillés. Sans le faire exprès, j'ai viré la boule de Mika, et la mienne s'est nichée à sa place, collée au cochonnet. Léo se met à courir dans tous les sens, mettant son tee-shirt sur sa tête, comme le font certains footballeurs. Mais le plus drôle, ce sont les tronches de six pieds de long que tirent Mickaël et Pierre. Ils accusent difficilement leur défaite, alors que Léo s'élance vers moi et m'attrape par la taille pour me faire voler dans les airs. Lorsqu'il me repose sur la terre ferme, mes joues me brûlent.

– Tu as pris de la potion magique pour me soulever aussi facilement ?

– Non, mais je suis manutentionnaire, ça aide.

Quand il se rend compte de ce qu'il vient de dire, Léo devient écarlate puis bredouille des excuses maladroites. J'éclate de rire.

– C'est plutôt bon pour mon ego, que tu arrives à me porter !

– Je ne vois pas où est l'exploit, grommelle une voix derrière nous.

Un frisson serpente le long de ma colonne vertébrale.

Andrès.

Je déglutis avec peine, un tantinet nerveuse à l'idée de recroiser ce regard déstabilisant. Léo lui lance une œillade circonspecte, tandis que Pierre se passe une main gênée sur la nuque. Andrès est (vraiment) beau garçon, personne ne peut prétendre le contraire. Mais ce qu'il dégage est plus séduisant encore. Une espèce d'aura magnétique et énigmatique.

C'est sûrement pour cette raison que je le dévisage, et apparemment un peu trop longtemps, puisque

Mika me file un coup de coude discret pour m'aider à reprendre contenance.

– Ferme la bouche, me chuchote-t-il.

À nouveau, mes joues s'échauffent et je déglutis avec peine. Je secoue la tête une seconde, tandis que le blond continue à me sonder d'un air indéchiffrable.

– Au cas où tu ne l'aurais pas remarqué, je ne suis pas légère comme une plume.

Le prof de sport hausse les épaules, puis s'installe sur le muret sans un mot. Ce mec est quand même bizarre… Il débarque comme un cheveu sur la soupe avec ses remarques étranges et sa mine blasée, pour ensuite me lorgner comme un lion reluquant sa proie. Heureusement que Pierre m'a assuré qu'il est sympa, parce que là, comme ça, j'ai plutôt l'impression que je vais partager ma tente avec un sociopathe.

– J'ai un truc sur le visage ? demandé-je spontanément.

Les trois autres garçons haussent un sourcil tandis que les lèvres d'Andrès s'ourlent d'un rictus. Ça le fait marrer, en plus !

Agacée, je lève les yeux au ciel au moment où Mika propose :

– Une revanche ?

Pour être franche, la présence de mon voisin de tente me donne envie de déguerpir. Je hausse tout de même les épaules, bien décidée à leur mettre encore une raclée.

– D'accord, si vous êtes prêts à perdre… Encore.

– Tu veux jouer ? propose Pierre à son collègue.

Il se contente de refuser d'un signe de tête. Les garçons ne s'en formalisent pas et la partie commence. Personne ne lésine sur les vannes pour déstabiliser l'adversaire. C'est toujours bon enfant, mais j'ai nettement plus de mal à me concentrer, entre ça et Andrès qui nous observe de loin.

Ou plutôt, qui m'observe.

Moi.

Perturbée, je rate chacun de mes tirs.

– Non, mais Félicie, râle Léo. Je pensais sérieusement nous inscrire au championnat de France de pétanque… Il t'arrive quoi, là ?

Je jette un coup d'œil vers Andrès qui continue à me reluquer de la tête aux pieds. Quand il croise mon regard, ses lèvres s'étirent en un nouveau sourire énigmatique (et diablement sexy). Je ronchonne dans ma barbe, encore plus quand Mika et Pierre se moquent ouvertement de notre défaite, fiers comme des paons. Les garçons se resservent en Pastis, puis en offrent un à notre spectateur en s'installant de nouveau sur le muret.

Je décline le gobelet que me tend Mickaël – mon estomac ne tiendra pas la marée si ça continue.

– Ce soir, c'est « *rouge et noir party* » ! s'exclame Mika.

– Comme la chanson de Jeanne Mas ?

Content de sa blague, Léo se met à chanter à s'en casser la voix. Il n'y a pas que moi qui ai un coup dans le nez et des références de vieux, de toute évidence.

– Les femmes doivent porter quelque chose de rouge, et les garçons, du noir, explique Mickaël. Et bien sûr, on y va tous ensemble !

Tout ce kitsch… C'est beaucoup trop pour une première journée. Devant mon air dubitatif, Mika se justifie :

– Je sais que ça peut paraître un peu cliché comme ça, mais tu vas te marrer, Félicie. Promis. Les soirées de ma tante sont réputées dans toute la région. On devrait aller se préparer, d'ailleurs. Il est déjà 18 heures.

Mika et Léo filent alors que Pierre attend son collègue.

– Tu viens ?

– Je vous rejoins.

La voix d'Andrès est singulière. Grave, légèrement hautaine, et pourtant apaisante.

Au moment où je m'apprête à suivre Pierre pour quitter le terrain de pétanque, une main puissante (mais terriblement douce) s'empare de mon poignet. Mon ami continue à avancer sans remarquer mon absence.

Je me retrouve nez à nez avec le prof de sport, ses yeux bleus plantés dans les miens. Je tente de rester naturelle, mais c'est peine perdue. Je devrais m'offusquer : après tout, on ne se connaît pas, pourtant mes mains deviennent moites, les battements de mon cœur s'accélèrent et je baisse la tête pour observer ses doigts qui entourent ma peau.

De sa main libre, il place son index sous mon menton pour m'encourager à le regarder à nouveau. Je m'attarde un peu trop longtemps sur ses lèvres rosées entrouvertes et ne parviens pas à réprimer un frisson. Il doit remarquer mon trouble car il arbore un fin sourire taquin.

Qu'est-ce qu'il me veut, bon sang ?

Toute tension s'évapore d'un coup lorsqu'il me dit de sa voix rocailleuse :

– Tu es très bien comme tu es. Ne te laisse pas berner par les gens qui disent que tu n'es pas assez.

D'un geste brusque, je dégage mon bras. Sa main retombe sur ses cuisses et il ne cille pas lorsque je bondis loin de lui. Je hais ce genre de mecs qui pensent tout savoir sur les femmes et se la jouent condescendants. Je n'ai pas besoin de ses conseils ou de ses prétendus compliments. Certains de mes ex ont fait ça, eux aussi. Ils m'ont amadouée avec leurs mots les plus doux pour ensuite m'asséner les coups les plus durs.

– Le jour où j'aurai besoin d'une psychanalyse, je te sonnerai.

J'ai à peine le temps de remarquer un rictus indéchiffrable se dessiner sur ses lèvres que je tourne vivement les talons, agacée.

Mais pour qui il se prend, celui-là ?

CHAPITRE 4

Lorsque j'arrive à notre emplacement, c'est l'effervescence. Les filles ne cessent de piailler à propos de leur tenue pour la soirée, tandis que Carlo boit l'apéro. J'accorde un petit signe de la main à Gladys, puis file ranger ma valise sous la tente. Il y fait une chaleur écrasante, je me demande comment je vais supporter une semaine dans cet espace exigu en compagnie d'un type louche qui cherche à me psychanalyser.

Les matelas ont été gonflés et Andrès a déjà déposé ses affaires. Nos deux couchages sont si proches l'un de l'autre… Impossible d'espérer une once d'intimité !

Je m'affale sur mon « lit », bien décidée à profiter de quelques minutes de calme avant la soirée. Je ferme à peine les yeux qu'un tintamarre pas possible résonne à l'extérieur de la toile.

– *Il met son corps devant, so le corps derrière, li tourné, li tourné.*

J'entrouvre la porte de la tente pour constater que Mika se trimballe en calbute noir, lunettes de soleil sur le nez et enceinte bluetooth sur l'épaule, passant d'emplacement en emplacement pour répandre sa musique pourrie. Il prend le concept du camping un peu trop au sérieux. Quand il m'aperçoit, il s'arrête de danser et me lance :

– T'es pas encore prête ?

Je lui adresse une grimace immature qui le fait marrer. Alors qu'il s'échappe en quête de nouvelles oreilles à faire saigner, je farfouille dans ma valise à la recherche de ma robe. Comme je l'ai cousue moi-même, je sais qu'elle me correspond parfaitement et met mon corps en valeur. Ma trousse de maquillage sous le bras, je fonce vers les sanitaires pour me préparer.

Une demi-heure après, je suis fin prête. L'ambiance dans le parc du camping bat déjà son plein. Une chanson de David Guetta résonne à fond dans les enceintes. Même si le concept m'a paru désuet de prime abord, je dois bien avouer que c'est joli, toutes ces personnes vêtues de noir et de rouge. Les campeurs ont joué le jeu, visiblement. Pourtant, j'ai l'impression que tout le monde me dévisage lorsque je débarque. Je déteste les moments « d'arrivée » en soirée.

Timidement, je me fraie un chemin vers le bar où les membres de la Team Rocket sont réunis debout autour d'une table. Je tente tant bien que mal de ne pas être vexée par le regard mauvais de Joséphine et Léa. Dès que Gladys m'aperçoit, elle se pend à mon cou et fait claquer ses lèvres sur ma joue (Dieu merci, elle n'a pas mis de gloss) :

– Tu es canooooon !

– Toi aussi, Glad.

Et c'est vrai. Elle est divine dans sa combinaison framboise.

– Ferme la bouche, Carlo, se moque Pierre.

Mon ex s'est figé, les yeux prêts à quitter leurs orbites. Et apparemment… c'est moi qui le mets dans cet état.

– Carlo vient de prendre conscience de ce qu'il a perdu, se moque Gladys.

Joséphine lève le regard au ciel avant de se pencher vers Léa pour murmurer quelque chose à son oreille.

– Tu… tu es très jolie, bredouille Carlo.

Je me contente de le remercier d'un sourire crispé. Avec son tee-shirt noir sur lequel est dessiné un doigt d'honneur, il n'a rien de classe. Et apparemment, maintenant que nous sommes séparés, il ne prend plus la peine de repasser ses vêtements (ou peut-être qu'il n'a plus personne pour le faire). Carlo a toujours eu une allure de baroudeur (ce qu'il n'est pas, pourtant). Assez petit et trapu, les cheveux mi-longs et fins, une barbe mal taillée. Il n'est pas le genre d'homme à prendre soin de lui, mais je lui ai toujours trouvé beaucoup de charme. Un beau sourire qui respire la gentillesse, des yeux rieurs qui pétillent, des grains de beauté près de l'arcade sourcilière… Mais ce n'est rien comparé au sex-appeal d'Andrès. D'ailleurs, il n'est toujours pas arrivé. Je me demande où il est passé (ça ne me regarde pas), et ce qu'il va porter (je ne devrais même pas m'en soucier).

– Parfois, je ne sais même pas pourquoi je t'ai quittée, souffle mon ex à mon oreille.

Je me retourne brusquement puis recule d'un pas. Je ne l'ai pas entendu s'approcher (trop préoccupée à chercher mon voisin de tente dans la foule).

– *Je* t'ai largué, Carlo. Moi. Pas toi.

– C'était irraisonné de ta part.

– Non, c'était une excellente décision. Pour nous deux.

Je le laisse en plan et m'avance vers Mika, Léo et Pierre. Ce dernier remarque immédiatement ma grimace.

– Carlo est lourd, désolé.

– C'est peu de le dire. Contrairement au bon vin, il ne s'améliore pas avec l'âge !

J'échange un regard avec Pierre qui tapote mon épaule avec compassion. Lorsque les premières notes de *Li Tourner* résonnent dans le parc, Mika devient hystérique. Il lève les bras en l'air et se met à se trémousser en chantant à tue-tête. Ce mec est infatigable. Et il n'a honte de rien.

– Tu aurais pu faire un effort sur la tenue, le raille Gladys.

Il n'est pas gêné le moins du monde, au contraire.

– Caleçon noir, lunettes noires, casquette noire. Je suis dans le thème.

Gladys rit aux éclats. Sa tenue met son teint hâlé en valeur. Je devine tout de suite qu'elle n'a pas pris la peine de mettre un soutien-gorge. Rien que pour ça, je l'envie. Avec mon 105 E, impossible de faire l'impasse, au risque de ressembler à ma grand-mère.

Pris dans l'ambiance de la soirée, nous nous retrouvons à danser avec Mika. Il n'y a pas à dire, il est doué pour faire la fête. Je n'aurais jamais pensé me dérider en quelques minutes seulement. Alors que nous rejoignons notre table, Andrès apparaît (enfin) et, sans que je comprenne pourquoi, mon cœur manque un battement. Cette chemise basique noire lui va à ravir, je ne peux qu'approuver (même si ça ne me regarde toujours pas).

– Par ici ! lance Pierre.

À peine est-il arrivé jusqu'à nous que Josie se pend à son bras en minaudant :

– J'espère que tu comptes me garder une danse !

Ma petite voix intérieure lance des « gna gna gna » parfaitement immatures, mais je ne peux que constater que dans sa combinaison rouge, Joséphine est magnifique. Ce n'est pas surprenant qu'Andrès entre dans son jeu et se mette à flirter avec elle. C'est juste… logique.

J'essaie d'ignorer leur parade amoureuse pour me concentrer sur la conversation de la Team Rocket.

– On ne dirait pas comme ça, mais Pierre est un bourreau des cœurs, s'exclame Mika. Au lycée, c'est lui qui a mis le grappin sur Svetlana, la correspondante russe que tout le monde voulait.

À ce souvenir, la Team Rocket éclate de rire. Gladys renchérit :

– Et vous vous souvenez à la fac ? Il avait fait craquer l'une de ses profs.

Pierre lève les mains en l'air pour se défendre :

– Je jure sur la tête de Mika qu'il ne s'est rien passé avec elle.

Leurs anecdotes me font sourire, mais mon esprit est ailleurs. Si Léa et Carlo semblent en pleine conversation, mon regard est surtout attiré vers Andrès qui se penche pour souffler quelque chose à l'oreille de Josie.

OK, apparemment, nous sommes de trop. Je les interromps :

– On va danser ?

Mika n'hésite pas une seconde. Il s'élance vers la piste en hurlant :

– *Let's get the party started, bitches !*

Plusieurs personnes s'indignent et je vois même une mère outrée par notre énergumène un brin vulgaire (que je commence à bien aimer, finalement) mettre les mains sur les oreilles de son fils.

Sur la piste, je ne parviens pas à me dérider. Mon regard est sans cesse happé par Andrès qui rit aux paroles de Josie et semble tombé sous son charme. Je déteste la vie pour être aussi prévisible. Comme s'il avait compris mon malaise, Mika m'attrape pour me faire tournoyer sur une chanson de Sia. J'en oublie le monde qui m'entoure pendant quelques minutes.

Quand la chanson se termine, mes yeux se posent à nouveau sur la table, où Josie est désormais seule avec Léa et Carlo.

– Je suis assoiffée ! s'écrie Glad. Il me faut une piña colada !

– Je prédis que ces vacances vont finir en coma éthylique collectif, annoncé-je alors que nous nous réinstallons près du bar.

Les garçons éclatent de rire. Une fois que nous sommes tous rassemblés, un employé de Sandrine vient prendre nos commandes, et en les attendant, Joséphine monopolise l'attention.

– Je vous préviens, mon objectif est clair comme de l'eau de roche. Ce soir, Andrès ne doit *pas* dormir dans la tente avec Félicie. J'essaierai d'être discrète dans le mobile-home, promis.

– Si ça me permet de dormir tranquille, c'est tout bénef, grommelé-je.

Josie ne m'écoute même pas. Elle en est déjà à nous expliquer une énième tactique (ridicule) pour attirer Andrès dans ses filets.

– Et il est où ton gros poisson ? raille Léo.

La belle brune se renfrogne et hausse les épaules.

– Il avait un coup de fil à passer, apparemment.

– Ou peut-être que tu l'as effrayé avec tes gros sabots, la taquine Mika.

Josie n'a pas le même humour que le reste de la bande. Elle affiche une moue dédaigneuse et s'apprête à répliquer, quand la gérante du camping, Sandrine, arrive et détourne l'attention de la Team Rocket.

– Vous vous amusez bien ?

Nous opinons du chef comme un seul homme.

– Votre camping est très chaleureux, lui assuré-je.

C'est vrai qu'au final, je ne me sens pas si mal dans cet endroit.

– La « *rouge et noir party* » est très appréciée, il y a toujours un monde fou. Enfin, si vous ne faites pas fuir tous les campeurs avec cet énergumène, précise-t-elle en lançant un clin d'œil à Mika.

– C'est nous qui allons fuir si tu ne nous offres pas quelques piña coladas, *tatounette*, renchérit Léo.

Sandrine grimace.

– Arrête de faire ton rat, se moque Mika. J'avais oublié à quel point tu es une pince.

La gérante du camping tapote doucement le crâne de son neveu.

– Ça, c'est bien vrai, Mika. Je me demande encore comment tu peux être ami avec un type pareil.

Léo tire la langue, même si un large sourire étire ses lèvres. Sandrine nous abandonne pour aller faire la causette à d'autres clients, tandis que Mika se penche pour m'expliquer :

– Je crois que la première fois qu'il l'a appelée *tatounette*, il avait dix ans. Léo s'était perché en haut d'un pin pour faire le con, et après ça, il a eu la frousse de descendre. Ma tante a dû grimper à l'échelle pour l'aider. Il s'est dit qu'en lui donnant ce petit surnom sympa, il se ferait pardonner.

– Ça n'a pas été le cas, j'imagine.

– Pas vraiment, non ! Tu as remarqué que les allées du camping ont des noms ?

Je secoue la tête.

– La nôtre, c'est l'allée Charles-la-Tomate-Crue. Charles, c'est mon père et, petit, il pleurait quand il y avait des tomates dans la salade de riz. Du coup, ma tante a décidé de nommer les allées en l'honneur de certains de ses souvenirs. Elle change, de temps en temps. L'allée Léo-le-Trouillard a son petit charme et perdure depuis près de vingt ans.

J'éclate de rire et Mika passe son bras autour de mes épaules pour nous tourner vers le groupe qui vient de recevoir les piña coladas. Il tend son bras, son verre au centre du cercle, et nous l'imitons. Tout le monde répond à l'appel, sauf Andrès. Enfin, nous trinquons tous ensemble :

– À nos vacances !

Le buffet concocté par le chef du camping est délicieux et éponge un peu l'alcool. J'avais oublié à quel point la piña colada est traîtresse. C'est aussi sucré qu'un jus de fruits, ça rafraîchit, et c'est pour ça que j'évite généralement de tomber dedans : je sais comment la soirée commence, mais pas toujours comment elle termine. Je sens déjà le rhum me monter à la tête.

À quelques mètres, Andrès et Josie se sont isolés du groupe et sont en pleine discussion. Pourtant, le collègue de Pierre n'arrête pas de me lancer des regards en biais pendant que je mange. Ses œillades insistantes, accompagnées de ses sourires en coin, me déconcertent. J'ai bien l'impression qu'il joue sur deux tableaux et ça ne me plaît pas du tout. Les dons juans dans son genre, très peu pour moi. Néanmoins, même si je fais celle que ça indiffère, ce n'est pas le cas. Il y a quelque chose d'intrigant et d'envoûtant chez cet homme. Un petit quelque chose qui m'encourage à lever les yeux vers lui, et à penser à lui quand il sort de ma vue.

– Tu es rouge comme un coq, se moque Gladys.

– Tu sais à quel point je tiens bien l'alcool.

Ma meilleure amie et moi rions, puis elle m'attire contre elle pour me faire un câlin. Après avoir terminé de manger, nous rejoignons les gars sur la piste de danse, nos cocktails à la main. Alors que l'orchestre qui anime la soirée met le feu, Mika est rond comme une queue de pelle. Il fait le poirier au beau milieu de la foule et je me demande comment son estomac tient le choc. Pierre et Léo ne sont pas dans un meilleur état, en train de débattre sur les tubes cultes des années 1990. Ces crétins osent citer Daddy DJ.

– Féliciiiiiiie ? demande Mika d'une voix faussement innocente. J'ai une question indiscrète.

Léo et Pierre ont cessé leur débat et reporté leur attention sur nous.

– Tente toujours, grommelé-je.

Mika coule un regard vers Carlo qui danse avec Léa. Puis, le torse légèrement bombé, il lance :

– C'est comment, de monter Carlo ?

Je recrache une partie de ma piña colada sans la moindre classe. Léo, Gladys et Léa sont écroulés de rire devant Carlo, dont la mâchoire se décroche. Seul Pierre reste de marbre. Il secoue la tête et pousse un long soupir atterré :

– Non, Mika… Tu n'as pas osé. Pas cette blague. Pas ça. Pas toi. Je pratique ton humour à la con depuis au moins une décennie mais là… Ça dépasse l'entendement !

J'éclate de rire pendant que Mika tapote l'épaule de Pierrot pour le consoler tout en se bidonnant. Contre toute attente, c'est la première fois que j'ai l'impression d'être réellement intégrée à la Team Rocket, et étrangement, ça fait plaisir.

Je me retrouve au milieu de la foule, entourée de la *team*, à danser. Ce n'est pas du tout le genre de musique que j'apprécie habituellement, je suis plus *chill* que *dance*, mais l'énergie du groupe est communicative. En cet instant, je me sens libre d'être qui je veux. Alors je bouge les hanches, je lève les bras, je hurle que moi aussi je veux voyager jusqu'au Nirvana en hôtel cinq étoiles, et je ferme les yeux pour profiter des basses.

En revanche, quand Carlo se colle un peu trop à moi, je décuve sur-le-champ :

– Bats les pattes, Croustibat !

Alors que la douceur de *Love Nwantiti* résonne, les corps des autres danseurs nous obligent à nous rapprocher et mon ex pose ses mains sur ma taille.

– Juste une danse, Félicie.

– Non merci.

– Alleeeeez ! C'est les vacances et un slow n'engage à rien.

– Et ma main dans ta tronche, elle engage à quelque chose ?

Mika éclate de rire et Pierre intervient pour me sauver *in extremis*.

– Sérieux, il faut que tu arrêtes, Carlo ! Lâche un peu Félicie, elle a fait une croix sur votre couple depuis longtemps. Je pense que tu pourrais être le dernier homme sur cette Terre qu'elle ne voudrait toujours pas de toi.

C'est plutôt bien résumé.

Déjà saoul, mon ex arbore une petite moue peinée avant de se lamenter :

– Même s'il n'y avait plus que nous deux pour repeupler la planète ?

Pierre prend son air de philosophe grec en se grattant le menton.

– Dans ce cas-là, vu tes gênes, il vaut mieux que l'humanité s'éteigne, mon ami.

Carlo connaît son pote et ne se formalise pas ; il se contente de tirer la langue avec un air amusé sur le visage. Alors que mon ex tourne les talons, je me hisse sur la pointe des pieds pour embrasser Pierre sur la joue.

– Merci.

– Avec plaisir. Il fallait bien que quelqu'un lui fasse voir la vérité en face, même si j'ai bien peur qu'il retente sa chance dès demain.

Je ne sais pas quelle mouche a piqué Carlo. C'est vrai qu'il n'était pas enchanté par notre rupture, mais comme notre relation était plus platonique que passionnelle, je me demande pourquoi il veut remettre le couvert.

– Et avec moi, tu danses ?

J'accepte la main tendue de Pierre, bien que gênée par cette proximité. Je ne suis pas habituée à danser de slow. Ou alors avec Gladys, pour rire. Il n'y a pourtant aucune ambiguïté entre lui et moi. C'est seulement mon cerveau qui déraille et me pousse à penser qu'aucun homme sain d'esprit ne voudrait être vu en train de danser en ma compagnie.

Pierre m'encourage à me détendre en décrivant les couples qui se sont formés autour de nous.

– Carlo et Léa… commenté-je. On aura tout vu !

Je me décontracte peu à peu, apaisée par la voix de Ckay. Je pose mon menton sur l'épaule de Pierre et profite de cet instant suspendu.

Soudain, je me tends. Un regard intense dans l'assemblée me foudroie sur place. Andrès est là, dans un coin du parc, adossé à un arbre, plus craquant que jamais dans sa chemise noire près du corps. Je ne le lâche pas des yeux tandis qu'il mordille sa lèvre inférieure avec une certaine insolence. Je me demande où est passée Josie et pourquoi il ne danse pas avec elle au lieu de se mettre en retrait pour me mater.

Malgré moi, je songe à ce qu'il m'a dit sur le terrain de pétanque. Il a touché une corde sensible, alors qu'il ne me connaît même pas. Je n'ai peut-être pas apprécié la manière hautaine avec laquelle il me l'a dit, mais je ne peux m'empêcher de me dire que, derrière ses airs de séducteur, se cache aussi un fin observateur. Il ne lui a fallu que quelques échanges pour me cerner. Et ça m'effraie.

– Ça va ? me demande Pierre.

Je hoche la tête, mais il n'est pas dupe. Cependant, quand la musique repart sur un rythme plus soutenu, il ne peut que constater mon regain d'énergie et ne pose pas davantage de questions (je dois *absolument* arrêter de penser à ce type sorti de nulle part). D'instinct, je jette pourtant un regard du côté de l'arbre.

Andrès n'est plus là.

Et je suis (peut-être) un peu déçue.

CHAPITRE 5

– Quelque chose ne va pas ? me questionne Gladys.

– Non, ça va, t'inquiète.

Ma meilleure amie me connaît par cœur, et c'est bien le problème. Elle a tout de suite remarqué mes regards en biais vers le palmier près de la buvette, comme si j'attendais quelqu'un. J'ai été on ne peut plus déstabilisée par l'attitude d'Andrès depuis que nous sommes arrivées. Il apparaît et disparaît en un claquement de doigts, flirte ouvertement avec Joséphine avant de me lorgner comme si j'étais un baba au rhum et lance des remarques dignes du petit-fils de Sigmund Freud.

Ça me tue de l'avouer, mais toutes ces raisons me donnent envie d'en découvrir plus à son sujet. J'ai à la fois envie de le fuir et de le connaître. C'est un comble !

– Je te connais comme si je t'avais faite, Félie. Ne me mens pas. Tu es bizarre.

Soudain, ses yeux s'écarquillent et sa bouche s'entrouvre (on dirait un poisson mort). D'un geste vif, et sans me laisser le choix, elle m'entraîne à l'écart de la bande, près du fameux palmier où se tenait Andrès il y a quelques minutes. Quand elle me lâche le bras, elle pose ses poings sur ses hanches et fronce les sourcils :

– Tu en pinces pour Pierrot ?

La question met un temps fou avant d'atteindre mon cerveau.

– Je… Mais… Pardon ?

– C'est super cool, hein ! Pierre est un type bien, moins lourdingue et plus mignon que Carlo. Vous formeriez un super couple.

Un peu plus et elle se lancerait dans l'organisation de notre mariage.

– J'adore Pierre, mais je ne craque pas pour lui, désolée de te décevoir.

Les mains de Gladys retombent le long de son corps.

– Ah. Qu'est-ce qui t'arrive, alors ?

– Rien. Enfin… Je pensais juste que…

– Que ? insiste Glad.

Je me penche vers elle en chuchotant :

– Tu ne trouves pas que le collègue de Pierre est un peu bizarre ?

– Andrew ?

– Andrès.

– Ah oui… Euh non. Je ne sais pas. Je n'ai rien remarqué. Pourquoi ?

Les joues brûlantes, j'avoue :

– Il n'arrête pas de me mater en biais et ça me met mal à l'aise.

Gladys bombe la poitrine et se trémousse sur sa chaise haute.

– Tu lui plais. Et il te plaît.

Même si l'idée m'a traversé l'esprit, je ne parviens pas à m'y résoudre.

– N'importe quoi ! Tu as déjà vu un mec pareil s'intéresser à une fille dans mon genre ?

– Aie confiance en ton charme, ma Félie, soupire-t-elle en secouant la tête. Charlie Hunnam en personne pourrait craquer pour toi !

Je souris. Glad a toujours les bons mots pour m'apaiser. En parlant de mon acteur fétiche, elle fait mouche. D'ailleurs, en y pensant, Andrès lui ressemble un peu. En plus de leur carrure imposante, ils possèdent le même rictus ravageur, le même air mystérieux et le même regard intense.

– Charlie Hunnam craque *déjà* pour moi, annoncé-je, amusée. Il ne le sait pas encore, c'est tout.

Glad éclate de rire puis me tire vers le bar.

– En tout cas, même si j'apprécie beaucoup Josie, je vote pour que toi et Andrès fassiez des cochonneries sous la tente.

Mes joues bouillonnent.

– Je… Non… C'est juste que… Il n'a pas l'air net. C'est tout.

Ma meilleure amie se lève avec un sourire entendu.

– Bien sûr… Est-ce que ton nez de Pinocchio et toi vous voulez venir danser ? J'ai besoin de me défouler.

Je lève les yeux au ciel et indique mon verre encore à moitié plein.

– Je te rejoins tout à l'heure.

Je regarde Gladys s'élancer vers la piste en sautillant. Un instant, je crois apercevoir Andrès près du palmier, mais je constate avec agacement que je délire. Je souffle dans ma barbe :

– Ma pauvre fille…

– Tout va bien ? s'enquiert Sandrine qui apparaît derrière son comptoir.

– Je crois que la piña colada me monte à la tête !

– J'ai peut-être mis double dose de rhum dans vos boissons… Histoire de faire plaisir à Léo.

Je souris, attendrie par les propos de la gérante. Je suis contente d'avoir l'occasion d'apprendre à mieux la connaître. Ça m'évite surtout de penser à Andrès et son regard magnétique. Et son torse moulé dans le tissu noir. Et…

– Tu les aimes beaucoup, n'est-ce pas ? demandé-je. Mika et Léo.

Une vague de mélancolie traverse les traits de la quinquagénaire.

– Ils sont comme les enfants que je n'ai pas eus.

D'instinct, je pose ma main sur son avant-bras et souris avec compassion.

– J'étais jeune quand mon mari est décédé. On venait tout juste de créer le camping. C'était notre rêve à tous les deux. Alors, à sa mort, je me suis transformée en Wonder Woman, tu vois ? Je ne me suis jamais autorisée à baisser les bras, c'était tout bonnement impossible. J'ai tout encaissé. Pour le camping, mais surtout pour celui que j'aimais.

– Tu es courageuse, Sandrine. Je suis certaine que ton mari serait très fier de toi.

Ses paroles résonnent en moi. J'ai un mal fou à contenir les larmes qui perlent au coin de mes yeux. Je me revois, treize ans en arrière, le soir où papa a fait un AVC. J'avais seize ans, j'étais trop jeune pour voir mon père mourir. Même si en réalité, il n'y a pas d'âge pour accepter la mort d'un être cher.

Mon père était un homme incroyable. C'était lui qui me réconfortait lorsque je rentrais du collège en larmes parce que des crétins s'étaient moqués de mes « grosses fesses ». C'était lui qui me berçait jusqu'à ce que mes sanglots cessent. C'était lui qui prononçait des mots doux pour me remotiver.

Ce jour-là, quand il est tombé à terre, que l'ambulance est venue le chercher, puis que le médecin nous a annoncé que tout était terminé, je me suis promis d'être courageuse, de ne pas succomber à la tristesse. J'ai pleuré. Beaucoup. J'ai hurlé ma rage de voir une personne aussi exceptionnelle mourir. J'ai insulté le monde entier. Mais je n'ai pas lâché. Ma carapace s'est forgée, petit à petit. J'ai porté ma mère et sa dépression à bout de bras. J'ai peut-être grandi trop vite, mais je suis fière d'avoir réussi à affronter cette épreuve.

L'une des phrases qu'il répétait restera à jamais gravée dans ma mémoire : « *Ne laisse personne te faire croire que tu n'es pas assez.* »

Presque les mêmes mots que ceux qu'Andrès a employés un peu plus tôt dans la journée. Ce n'est qu'une coïncidence, et pourtant, ça me bouleverse. Parce que chaque jour qui passe, j'autorise encore les gens à me dénigrer.

Sandrine se penche vers moi et affiche désormais un large sourire.

– On a toutes l'âme d'une Wonder Woman, tu ne crois pas, Félicie ?

– Hum… alcoolisée, je déplacerais des montagnes, alors on verra demain, OK ?

Elle éclate de rire, puis, pendant que la foule s'ambiance sur *Jerusalema*, la gérante du camping redevient plus joviale :

– Tu sais pourquoi l'allée des Montagnards-en-Marcel s'appelle ainsi ?

– Parce qu'un jour, tu as croisé la route de mecs barbus en débardeur ?

Elle éclate de rire.

– C'est presque ça. L'année où mon mari est décédé, j'ai cru ne pas pouvoir rouvrir le camping pour la saison estivale… C'est mon frère Charles qui est venu m'aider. On a reçu des Suisses avec un accent à couper au couteau, qui buvaient de la bière dès 8 heures et qui chantaient le *yodel* comme personne. L'un des couples avait perdu leur petite fille de cinq ans l'année précédente et je me souviens parfaitement de ce que l'homme m'a dit cet été-là.

Elle prend volontairement un accent suisse et une grosse voix :

– « *Tant qu'il existera un endroit comme ton camping, où on peut porter un marcel sans être jugé, alors la vie vaut d'être vécue.* » Et après, il s'est mis à faire du *yodel* jusqu'à ce que les autres campeurs aient envie de le flinguer.

Je ris avec elle, amusée.

– C'est pour ça aussi que je me suis démenée. Parce que, quoi qu'on en dise, au Camping des pins, on peut être qui on veut. On peut porter un marcel ou un kilt. On peut aimer le rap ou les chansons des années 1980. On peut boire des piña coladas ou de l'eau gazeuse. On est tous ici pour la même chose : s'amuser et oublier nos malheurs.

J'aime la passion qui se dégage d'elle. Tout à coup, le regard de Sandrine se perd derrière mon épaule et son sourire malicieux s'élargit. Elle se penche en chuchotant :

– Je crois que tu as tapé dans l'œil de quelqu'un…

Ne me dites pas que Carlo me colle encore aux basques !

Je pivote à toute vitesse, prête à en découdre. Mais ce que je vois m'arrête net, manquant de faire tomber mon verre au sol. Ce n'est pas Carlo qui m'observe. C'est Andrès.

Mon cœur palpite un peu plus vite ; c'est sûrement à cause de l'alcool. Le beau blond est debout à une dizaine de mètres, droit comme un piquet, le regard (encore) rivé sur moi. C'est flippant (et un peu plaisant aussi).

– Excuse-moi, Sandrine. Je reviens.

Je chasse comme je peux la bouffée de chaleur qui m'envahit – je ne tiens pas à me la jouer Anastasia devant Christian Grey – puis j'abandonne Sandrine pour me diriger d'un pas assuré, bien qu'un peu titubant, vers Andrès. J'aimerais bien comprendre pourquoi ce mec, aussi attirant soit-il, ne cesse d'apparaître devant mon nez comme Joséphine (l'Ange Gardien, pas la peste).

D'un geste vif, j'attrape son poignet et l'entraîne à l'écart de la foule. Lorsque je m'immobilise sous un arbre, il arbore un sourire en coin qui m'agace un peu plus encore.

– OK. Tu vas arrêter ça tout de suite, compris ?

Il croise les bras sur son torse (bombé juste comme il faut) mais ne cille pas. Son expression neutre me déstabilise.

– Et tu veux que j'arrête quoi, exactement ?

Son air impassible me donne envie de l'attraper par les épaules pour le secouer comme un prunier.

– Tu es flippant, tu comprends ? On ne se connaît pas, toi et moi, tu n'as pas à me scruter comme un psychopathe qui s'apprête à tuer quelqu'un. Je suis à deux doigts de préférer dormir sous cet arbre plutôt qu'avec toi.

– Je suis… flippant ? C'est la première fois qu'on utilise un tel adjectif pour me qualifier.

OK, j'ai peut-être exagéré.

Un peu. Juste un peu.

– Tu ne te rends pas compte comme c'est malvenu et hyper *creepy* d'observer les gens de cette façon ?

Après avoir dansé comme une folle, bu beaucoup trop d'alcool et m'être égosillée contre Andrès, je ne suis pas sûre d'avoir l'air plus saine d'esprit que lui, mais passons. Quand il avance d'un pas, je plisse le nez et recule. Pourquoi je me suis isolée avec cet homme ? Il va peut-être vraiment me tuer, qui sait…

Je me retrouve le dos collé contre le tronc d'arbre, avec un beau mec qui m'approche dangereusement. Ça pourrait être le début d'une relation torride dans un film, et pourtant j'ai envie de prendre mes jambes à mon cou.

Tout doucement, Andrès lève la main vers mon visage et replace une mèche de mes cheveux derrière mon oreille.

Foutu cliché. Pourquoi mon cœur bat-il si vite, bon sang ?

– Tu es sublime, Félicie.

Ces mots, prononcés dans un quasi-chuchotement, me laissent sans voix. Je ne sais pas combien de temps je reste à observer Andrès, perdue. Il ne bouge pas d'un iota, sa main toujours suspendue à mon oreille. Je pose mon regard sur ses lèvres, ses mots virevoltant dans la moindre parcelle de mon corps.

Puis j'atterris.

– Non mais j'ha-llu-cine !

Je fais valdinguer sa main d'un revers de bras et retrouve ma liberté à quelques pas du tronc d'arbre. Andrès pivote, toujours aussi impassible. Alors que je fais les cent pas devant lui, il enfonce les mains dans ses poches et lâche un soupir quasi imperceptible.

– « *Tu es sublime, Félicie* », fais-je en le mimant d'une voix grave. La blague ! *Spoiler alert* : on n'est pas dans une comédie romantique. À quel moment tu as pensé qu'une drague pareille allait fonctionner ?

Je m'agite tellement que je commence à avoir la nausée. Je me calme une demi-seconde, on ne peut plus énervée par son silence. Ma réaction (peut-être un chouïa excessive) ne semble lui faire ni chaud ni froid. De toute ma vie, je n'ai jamais rencontré un type aussi suffisant et arrogant.

– Je ne dis que la vérité, en fait.

Je plisse le nez.

– Les miroirs existent aussi à Dijon. Je sais que je ne suis pas *sublime*.

Je ne laisse pas le temps à Andrès de tenter de m'amadouer à nouveau.

– De toute manière, tu penses faire ce cinéma à combien de filles ce soir ? Josie avait l'air d'apprécier, elle. Tu devrais déjà être en train de lui rouler des pelles.

Encore une fois, il avance vers moi. Je pousse un petit cri tout à fait ridicule (un mélange de

« *hiiiii, je viens de me cogner l'orteil à un meuble* » et de « *haaaaa, c'est quoi cette grosse araignée velue* ») en posant mes mains sur son torse afin de le repousser.

Est-ce que j'ai envie de tâter ses pectoraux ? Ce n'est pas la question.

– Arrête ça, bordel ! On frôle le harcèlement, là.

– Tu n'abuses pas un peu ?

– Jamais.

Un sourire illumine son visage. Et c'est bien ce que je pensais… il est encore plus beau quand il sourit. Ses yeux brillent de mille feux et de petites fossettes se dessinent sur ses joues.

Je déteste ce mec.

– En effet, j'ai pu constater que tu avais toujours des réactions très mesurées, ironise-t-il.

– Mes réactions sont peut-être *un poil* exagérées, mais tu peux au moins admettre que ton attitude est déplacée.

– Parce que je t'ai regardée ?

– Comme un loup-garou affamé, nuance.

Andrès explose de rire. Ma respiration se fige.

– Je suis désolé de t'avoir effrayée, alors, chuchote-t-il en se penchant vers moi.

Je me perds dans ses iris qui me scrutent avec intensité. À quoi joue-t-il, nom d'une pipe ?

Fuis, Félicie !

– Ça n'empêche que je te trouve sublime.

Je lève les yeux au ciel.

– Arrête de dire des âneries ! Je n'ai aucunement besoin de flatteries et je ne suis pas le genre de fille à croire tout ce que dit un beau mec.

– Beau mec ? répète-t-il avec un sourire malicieux et un sourcil haussé.

Je gonfle les joues, agacée.

– Ne fais pas l'innocent. C'est marqué « je suis beau et je le sais » sur ton front.

Andrès ricane, puis hausse les épaules. Ça continue à tournicoter dans mon ventre. Les nausées sont de plus en plus rapprochées. Pourquoi ai-je bu autant, déjà ? Je n'ai plus vingt ans…

– Ça va ? Tu es toute blanche.

Je porte mes mains à mes lèvres, prise d'un haut-le-cœur.

– Je crois que…

Mes jambes flageolent et mon cœur tambourine dans ma poitrine. Je vais vomir. Devant ce type canon qui me trouve sublime. De quoi le refroidir un peu.

Je le pousse et m'élance derrière l'arbre pour limiter les dégâts. C'est sans compter sur Andrès qui me rejoint illico et se met à me frotter le dos.

– J'en connais une qui aura la gueule de bois demain.

J'ai honte. Terriblement honte. À vingt-neuf ans, je devrais savoir qu'un excès de piña colada n'est pas bon pour mon foie.

Le lait de coco aura eu raison de moi.

Je me redresse en essuyant la commissure de mes lèvres d'un revers de main (le comble du glamour). Quand je croise les yeux de mon voisin, sa réaction me surprend. Il ne m'observe pas avec dégoût, loin de là. Au contraire, son regard est d'une bienveillance qui me désarçonne, et son sourire, d'une tendresse surprenante.

– Tu sais, Andrès… Il y a un moment où il faut comprendre tout seul qu'on est de trop. Quand une fille vomit parce qu'elle a trop bu en est un exemple parfait.

– Je vais surtout te raccompagner à la tente pour que tu te reposes. Je ne suis pas le genre de mec à abandonner les demoiselles en détresse.

Il prend de grands airs de chevalier servant qui me feraient rire si j'étais en état.

– On est au XXIe siècle, hein. Je peux me débrouiller comme une grande.

Face à ma détermination, il secoue la tête avec un sourire moqueur. Au diable les nausées, j'ai une dignité à récupérer.

– Va à la tente si ça te chante. Moi, je retourne m'amuser avec mes potes, parce que je n'ai aucune envie d'aller me coucher.

C'est bien la première fois que je qualifie la Team Rocket de « potes », mais ça, il n'a pas besoin de le savoir. Andrès m'indique le chemin d'un air légèrement condescendant.

– Comme tu voudras, Félicie.

La manière dont il prononce mon prénom m'arrache un frisson. Je fronce les sourcils histoire de camoufler mon trouble. Ce mec est insupportable.

D'un pas énergique, je le contourne pour rejoindre Gladys et les autres, lorsque je l'entends dire, de sa voix rauque envoûtante :

– À tout à l'heure, jolie Félicie !

Je m'arrête et ferme férocement les paupières. Sans me retourner, je grogne entre mes dents :

– Garde tes compliments pour Joséphine. Pas pour moi.

Dans mon dos, je l'entends ricaner.

Je. Déteste. Ce. Type.

CHAPITRE 6

Il est presque 3 heures quand nous décidons de rejoindre nos pénates, fatigués, mais ravis de notre soirée. Je ne pensais pas me sentir aussi bien au sein de la Team Rocket après une seule journée.

Nous sommes dans les derniers à quitter la fête. Josie et Andrès ont disparu depuis un moment (adieu les « Tu es sublime, Félicie », je présume), tandis que Léa et Carlo sont rentrés au mobile-home aux alentours d'une heure du matin.

Sur le chemin du retour, Léo me raconte ses meilleures blagues (elles sont pourries, mais l'alcool me fait rire aux éclats) et Mika continue à chanter *Li Tourner*, quitte à réveiller tout le camping. Une fois arrivée dans l'allée Charles-la-Tomate-Crue, je lance un regard blasé vers la tente. Gladys, exténuée, s'échappe en murmurant un « bonne nuit » du bout des lèvres. Léo et Mika la suivent jusqu'au mobile-home, Pierre s'attardant un peu.

– Ma proposition tient toujours. Si tu veux, tu prends ma place dans le mobile-home et je dors dans la tente.

Je retiens un ricanement en imaginant la tête d'Andrès s'il voyait Pierre pénétrer dans la tente à ma place. Cependant, une petite voix en moi m'interdit de botter en touche.

Tu as vingt-neuf ans, Félicie. Tu es adulte. Ce n'est pas ce type sorti de nulle part qui va t'impressionner (un peu, quand même).

Avec douceur, je décline :

– C'est gentil, mais ne t'inquiète pas pour moi. Andrès ne va pas me manger.

Pierre hoche la tête, pose brièvement ses lèvres sur ma joue et me souhaite une bonne nuit avant de rejoindre les autres. Face à la tente, je prends une profonde inspiration. Comme elle est éclairée, je présume que mon colocataire est présent. Je vois des ombres se dessiner sur la toile, mais ne m'attarde pas dessus. Je pousse un long bâillement à m'en décrocher la mâchoire. Je suis encore un peu saoule, j'ai hâte de retrouver mon lit et de dormir. J'ouvre donc la fermeture Éclair et me mets à quatre pattes afin de pouvoir entrer dans la tente. J'avance à tâtons et pose ma main sur un mollet (un petit, tout lisse).

Ce n'est clairement pas celui d'Andrès.

– Eh oh, fais gaffe !

La voix stridente de Joséphine me donne l'impression qu'on m'enfonce une vis dans le crâne. Le prof de sport est torse nu (ce qui me donne très vite chaud), et même si Joséphine est encore habillée, il est évident que je dérange. J'entrouvre la bouche, mais seuls quelques baragouinages incompréhensibles quittent mes lèvres. Josie et Andrès restent à me regarder sans un mot pendant que je rêve d'un tremblement de terre pour m'aider à cacher mon malaise.

– Je… J'imagine que… Je vais dormir dans le mobile-home ?

Entre la vilaine jalousie qui s'immisce dans mes veines et ma position peu confortable, je ne sais plus trop ce que je fiche à l'entrée de cette tente.

– Fais donc ça, oui ! répond Joséphine avec dédain.

Quelle pétasse !

Elle ne m'a jamais portée dans son cœur, c'est vrai, mais là, elle dépasse les bornes. Après avoir fait son caprice pour ne pas dormir là !

Je m'apprête à faire demi-tour quand Andrès prend la parole :

– Josie allait partir.

La belle brune écarquille les yeux, choquée.

– J'étais en train de lire avant de dormir et elle est juste venue me souhaiter une bonne nuit, ajoute-t-il en pointant du doigt un roman posé à côté de son oreiller.

Sur son nez, je remarque une paire de lunettes (diablement sexy). Une telle tentation ambulante ne devrait pas exister.

C'est au tour de Joséphine de baragouiner :

– Je… Ben… Je pensais que…

– Je suis crevé.

La sentence est irrévocable. Je dissimule comme je peux ma satisfaction. Josie se redresse et se fraie un chemin en me donnant un coup de coude au passage. Je ne m'en formalise pas et la laisse quitter la tente sans un mot. Toujours à quatre pattes, je ne peux m'empêcher de dévisager Andrès et ses lunettes qui le rendent plus craquant encore.

– Est-ce que tu considères aussi mon torse nu comme du harcèlement ou bien la chaleur est un argument acceptable ?

Je pince les lèvres pour ne pas éclater de rire devant son air malicieux. Je n'ai pas envie qu'il sache que j'apprécie son humour pince-sans-rire.

– Je survivrai, lâché-je avec détachement.

– Comme Jean-Pierre François ?

Mes yeux s'écarquillent. Je dois me faire violence pour ne pas réagir. Surtout quand le beau blond se met à fredonner : « *Dans le regard d'un chat, dans les ailes d'un oiseau...* » Comme je ne dis rien, Andrès reprend son livre. Je rêve ou ses joues sont légèrement rouges ? Le nez plissé, il me paraît soudain gêné par mon manque d'enthousiasme face à sa tentative d'humour.

J'entre complètement dans la tente et louche sur la couverture du bouquin ; on y voit un renne avec un nez en forme de cœur. Il s'agit de toute évidence d'un roman de Noël. Choix hasardeux en plein été, mais pourquoi pas, après tout. Moi qui pensais bêtement que les hommes ne lisaient que des polars !

Je fouille dans ma valise et en sors une tenue pour la nuit : un pantalon de jogging noir et un tee-shirt à l'effigie des Beatles.

– C'est lequel ton préféré ?

Perdue, je plisse les yeux en le regardant.

– Ton membre préféré des Beatles, m'explique-t-il.

– Tu ne devrais pas me lancer sur un sujet pareil. J'ai un cahier entier qui démontre que Ringo Starr est le meilleur.

Andrès ricane, puis annonce, le plus sérieusement du monde :

– Je comprends. Ce n'est pas pour rien que Lennon et McCartney ont composé *With a Little Help from my Friends* pour lui. Cette chanson est dingue.

J'ouvre grand les yeux, surprise. Si on commence à débattre sur mon groupe préféré, je ne réponds plus de rien.

– Je suis plus *team* George Harrison, avoue-t-il enfin.

Je reste à le regarder pendant une éternité sans rien dire, et mon cœur joue au yoyo. Déstabilisée, je saisis ma trousse de toilette, puis m'apprête à sortir de la tente.

– Tu vas où ?

– Jusqu'aux douches pour me changer.

– Tu peux te changer ici, tu sais.

– Tu crois que je ne te vois pas venir ? Tu vas me mater bizarrement tout du long, je ne prendrai pas le risque.

Andrès rit, toujours aussi amusé par mes exagérations.

– Les douches sont à l'autre bout du camping, Félicie.

– Je fais encore ce que je veux, non ? Et, accessoirement, je dois me laver les dents.

Je quitte la tente sans un mot de plus.

– Je t'accompagne, annonce-t-il en sortant à son tour.

– Et pour quoi faire ?

– Il fait nuit.

– Quelle perspicacité. Tu vois super bien avec tes lunettes, dis donc.

Ses lèvres s'étirent en un large sourire.

– Je t'accompagne, insiste-t-il. On ne sait jamais sur qui tu peux tomber la nuit.

C'est bien ce que je pensais. Ce type est un macho surprotecteur.

Bon, il n'a pas tout à fait tort non plus quand il parle de mauvaises rencontres. Je me souviens d'une nuit où un type m'a suivie pendant plus d'une demi-heure dans le centre-ville de Dijon, jusqu'à ce qu'une inconnue me vienne en aide en faisant semblant d'être mon amie. Cette soirée restera gravée dans ma mémoire à tout jamais.

– Tu marches loin derrière moi, j'ai un peu peur que tu m'agresses, ironisé-je.

Il me fait signe d'avancer au moment où je prends conscience que son regard dans mon dos – ou sur mes fesses – est la dernière chose que je souhaite.

– Devant. Tu marches devant.

Il se marre de nouveau et s'exécute sans un mot. Il nous faut un peu plus de cinq minutes pour nous rendre à l'autre bout du camping.

– Reste là, je n'en ai pas pour longtemps.

Évidemment, il n'en fait qu'à sa tête et entre avec moi dans les douches pour femmes. Il s'adosse au lavabo et m'observe entrer dans une cabine. J'ai l'impression d'être avec un garde du corps qui épie chacun de mes faits et gestes.

Une fois à l'abri, je tente de dézipper ma robe.

Oui, je tente.

Car cette foutue fermeture n'est pas décidée à céder (j'ai dû prendre un peu de poids depuis que je l'ai cousue). Je me contorsionne dans tous les sens, manque de choper un torticolis par la même occasion. Un soupir agacé s'échappe de mes lèvres.

– Tout va bien là-dedans ?

Je pourrais passer ma robe par-dessus ma tête, toutefois ma poitrine risque de tout faire craquer sur son passage. Épuisée, j'abdique et entrouvre la porte de la douche.

– Je suis coincée.

Andrès pince les lèvres pour ne pas rire.

– Je ne pensais pas que tu me ferais le coup de la fermeture Éclair, Félicie.

– Je… Ah… Non… C'est juste que…

On dirait une série cryptée sur Canal +. Je dois me faire violence pour reprendre contenance.

– Tu m'aides, oui ou non ?

Andrès arbore ce petit sourire en coin qui le rend encore plus séduisant (et condescendant), alors qu'il avance vers moi.

– Tourne-toi…

Au moment où il prononce ces deux mots du bout des lèvres, mon traître de cerveau me souffle une ribambelle de pensées indécentes.

Je pivote afin de lui donner accès à mon dos, et je constate dans le miroir que je suis rouge comme une pivoine. Avec un peu (beaucoup) de chance, il ne l'a pas remarqué. J'ai l'impression d'être propulsée dans les romances que j'adore lire. Dans ces romans, l'homme prend toujours un temps infini avant de poser ses mains dans le dos de la fille. Et comme Andrès en lit aussi, je me demande s'il ne sait pas exactement quoi faire pour faire grimper la tension, parce que j'ai la sensation que les secondes s'étirent.

Ses doigts se posent enfin sur le tissu de ma robe, et pourtant, c'est comme si c'était ma peau qu'il touchait. Tous mes sens sont en ébullition. Je ne devrais pas ressentir ça pour un inconnu qui joue sur différents tableaux. Il a certes repoussé Josie pour ensuite m'accompagner aux douches en pleine nuit, mais il m'a l'air d'être le genre d'homme qui aime plaire et séduit tout ce qui bouge. Il faudrait sans doute que je me décale, que je n'autorise pas ses mains à m'effleurer un peu plus. Hélas, c'est comme si je n'étais plus moi-même en cet instant. Mon corps prend le pas sur mon esprit, qui pourtant voudrait éviter ce type agaçant.

Contrôle-toi, nom d'une pipe !

Toutefois, quand il repousse délicatement mes cheveux sur le côté (plus cliché, tu meurs) et que ses mains frôlent ma nuque, ma respiration se bloque. Une éternité s'écoule avant qu'il ne fasse descendre la fermeture le long de ma colonne vertébrale. Le plus bas possible.

– Voilà pour vous, mademoiselle…

Son souffle caresse ma peau. Je mets un temps fou avant de me retourner pour le remercier.

Quelqu'un peut m'expliquer pourquoi j'ai envie de foncer sur ses lèvres, là, maintenant, tout de suite ?

– Je… Merci.

Andrès doit ressentir mon désir à peine contenu car il se mordille la lèvre inférieure, le regard flou. Mes yeux naviguent sur sa peau bronzée (merci les séances d'endurance en extérieur avec ses élèves), ses muscles saillants, mais pas à l'excès, ses avant-bras puissants… Puis je replonge dans son regard azur qui ne devrait sans doute pas me plaire à ce point. Je reste plantée face à lui, pantelante. Il suffirait à Andrès d'un seul pas en avant pour m'embrasser.

Toutefois, deux petites voix se disputent en moi. L'une d'elles pousse au lâcher-prise, l'autre refuse de m'imaginer dans les bras de cet homme. Parce que oui, il n'est pas pour moi. Je ne veux pas de ça. Andrès a l'air d'être un dragueur hors pair, et son attitude enjôleuse me fait beaucoup trop penser à David, mon ex, celui qui, après m'avoir appelée « princesse », m'a traitée de « gros sac ».

Soudain, je prends conscience que je suis à moitié dénudée devant cet inconnu et qu'il a une vue plongeante sur ma chute de reins.

Et sur mes bourrelets.

Précipitamment, retenant ma robe avec maladresse, je fonce jusqu'à la cabine pour m'y enfermer.

– Je vais prendre une douche !

De l'autre côté de la paroi, Andrès ricane avant de dire, tout naturellement :

– Glacée, j'espère ?

Salopard.

CHAPITRE 7

J'avais oublié l'existence de la vuvuzela jusqu'à ce que Mika débarque devant notre tente avec cet instrument du diable.

Les yeux encore tout collés, je me redresse sur les coudes. Très vite, je constate qu'Andrès n'est plus là, mais que je ne l'ai pas entendu partir. Je me lève et, après m'être habituée à la luminosité à l'extérieur de la toile (sans échapper à la sensation de l'aiguille qui perce mon front), contourne le tortionnaire d'oreilles qui ricane, fier de lui. Au loin, j'aperçois Andrès en train de boire un café en compagnie de Joséphine. Les voir rire ensemble me met immédiatement de mauvaise humeur.

À mes côtés, Mika lève les bras en l'air et s'exclame :

– C'est sortie canyoning aujourd'hui. Ma tante a réservé pour nous tous.

Urgh.

Nous sommes dans les gorges du Verdon, j'aurais dû m'y attendre. D'autant plus que les membres de la Team Rocket sont plutôt sportifs. Mais pas moyen qu'ils me traînent avec eux ! Je vais aller visiter un musée, moi. Un truc calme. Sans cascade et sans rocher.

– C'est dimanche, grommelé-je.

– Et alors ? Sainte Félicie veut se rendre à la messe ?

Je lève les yeux au ciel.

– Départ à 13 heures, sois prête !

Mika s'échappe, la vuvuzela aux lèvres. Il va falloir que je trouve ma meilleure excuse pour échapper à cette sortie de groupe.

– Quelqu'un se serait-il levé du mauvais pied ? lance Andrès alors que je passe près de lui et Joséphine pour me préparer un café. Ou c'est peut-être la gueule de bois, qui sait ?

Ma tête est coincée dans un étau et mes tempes n'ont jamais été aussi douloureuses. Les rayons du soleil, déjà bien haut dans le ciel, m'agressent outre mesure.

Je ne réponds pas et retourne dans la tente avec mon Graal afin d'attraper une tenue de sport. Pendant qu'ils vont se la jouer Indiana Jones, je vais faire une petite randonnée. C'est bien, ça, une randonnée. On n'en meurt pas précocement, de la randonnée.

Et ils n'ont pas besoin de le savoir à l'avance.

***

– Tu vas survivre ?

Ma meilleure amie se moque allègrement de moi, les lèvres pincées. C'est facile pour elle ! Une vraie sportive dans l'âme ! Elle enchaîne les randonnées d'une quarantaine de kilomètres sans verser une seule goutte de sueur. Moi, quand je marche plus de trois heures, c'est du sang qui s'échappe de mes pores. J'ai bien essayé de me mettre à la course à pied (parce que tout le monde me disait à quel point c'est *addictif*), sauf que j'ai failli perdre mes poumons.

Je ne suis pas inactive pour autant. Dès que j'ai un jour de repos, je fais de la marche nordique. Glad trouve que c'est un sport de vieux, mais ça me va plutôt bien. J'adore découvrir de nouveaux coins avec mes bâtons. D'ailleurs, au début, grâce à ça, je suis passée de 100 kilos à 90. Mais maintenant, malgré mes efforts, mon poids stagne. Je ne veux pas cumuler les régimes draconiens et dangereux, je tiens à mincir seule. Au départ, ce sont les remarques et insultes qui m'ont persuadée de maigrir. Avec le temps, j'ai compris que si je voulais vraiment le faire, il fallait que je le fasse *pour moi*. Je sens que mes kilos en trop pèsent sur mes articulations et qu'à l'approche de la trentaine, je m'essouffle de plus en plus vite. J'ai envie de prendre soin de mon corps. Je ne serai sans doute jamais mince (merci les gros os de la famille Lefebvre) et je ne pense pas le vouloir, mais j'espère atteindre les 75 ou 80 kilos. Malheureusement, comme il m'arrive encore trop souvent de manger mes émotions, je sais que le chemin est encore long.

– Ne sois pas aussi chochotte, Félie ! raille Josie.

Je lui coule un regard assassin et la jalouse un instant d'être aussi éblouissante dans son legging rose. Ma gueule de bois répond à ma place :

– Tu peux garder tes remarques à la con pour toi, Joséphine ?

Pour couper court à la tension entre Mme Parfaite et moi, Glad tente de dévier la discussion en chuchotant :

– Tu n'as pas réussi ton défi hier soir, Josie. Andrès a dormi avec Félie.

Mauvais choix de sujet de conversation.

Joséphine bombe le torse avec un sourire entendu.

– Il était réveillé très tôt et moi aussi. On est allés se balader et… petit à petit, l'oiseau fait son nid, comme on dit.

La fierté qui traverse ses pupilles me fait froncer le nez. C'est bien ce que je pensais… Andrès est à fuir à tout prix. Il est peut-être canon, mais j'ai bien fait de ne pas craquer cette nuit. Même pour un coup d'un soir, je mérite mieux qu'un mec qui flirte avec tout ce qui possède un vagin. En même temps, je le comprends : quand on a une Joséphine qui veut nous mettre le grappin dessus… Comment lutter ?

Je n'ai pas annoncé à Gladys que je ne participerai pas au canyoning, quitte à passer pour la rabat-joie de service. Certes, les paysages sont déjà à couper le souffle, ils vont sûrement prendre un pied monstre en descendant le canyon. J'adorerais ressentir la même euphorie qu'eux, comme lorsqu'une nouvelle saison de ma série préférée débarque sur Netflix ou que je parviens à coudre des manches du premier coup. Ma meilleure amie veut toujours que je me surpasse et combatte mes peurs, alors que je tiens juste à vivre une existence paisible et à faire ce qui me rend heureuse. Et descendre une falaise en rappel n'en fait pas partie, alors pour ça aussi, je me planque.

Joséphine partie (menton relevé, comme si elle avait gagné un duel), Glad reprend :

– Tu n'as pas répondu, Félicie. Ça va aller ?

Ma moue désabusée l'alerte, et elle s'arrête au beau milieu du sentier.

– Tu viens avec nous, hein ?

– Tu sais que j'ai le vertige, Glad.

Elle penche la tête sur le côté, dépitée.

– Promets-moi que tu viendras faire du rafting alors.

Je lève les deux pouces en l'air ; elle a le temps d'oublier d'ici là.

– Ne t'inquiète pas pour moi, je vais faire une randonnée en vous attendant. J'ai trouvé une carte à l'accueil du camping.

Carlo se faufile entre Glad et moi, puis entoure mes épaules de son bras poilu.

– Je me dévoue, Félie.

– Pour ?

– Je vais te tenir compagnie. J'aurai d'autres occasions de faire du canyoning.

Gladys me lance une grimace discrète tandis que je lâche un soupir beaucoup moins mesuré. Je soupçonne Carlo d'avoir une peur bleue du vide, mais il ne doit pas oser l'avouer devant ses potes.

Le chemin qui mène en haut du canyon est escarpé, mais une fois en haut, c'est majestueux. Quelques vautours virevoltent au travers des montagnes verdoyantes. Je suis tellement subjuguée par ces oiseaux que je manque de trébucher sur une racine. Gladys me rattrape de justesse et souffle :

– C'est magnifique, hein ?

Je suis envoûtée, mes yeux écarquillés parlent à ma place. Je n'ai jamais vu le ciel comme ça ; je ne pensais pas qu'une telle nuance de bleu existait, entre le turquoise et l'azur. Le bruit de l'eau qui coule est à la fois apaisant et étourdissant. Heureusement que j'ai prévu mon maillot, car je compte bien rejoindre cette eau paradisiaque par un chemin à ma portée.

Lorsque nous arrivons au point de chute, le moniteur qui va les accompagner est déjà présent et nous accueille avec un large sourire. Les équipements sont étendus au sol et, après de brèves présentations, il me tend mes affaires avant de remarquer que je ne m'avance pas pour me préparer.

– Je ne vais pas venir avec vous, merci.

L'homme acquiesce d'un sourire, tandis qu'Andrès fronce les sourcils en s'approchant de moi.

– Comment ça, tu ne viens pas ?

Je secoue la tête et crois lire une vague de déception sur son visage (mais je dois rêver).

– C'est une froussarde, lâche Josie.

– Je t'emmerde, Joséphine.

Elle ricane d'un air mauvais. De quoi elle se mêle, cette peste ? J'ai le droit d'être une poule mouillée si je veux, non ?

Andrès ne tient pas compte de notre prise de bec et attend que je réponde franchement.

– J'ai le vertige.

Rien que de pencher la tête pour observer la chute du canyon, ça me file des nausées.

– Il existe plusieurs parcours. Même certains adaptés aux enfants. On peut en faire un tous les deux, si tu veux.

– Tu ne comprends pas. Même le parcours adapté aux enfants sera trop difficile pour moi. J'ai une peur bleue de l'acrobranche, et quand je suis en forêt, je peine à descendre d'une souche d'arbre.

Le bougre éclate de rire.

– Oui, je sais, c'est ridicule, bougonné-je, un tantinet vexée.

– Nan, c'est plutôt mignon.

Je n'en crois pas un traître mot, il n'y a qu'à voir son rictus pour comprendre qu'il me voit comme une empotée (ce que je suis sans doute un peu).

Le moniteur s'approche ensuite d'Andrès pour lui confier son équipement, qu'il refuse poliment.

– Je reste avec la demoiselle.

Je lève les yeux au ciel, un peu blasée par son attitude de gentleman. Ce matin, il fricotait avec Josie et maintenant, il s'attaque de nouveau à moi.

– C'est sympa, Andrès, mais je sais encore marcher seule.

Il s'approche et m'adresse un clin d'œil en murmurant :

– J'assure tes arrières, comme hier soir.

– Mes arrières se portent bien, merci.

Josie nous regarde, la mâchoire décrochée. Si elle savait comme je n'ai aucune envie de me lancer dans une bataille pour remporter l'attention d'Andrès… Je préférerais qu'il ne voie qu'elle depuis le début. Ses compliments, son attention, ses sourires… tout ça me déstabilise trop, surtout quand je n'arrive pas à savoir ce qu'il pense.

– Mon pote, ne te prive pas du canyoning… intervient Carlo qui lui adresse une tape sur l'épaule en arrivant derrière lui. Je reste avec Félie.

Une lueur mauvaise envahit les yeux du prof de sport.

– Tu peux me rappeler depuis quand on est potes, Carlo ?

C'est moi ou c'est légèrement tendu ?

Ils s'observent en chiens de faïence, mais Carlo botte tout de suite en touche. Il n'a jamais aimé les conflits. Cependant, il reste posté à mes côtés, tout comme Andrès. Je soupire quand le reste de la bande s'esquive pour leur périple en nous accordant quelques signes de la main (sauf Josie, bien entendu).

Me voilà seule avec les coqs de la basse-cour. Ils se toisent, les bras croisés sur le torse.

Ils sont ridicules.

Sans les calculer, j'avance pour commencer la descente. Les deux hommes me talonnent rapidement. Si Andrès reste silencieux près de moi, Carlo prend son air de pro pour observer la carte.

– On doit aller par là.

– Bravo, Einstein, il n'y a qu'un seul chemin devant nous, se moque mon colocataire.

– Il paraît que la beauté et l'intelligence ne font pas bon ménage, ce serait dommage que tu te perdes, Andrès.

Ils ont vraiment décidé de me ruiner ma balade, c'est ça ?

Je m'arrête en plein milieu du sentier, les poings sur les hanches et un sourcil arqué, essayant de me calmer.

– Ça va ? demande Carlo. On dirait que tu es contrariée ?

Je reprends ma marche et les devance de quelques pas. Je siffle entre mes dents :

– Bouclez-la avant que j'en prenne un pour taper sur l'autre.

Je les imagine échanger un regard dans mon dos. Le silence qui s'installe pendant plusieurs minutes est agréable. Je profite du chant des oiseaux et du vent dans les bosquets.

– Fais attention, bouge un peu ! grogne la voix d'Andrès.

Je jette un coup d'œil par-dessus mon épaule et les vois se lancer des regards assassins alors que le chemin devient plus étroit. Je lève les yeux au ciel.

– C'est toi qui prends toute la place avec ton ego, raille Carlo.

Je pouffe dans ma barbe. Toutefois, je ne suis pas prête à endurer leur joute verbale durant toute la randonnée. Je me retourne vivement et les pointe du doigt, chacun leur tour.

– Je n'ai besoin d'aucun d'entre vous, les gars. J'étais censée faire cette rando seule, à la base. Rangez tout de suite vos déguisements de mâles alpha protecteurs, ça ne fonctionne pas avec moi. Alors maintenant, vous arrêtez de râler toutes les cinq secondes, sinon, je vous jette dans le ravin !

Leurs moues bougonnes sont à mourir de rire.

Si je m'étais attendue à un combat de coqs, j'aurais peut-être choisi le canyoning, finalement !

CHAPITRE 8

– Andrès, tu savais que beaucoup d'espèces présentes dans les gorges du Verdon en sont endémiques ?

Carlo ne laisse pas le temps à Andrès de répondre, il éclate de rire en ajoutant d'un air mauvais :

– Ah, non ! Tu es prof de sport, comment tu pourrais savoir un truc pareil ?

Je lève les yeux au ciel, agacée. En dépit de mes menaces, ils n'ont pas arrêté depuis notre départ en randonnée. À côté de moi, Andrès hausse les épaules, pas atteint pour un sou par l'attitude dédaigneuse de mon ex.

– Je sais ce que veut dire endémique, merci.

Le beau blond coule un regard vers moi, auquel je réponds par un sourire crispé. Je ne vais quand même pas avouer que je n'ai aucune idée de la signification de ce mot. Ça me fait penser au jeu de société Pandémic, mais je ne suis pas certaine qu'il y ait un réel rapport. Je me garde donc de tout commentaire.

Comme Carlo continue à me dévisager Andrès comme s'il doutait de lui, ce dernier se sent obligé d'en rajouter une couche :

– Ça signifie que certaines espèces sont uniquement présentes dans les gorges du Verdon.

Je marmonne un « bien sûr, évidemment » pendant que le prof de sport lève les yeux au ciel.

Déçu de ne pas avoir réussi son coup, Carlo se penche et montre une jolie fleur constituée de petits filaments violets.

– C'est le cas de la Raiponce de Villars. On peut aussi la trouver à la frontière franco-italienne, mais elle est presque exclusivement présente dans le Verdon. N'est-ce pas merveilleux ?

J'avais oublié à quel point Carlo aime étaler sa science. On pourrait presque croire qu'il est expert en botanique, mais il peut faire son numéro à propos de plein de sujets différents. À l'époque, je trouvais ça intéressant d'apprendre des anecdotes sur tout et n'importe quoi. Mais si ça m'a plu au début, je sais que son étalage de connaissances est surtout une manière de se mettre en avant quand il se sent menacé ou gêné.

Andrès semble penser comme moi. Il soupire et bougonne entre ses dents :

– Merci, WikiCarlo.

Mon ex ne se formalise pas et poursuit (pendant plus d'une demi-heure) avec d'autres espèces, telles que la doradille du Verdon ou la sabline de

Provence. J'hésite un instant à leur faire faux bond et à m'enfuir à toutes jambes.

Les chemins sont tortueux et parfois difficiles d'accès, mais je prends sur moi pour ne pas montrer mes appréhensions. Alors que nous sommes dans un escalier particulièrement pentu, Andrès me tend la main pour m'aider à descendre une marche plus haute que les autres. Même si la vue directe sur l'eau turquoise est absolument divine, ma gorge se noue. J'agrippe les doigts de mon colocataire comme si ma vie en dépendait. En fond sonore, Carlo parle désormais des chamois et des vautours fauves qui peuplent le coin.

– Tu l'as supporté combien de temps, ce mec-là ? souffle Andrès.

– Trois ans.

– Et ils ne t'ont toujours pas décerné la Légion d'honneur ?

Je ne peux m'empêcher de ricaner.

Les doigts toujours entrelacés, je m'arrête un instant pour observer la splendeur des lieux. À la fois sauvage et abondante, la nature nous offre un panorama incroyable. Les rochers qui entourent le canyon sont imposants et magnifiques, on pourrait croire qu'un sculpteur s'est amusé à construire chacun d'entre eux pour créer cette atmosphère à la fois grandiose, inquiétante et apaisante.

– C'est beau, hein ? chuchote Andrès.

Je hoche la tête, les yeux embués de larmes tant je suis soufflée par la beauté du paysage, et il serre un peu plus fort ma main (pour éviter que je me casse la figure, je présume).

– Est-ce que vous savez que la formation des gorges du Verdon a commencé il y a près de 210 millions d'années ?

Carlo, ou comment briser le charme.

Je soupire et ferme les yeux quelques instants avant de lâcher la main d'Andrès pour descendre seule les deux dernières marches.

– Personne n'a demandé un guide, Carlo ! grondé-je.

– Oh, une salamandre !

Le voilà qui se met à courir après la pauvre petite bête apeurée. En quelques secondes, mon ex quitte notre champ de vision et disparaît dans la lande du Verdon. Il ne manquerait plus qu'il se perde.

– Rassure-moi, tes ex ne sont pas tous aussi…

– Modestes et inhibés ? blagué-je. Non, pas tous. J'ai connu *pire* que Carlo.

Mes déboires sentimentaux ont débuté au lycée avec Clément (résultat d'un défi : coucher avec une grosse). Ensuite, il y a eu Jonathan et notre « relation cachée » (il avait honte de mon physique). Avec David, j'ai cru que ce serait différent. Mais il s'est lassé, lui aussi. C'est comme ça que j'ai compris que l'amour n'était peut-être pas fait pour moi. C'est pour ça que j'ai accepté de sortir avec Carlo, au départ. J'ai depuis longtemps fait une croix sur les grandes passions amoureuses, et une amitié améliorée, c'est déjà bien. Pas de grandes attentes, donc pas de grandes déceptions.

Andrès s'assied sur un rocher et commence à tapoter du pied. Le soleil frappe fort ma peau ; je passe un peu d'eau sur ma nuque pour me rafraîchir. Je tente aussi d'ignorer les yeux vifs du prof de sport posés sur moi. C'est reparti pour un tour : matage intensif, deuxième round !

Un quart d'heure d'attente plus tard (et de silence déstabilisant), je commence à me demander si Carlo ne s'est pas fait boulotter par l'une des bêtes sauvages dont il nous a parlé tout à l'heure. Andrès aussi, visiblement, puisqu'il se lève d'un bond et hurle :

– Carlo ?

Une voix étouffée répond, à quelques mètres de nous :

– J'arrive dans cinq minutes.

Andrès attrape vivement ma main pour m'encourager à avancer.

– Qu'est-ce que tu fiches ?

– On continue. Il a une carte, et puis tu sais, il connaît tellement bien la faune et la flore du coin… Il pourrait faire un *Koh-Lanta* dans les gorges du Verdon.

– Tu ne connais pas Carlo. Il fait le fier, mais il est aussi trouillard que moi !

J'hésite un instant. Je n'ai pas envie d'abandonner mon ex, et en même temps, je n'en peux plus d'attendre qu'il ait terminé son trip Robinson Crusoé.

– Avoue au moins qu'il te fatigue, ce type…

Je réfléchis quelques secondes, essayant de cacher mon sourire. Gladys me dirait de prendre le taureau par les cornes. Je ne l'ai pas fait pour le canyoning, mais est-ce que ce serait si difficile de passer une heure ou deux seule avec Andrès ? Il m'agace, mais moins que Carlo. Alors à choisir…

– OK, je t'accompagne. En revanche, si Carlo meurt, je dirai que tu m'as kidnappée et forcée à te suivre.

Un sourire conquérant illumine ses lèvres. Il se penche, juste assez pour que son souffle entre en contact avec mon oreille :

– Je prends le risque.

Andrès contemple le paysage avec un fin sourire aux lèvres. Contrairement à tout à l'heure, le silence ne me gêne plus. Quand il ne me mate pas avec insistance, c'est finalement plutôt agréable de marcher à côté de lui. Aussi surprenant que cela puisse paraître, je suis à mon aise au beau milieu de la nature avec un type que je ne connaissais pas hier, je ne ressens pas le besoin de combler le vide en parlant à tort et à travers comme je peux parfois le faire.

Je suis juste bien.

Un ruissellement me laisse penser que nous arrivons près d'un courant d'eau.

– On y va ?

Andrès lève haut les sourcils.

– Je pensais que tu serais du genre à vouloir rester sur le droit chemin.

En effet, nous allons devoir quitter la route balisée, ce n'est peut-être pas une bonne idée. Je mordille un instant ma lèvre inférieure, indécise, puis finis par acter d'une voix déterminée :

– Il paraît qu'il faut savoir sortir des sentiers battus.

Le sourire qu'il me renvoie est délicieux (beaucoup trop délicieux).

Après quelques mètres de marche plus ardus à travers les bois, nous nous retrouvons au pied d'une crique aux mille nuances de bleu, entourée d'imposants massifs rocheux qui la dissimulent. La cascade qui la surplombe est splendide.

Un joyau à l'état brut.

– On a bien fait d'abandonner Carlo, non ?

Pour le coup, Andrès n'a pas tort, je n'aurais loupé ça pour rien au monde.

– On va se baigner ? propose-t-il.

Il pose son sac sans me regarder et commence déjà à chercher ses affaires à l'intérieur. Moi, je suis pétrifiée sur place. Si j'ai pris mon maillot, c'est uniquement parce que je pensais me baigner seule pendant que les autres feraient du canyoning. L'idée de me retrouver si peu vêtue devant lui me terrifie. Je ne m'imagine pas lui montrer mon ventre proéminent, mes cuisses pleines de cellulite et mes bras pas musclés pour un sou. Alors que lui… Lui, il ne doit avoir honte de rien.

Devant mon silence, Andrès se retourne et découvre mon air paniqué. Il s'approche alors vivement et pose une main qui se veut réconfortante sur mon épaule.

– On est seuls. Personne ne te jugera ici.

– Toi, tu me jugeras. On passe notre vie à juger les autres, même sans le vouloir.

Le prof ne trouve rien à redire. Il sait que j'ai raison. Conscient de mon désarroi, il penche tout de même la tête sur le côté avec un petit air de chien battu.

– Est-ce que tu me fais confiance, Félicie ?

– Pas du tout.

Andrès éclate de rire, puis attrape mes deux mains dans les siennes.

– Es-tu prête à essayer ?

Je voulais profiter du paysage, non ? C'est pour ça que je n'ai pas suivi les autres, et c'est pour ça que j'ai pris mon maillot. Est-ce que j'ai vraiment fait tout ce chemin pour rien, parce qu'un mec que je connais depuis une journée à tout casser va se baigner au même endroit que moi ? Il va peut-être me juger, oui. Mais qu'est-ce que je risque à lui faire confiance ? *Beaucoup trop…*

Je gonfle légèrement la poitrine afin de trouver un semblant de courage.

– Je… Peut-être.

Courageuse, mais pas téméraire.

Les mains tremblantes, j'enlève mon sac à dos, puis en sors mon maillot. Je pointe un doigt accusateur vers Andrès.

– Tiens-toi à carreau. Si j'accepte de me baigner, c'est juste parce qu'il fait une chaleur étouffante, OK ?

Il m'attrape par le bas de mon tee-shirt et m'attire tout près de lui.

– Tu *peux* me faire confiance. Je vais enfiler mon maillot à l'opposé de toi et on se rejoint dans l'eau, d'accord ?

Électrifiée par son corps si proche du mien, je file me cacher derrière la verdure.

Allez, respire, Félicie !

Toute collante sous cette terrible chaleur, je mets un temps fou à enlever ma tenue de sport. J'enfile ensuite mon maillot une pièce noir que j'ai cousu au début de l'été. Chez moi, devant mon miroir, je m'étais trouvée plutôt jolie. Un beau décolleté rond qui met ma poitrine en valeur. Échancré au niveau du dos. Mettant en lumière mes formes généreuses. Cependant, maintenant que je dois sortir de ma cachette, je n'ai plus aucun aplomb. J'observe mes cuisses (trop larges), ma peau d'orange (affreuse), mes seins (disproportionnés).

Pourquoi ai-je accepté cette proposition de baignade ? C'est insensé.

Je passe mes mains sur mes tempes. Il faut que j'arrête de réfléchir. J'ai chaud, l'eau a l'air incroyable, je veux me baigner. Ni une ni deux, je prends mon courage à deux mains et m'élance vers la crique.

Andrès est déjà dans l'eau et m'attend patiemment. Lorsqu'il m'aperçoit, ses yeux se voilent d'une expression que je ne parviens pas à interpréter. Je cache comme je peux mon ventre avec mes bras, marchant le plus rapidement possible. Il ne me quitte pas des yeux, sans l'ombre d'un sourire. Je prends alors une profonde inspiration au moment où je me glisse dans l'eau.

Je plonge jusqu'au cou afin de dissimuler la moindre parcelle de peau. Il continue de me dévisager comme s'il était Hannibal Lecter.

– Arrête de me reluquer comme ça, bon sang !

Il semble enfin revenir à lui, sursautant même un peu.

– Ah oui, c'est vrai… Le harcèlement, tout ça, tout ça…

Je lui lance un regard assassin avant de commencer à nager loin de lui. L'eau est délicieuse, je pourrais y rester des heures entières.

Je manque de couler quand je remarque qu'Andrès m'a déjà rejointe.

– Continue comme ça, et tu vas devenir aussi lourd que Carlo !

Il m'ignore et se met à flotter à la surface de l'eau, les bras grands ouverts.

– Tu n'as pas l'impression d'être dans *Seul au monde*, le film avec Tom Hanks ? me demande-t-il de sa voix rauque.

– Je ne suis pas trop dans le trip *Koh-Lanta*, tu sais.

– C'est bizarre, je m'en serais douté.

Il m'adresse un clin d'œil taquin auquel je réponds par une grimace qui le fait rire.

– Je te mets au défi de venir sous la cascade avec moi.

Je plisse le nez et secoue la tête de gauche à droite. Andrès s'élance sans moi, tandis que je reste dubitative à quelques mètres de la cascade. De là où je suis, j'ai tout le loisir de l'observer se mouvoir sous l'eau qui tombe du haut du rocher, de le voir se redresser derrière la chute et de lever le visage vers la bruine qui lui tombe dessus.

Pendant longtemps, j'ai trouvé ridicule les publicités où des hommes aspergent d'eau leur torse nu par un temps de canicule. Aujourd'hui, je comprends pourquoi certaines femmes adorent ce genre de cliché. Andrès en est un en ce moment. Les gouttes ruissellent le long de son torse musclé, et je rêverais d'être l'une d'entre elles.

– Arrête de me reluquer comme ça, bon sang ! hurle-t-il. Ça frôle le harcèlement, Félicie !

Et ça l'amuse, en plus !

Il profite de me voir plus détendue pour arriver à mon niveau et me prendre la main.

– Allez viens !

Je n'ai jamais été très à l'aise dans l'eau. Il me faut une bonne dose de courage et d'autopersuasion pour me décider à avancer et oser me glisser sous la cascade. Les premières secondes, je plisse férocement les paupières, angoissée et nerveuse.

– Ça va ? souffle Andrès avec douceur.

Peu à peu, j'affronte ma peur et ouvre les yeux. La sensation de l'eau sur ma peau n'est pas désagréable. C'est même plutôt libérateur. Comme si nous étions vraiment seuls au monde, loin des tracas du quotidien, loin de notre passé, loin du regard des autres.

Grisée par la kyrielle d'émotions qui s'empare de mon corps, je tournoie sur moi-même pour accueillir comme il se doit cette eau tombée du ciel. C'est un instant privilégié que je ne revivrai peut-être jamais, autant en profiter !

Andrès ne me quitte pas du regard et sourit.

Alors que mon pied heurte un caillou pointu, je trébuche et bois la tasse. Paniquée, je ressors sans trop de difficultés, mais la cascade qui continue à me tomber dessus me donne la sensation d'étouffer. Je me mets à trembler, incapable de bouger. Ma respiration devient saccadée et je commence à paniquer.

Dès qu'Andrès prend conscience de mon supplice, il m'attire contre lui et me fait sortir de sous la cascade. Quelques larmes vicieuses glissent sur mes joues.

J'ai honte de me montrer aussi fragile.

Lorsque je redresse la tête, reprenant doucement ma respiration, je m'attends à voir un sourire moqueur face à moi. C'est loin d'être le cas. Il semble plutôt inquiet. Ses bras sont enroulés autour de moi afin de me maintenir contre son torse, et ses mains ont dévié sur ma chute de reins.

Les battements de son cœur résonnent dans ma poitrine. Nos visages sont si proches que c'en est presque indécent. Je ne bouge pas d'un iota, me calmant dans ses bras.

– Tout va bien, OK ?

Sa voix est tout aussi apaisante que son corps. Lentement, je plonge mon regard dans le sien, aussi bleu que cette crique paradisiaque. Le temps se fige autour de nous.

Seuls au monde. Pour de vrai.

L'une de mes mains remonte vers son visage et, sans réfléchir, mon pouce flatte ses lèvres, plus alléchantes que jamais. Il ne bouge pas d'un millimètre, comme s'il n'attendait qu'un pas de ma part. C'est électrique. Grisant. Excitant. Je n'ai jamais ressenti quelque chose de similaire auparavant.

Et soudain, ça me percute : ça ne devrait pas se passer comme ça. Je ne suis pas assez belle, pas assez fine, pas assez « comme il faut » pour mériter cette parenthèse idyllique. Je ne dois pas prendre mes désirs pour des réalités, nous ne sommes pas dans un roman à l'eau de rose. Je dévisage Andrès, et sa beauté insolente m'est insupportable. Je le revois flirter avec Joséphine.

C'est avec elle qu'il devrait être.

Je m'extirpe de ses bras, accusant difficilement le regard déçu qu'il me renvoie.

– C’est moche de profiter d’une femme qui panique, ironisé-je afin de détendre l’atmosphère.

– Et si cette femme a envie que j’en profite ?

Je souris timidement (un peu tristement aussi) face à son air sérieux et ses sourcils froncés. Je l’abandonne pour sortir de l’eau et m’enrouler au plus vite dans une serviette de bain.

Pas de grandes attentes, pas de grandes déceptions.

CHAPITRE 9

Sur le chemin qui nous mène au point de chute de nos amis, Andrès et moi n'avons pas échangé un mot. Je crois qu'il n'y avait rien à dire, de toute manière. Nous nous sommes baignés et c'était chouette, mais il y a un pas entre barboter dans l'eau et embrasser un presque inconnu (aussi attirantes que soient ses lèvres). Ce type ne m'inspire rien qui vaille. J'ai accordé ma confiance par le passé à des hommes qui ne la méritaient pas, je ne compte pas recommencer de sitôt.

Je respire doucement par le nez pour retrouver mon calme. Mais quand les pensées sombres commencent à m'assaillir, il m'est impossible de les refouler. Je me rappelle toutes ces personnes qui m'ont fait comprendre qu'il est impossible d'être heureuse au-delà d'une taille 44. Je me souviens d'une phrase de ma tante Caroline (qui se vante de porter du 36 à quarante-cinq ans et des brouettes) : « *Tu devrais te prendre en main. C'est du gâchis, tu as un si beau visage.* » Et quand je vois Josie, comment pourrais-je croire qu'Andrès espère vraiment plus qu'une nuit avec moi ?

Lorsque nous arrivons au point de rencontre, Gladys me tombe dessus, m'empêchant de tergiverser davantage :

– Ça fait trois quarts d'heure qu'on vous attend, hein ! Tu m'expliques pourquoi tu as les cheveux mouillés ?

Elle regarde mon colocataire, agacée, puis m'attire à l'abri des oreilles indiscrètes avec un sourire entendu. Je la déteste pour être aussi observatrice. Andrès me lance un coup d'œil avant de rejoindre le groupe près des tables de pique-nique. Je vois Mika lever les bras en l'air. Apparemment, il a aimé le canyoning.

– Et où est Carlo ? Il était censé être avec vous, non ? reprend Glad.

– Il a suivi une salamandre.

– Il s'est pris pour Diego l'explorateur, ou quoi ?

– Je crois surtout qu'il voulait prouver sa valeur, et pour lui ça passe par le savoir.

– On doit demander l'intervention d'une patrouille de police ?

Après un éclat de rire, je prends conscience que mon ex est peut-être toujours coincé au milieu des gorges du Verdon.

– Tu penses ?

Glad secoue la tête et lève les yeux au ciel.

– Il va s'en sortir.

Elle plisse ensuite les paupières et me dévisage d'un air suspicieux :

– Alors, tes cheveux mouillés ? Tu me racontes ? Ne me dis pas que tu as fait un pied de nez à Josie concernant sexy Andrès, ce serait dingue !

C'est bien ce que je me disais. C'est *dingue* (comprendre : impossible) que le prof de sport puisse me préférer à Joséphine.

– Vu ta tête, ça concerne bien sexy Andrès ! s'écrie ma meilleure amie en sautillant.

– Arrête de l'appeler sexy Andrès…

– Ose dire qu'il n'est pas sexy !

– Ce n'est pas la question. Et baisse d'un ton, tu veux.

– À partir du moment où tu reviens d'une balade en compagnie de ce mec à tomber, que tu as les cheveux mouillés – ce qui signifie qu'il t'a convaincue de te mettre en maillot devant lui – et que Carlo est porté disparu alors qu'il était censé être avec vous… Je suis en droit de me demander ce que tu as fricoté avec lui.

Elle pointe son index vers mon nez ; je louche malgré moi.

– Et tu as intérêt à avoir fricoté si l'occasion s'est présentée. Sinon, je te renie. Foi de Gladys.

Je croise les bras sur ma poitrine, quelque peu agacée d'être aussi prévisible.

– On a perdu Carlo en route, on est tombés sur une superbe cascade, on s'est baignés, on est rentrés. Fin de l'histoire.

– Tu mens, Félie !

– N'importe quoi.

– Ta narine gauche frétille. Tu mens, je te dis !

– Je ne…

Elle balaie l'air devant mon visage.

– Pas à moi, tigresse !

Ça fait une éternité qu'elle ne m'a pas appelée ainsi. La dernière fois, c'était quand Carlo a vanté mes prouesses sexuelles devant tout le monde alors qu'il était bourré. Un grand moment de solitude.

Alors que Gladys me lance un regard de tueuse, j'abdique. Elle ne me lâchera jamais la grappe, de toute façon.

– Andrès n'arrête pas de me… de me tendre la perche.

Glad place ses mains devant sa bouche en pouffant.

– Et tu l'as saisie ?

– De quoi ?

– Ben sa perche, pardi !

Elle est hilare ; je lui accorde à peine treize ans d'âge mental.

– Je n'aime pas ce genre de mec, ronchonné-je.

– Le genre sexy ?

– Le genre qui drague tout ce qui bouge.

Glad lève les yeux au ciel.

– Oh, c'est bon ! Josie et lui se sont juste embrassés.

Mon cœur se serre une demi-seconde.

– Ils se sont embrassés ?

Je n'avais pas cette information et ça me conforte dans ma première impression concernant Andrès. Gladys prend conscience de sa bourde et grignote sa lèvre inférieure.

– Écoute Félie, on n'est plus au collège, et c'était juste un baiser entre deux adultes qui s'amusent pendant leurs vacances.

Je sais qu'elle a raison. Pourtant, c'est encore une fois la preuve qu'il fait partie des hommes qui s'amusent avec les femmes et s'en servent comme de pantins. Et ce n'est pas ce que je recherche. Pas de grandes attentes ne veut pas non plus dire pas d'attentes du tout.

– Franchement, tu devrais profiter de cette semaine pour t'éclater, Félie. Un petit coup de temps en temps, ce n'est jamais désagréable, tu sais ?

Plus elle parle, plus ma gorge se serre.

– Regarde-moi cinq minutes, Glad ! Pourquoi Andrès voudrait d'une fille comme moi alors qu'il peut se taper une bombe comme Joséphine ?

– Je n'ai pas besoin de cinq minutes pour constater que tu es magnifique.

Je lève les yeux au ciel.

– On aurait dû me prévenir que l'amitié rend aveugle.

Glad entoure mon cou et me serre contre elle.

– Tu *es* belle, OK ? Arrête de te dénigrer, s'il te plaît.

– Je suis réaliste, nuance. N'essaie pas de me donner de faux espoirs. Je n'ai pas dit que j'étais *laide*… mais tu ne peux pas me dire qu'il n'y a pas un écart flagrant entre elle et moi.

Mon manque de confiance en moi est sidérant, je le sais. Il m'enveloppe tout entière et m'aspire, comme un trou noir, mais je ne peux rien y faire.

– Je n'ai plus la force de me laisser berner par les mecs.

– Pourquoi Andrès essayerait-il de te berner ? Il te trouve sans doute aussi sexy que Josie, et franchement, je le comprends.

Je secoue la tête.

– Tu te rappelles Clément ? Jonathan ? David ?

– Arrête avec ça, Félie ! Tu ne peux pas laisser ces connards dicter ta vie amoureuse.

– Peut-être… Mais aujourd'hui, j'ai décidé de fuir comme la peste les hommes trop parfaits pour être vrais.

– Tu *es* belle, insiste Gladys, la tête penchée sur le côté.

– Ton arcade sourcilière tressaute…

– Tu sais quoi, Félie ? Pense ce que tu veux et prive-toi de vivre. Je ne vais pas passer mon temps à te répéter que tu mérites d'être aimée parce que tu es incapable de te voir comme moi je te vois. Tu connais mon point de vue, maintenant le reste du travail doit venir de toi. Soit tu décides de te prendre en main et d'aller de l'avant, soit tu continues de croire que le monde entier t'en veut. Tous les hommes ne sont pas des connards en puissance. Ce n'est pas parce que tu as un jour tiré le mauvais numéro que tu ne peux plus tenter ta chance au loto. C'est toi qui décides, Félicie.

Gladys me laisse plantée là, le cœur au bord des lèvres.

***

Mika, Léo et moi sommes assis à une table de pique-nique avec chacun une canette dans les mains, pour essayer de faire descendre la température. Les garçons parlent des derniers résultats du championnat de rugby, et comme ça n'a rien de passionnant, je ne les écoute plus vraiment. À quelques pas de nous, Glad et Pierre tapent la causette avec Andrès. Je ne peux m'empêcher de laisser une oreille traîner et constate qu'ils sont eux aussi en train de parler sport. Glad est hilare :

– Arrête ! Le ping-pong n'est pas *vraiment* un sport, tout le monde le sait.

– J'ai pourtant été champion régional, assure le prof, fier de lui. J'aurais presque pu devenir pongiste professionnel.

Glad s'esclaffe de plus belle.

– « Pongiste » ! Rien que le mot est pourri. Tu mérites mieux comme sport, Andrès.

– Ah oui ? Lequel, par exemple ?

Gladys fait mine de réfléchir, l'index sur le menton.

– Le tennis. Ou le badminton. Pas un truc qui nécessite une *micro-raquette*.

Je manque d'éclater de rire avant de me rappeler que je suis un peu en train d'écouter aux portes. Je me demande parfois où Glad va chercher ses reparties.

– Mieux vaut une *micro-raquette* qu'une *micro-autre chose*, annonce Pierre de son éternel air pince-sans-rire.

Ma meilleure amie s'esclaffe.

– J'ai aperçu Andrès en maillot et… je ne m'inquiète pas trop pour lui à ce sujet.

OK, donc Glad avoue ouvertement avoir maté le paquet du prof de sport. Tout va pour le mieux dans le meilleur des mondes.

Joséphine se pend au bras du blond et minaude d'une voix mielleuse :

– Je trouve ça super sexy, les pongistes.

Évidemment ! Même s'il avait déclaré être champion de saute-mouton, elle aurait trouvé ça sexy.

Je réfrène mes envies meurtrières pile au moment où Mika se met à ronchonner :

– Félicie ? Tu ne m'écoutes pas !

– Si, si, bien sûr…

– Et tu en penses quoi ?

– Je sais pas trop.

– Regarde-les ! C'est évident.

Mickaël m'éclaire en pointant Joséphine, Pierre et Andrès du doigt. Apparemment, ils ont changé de sujet de conversation.

– Il la dévore des yeux, c'est dingue !

Même eux l'ont remarqué. Je me contente de dire d'une voix lasse :

– Andrès et Joséphine iraient bien ensemble, ouais.

Mika me dévisage, les sourcils froncés.

– On parle de Pierre et Gladys, tu vois que tu n'écoutes rien !

En effet, j'ai dû louper un épisode… Léo me lance un clin d'œil :

– Parce que d'après moi, Andrès est intéressé par quelqu'un d'autre, si tu vois ce que je veux dire…

Pile au moment où il prononce ces mots, le beau blond me coule une œillade en biais, accompagnée d'un sourire quasi imperceptible, comme s'il était heureux de me surprendre en train de l'observer.

– Grave ! s'exclame Mika. C'est dingue comme il ne te quitte pas des yeux depuis hier ! Je suis sûr que vous avez fait plein de cochonneries sous la tente.

Je me sens rougir violemment.

– Pas du tout ! Il préfère rouler des pelles à Josie apparemment.

– Sérieux ? s'indigne Léo. Josie est canon, c'est vrai, mais je ne vois pas d'alchimie entre eux.

– C'est clair, renchérit Mika. Moi, je parie sur Andrès et Félicie, et sur Gladys et Pierre. Regardez-moi le sourire niais de mon rouquin préféré !

C'est vrai que Pierrot a les yeux qui pétillent. C'est beau à voir.

Soudain, Carlo arrive en courant (je l'avais presque oublié), tout débraillé, les genoux éraflés et des brindilles dans les cheveux.

– Une vipèèèèèèère ! hurle-t-il, les bras en l'air.

Je croise le regard d'Andrès qui semble perdu entre envie de rire et culpabilité. Tiraillée par les mêmes émotions, je prie pour que mon crétin d'ex ne se soit pas fait piquer par un serpent (il ne manquerait plus que ça).

Carlo se précipite sur moi :

– Tu étais où, Félie ?

Avec sa petite voix, on dirait un enfant qui a perdu sa maman dans les rayons d'un supermarché.

– Je… En fait…

– Tu étais avec ta salamandre, Félicie était avec moi.

Mon ex se retourne au ralenti, comme dans les films, lorsque les deux mecs se disputent pour l'héroïne.

– Quelqu'un t'a sonné, André ?

Le prénom *André* est tout de suite moins sexy, il faut être honnête. Le prof de sport ne s'en formalise cependant pas et se contente d'observer Carlo avec une arrogance qui me décontenance.

– Ça te pose un problème qu'elle ait préféré ma compagnie à la tienne ?

Agacée, je me lève d'un bond et me poste devant les deux hommes à l'ego surdimensionné, les poings sur les hanches.

– Là, maintenant, tout de suite, la seule présence que je tolère, c'est la mienne. Je ne sais pas à quoi vous jouez, mais vous êtes pitoyables, les gars ! Carlo, tu parles trop, j'avais besoin d'un peu de tranquillité.

Je me tourne ensuite vers Andrès qui arbore un sourire victorieux.

– Quant à toi, à force de courir après toutes les poules de la basse-cour, tu vas finir avec un point de côté.

Il perd immédiatement contenance face à mon regard noir. J'enfonce un peu plus le clou :

– Parce que la seule poule qui dandine ses fesses devant toi… Ce n'est pas moi, je ne sais pas si tu as remarqué.

J'attrape mon sac à dos et prends la direction des voitures. Ce petit jeu de « qui pisse le plus loin » est insupportable. Quelques minutes plus tard, alors que j'arrive enfin en bas de la pente qui mène au parking, Mika m'attrape l'épaule, essoufflé.

– Eh ben dis donc, c'est que tu marches vite !

– Étonnant pour une grosse, hein ?

Il se fige, les mains sur les genoux, surpris. Pour la première fois depuis que je le connais, son visage se pare d'un sérieux déroutant, presque inquiétant.

– Je n'ai jamais dit ça.

Je me détends un peu et lui offre un maigre sourire qui ne semble pas le convaincre.

– Tu sais, quand on s'est rencontrés pour la première fois, toi et moi, je ne comprenais pas pourquoi tu étais aussi distante et autant sur la défensive. Je commence à capter, en fait. Tu n'as aucune confiance en toi. Pourtant, tu es une super meuf, Félicie. OK, t'as des formes, c'est vrai…

– Je n'ai pas « des formes », Mika. Kim Kardashian a des formes. Pas moi. Moi, je suis grosse.

Il roule des yeux, l'air blasé.

– Très bien, si tu veux. Je n'y crois pas un seul instant, mais si c'est ce que tu souhaites entendre, alors OK… Tu es grosse. Et alors ?

– Tu dis ça parce que toi, tu es mince et que tu peux manger dix burgers d'affilée sans prendre un kilo. Tu n'as aucune idée de ce que c'est d'enchaîner les régimes drastiques et d'en faire des malaises au boulot, pour seulement cinq cents grammes en moins sur la balance. Je suis à ce poids où je suis trop grosse pour être dans la norme, mais pas assez obèse pour avoir le droit de me plaindre.

– Tu as le droit de te plaindre, Félicie.

Mika se passe une main sur la nuque, gêné.

– Ce que je veux te faire comprendre, c'est que… il y a des gens qui aiment les choux de Bruxelles et d'autres pas. Il y a aussi des gars qui kiffent les filles grosses quand certains vont préférer les minces. Il en faut pour tous les goûts.

Le nez plissé, je m'arrête de marcher.

– Tu es en train de me comparer à un chou de Bruxelles ?

– C'est trop petit, c'est ça ? Un chou-fleur, alors ?

J'explose de rire tandis que Mika continue sur sa lancée :

– Un chou de Bruxelles, ça a des formes, et un chou-fleur, c'est gros.

Mika aura réussi à me sortir de ma morosité. Rien que pour ça, je me hisse sur la pointe des pieds pour déposer un baiser sur sa joue.

– Je valide le chou-fleur !

Rassuré, il rit à son tour, quelque peu surpris par mon attention. Cette semaine de camping (et ça ne fait que deux jours) est pleine de surprises. Mes alliés sont là où je ne les attendais pas. Mika me le confirme quand il annonce avec un large sourire :

– Tout ça pour dire que tu es un super chou-fleur, Félicie.

C'est le compliment le plus étrange que j'aie entendu.

Mais je le prends !

CHAPITRE 10

Pour notre deuxième soirée, c'est un karaoké qui est prévu. Gladys est en transe. Comme toujours, elle va me forcer à chanter *Dancing Queen*, la chanson sur laquelle ses parents se sont rencontrés. Sa mère avait vingt-cinq ans, son père, trois ans de plus. Ils étaient en vacances dans la même résidence, et ont tout de suite eu un coup de cœur l'un pour l'autre. Ce n'est que le dernier soir, sur la fameuse chanson d'ABBA, qu'ils ont osé s'embrasser. Et beaucoup plus. C'est lors de cette soirée que Gladys a été conçue et que leur histoire a survécu à l'été.

Face à moi, elle commence déjà à fredonner le refrain.

– Tu penses que tu te lasseras un jour de cette chanson ?

– Jamais. Elle me rappelle que je suis le spermatozoïde gagnant.

J'éclate de rire, dépose une bise rapide sur sa joue, puis m'échappe pour changer de tenue. Le temps s'est gâté depuis que nous sommes revenus de notre escapade ; l'air est lourd, le ciel est sombre, ça sent la pluie d'été. Je me dépêche d'atteindre la tente avant de prendre l'eau. J'espère ne pas y trouver Andrès, je n'ai aucune envie de lui parler. Même si notre parenthèse dans la crique me laisse des souvenirs bouillonnants, je suis aussi énervée qu'il puisse passer avec tant d'aisance (et sans le moindre scrupule) de Joséphine à moi.

Le destin semble décidé à m'agacer davantage… Andrès est bel et bien sous la tente. Assis sur son sac de couchage, un genou relevé, il se masse la tempe de la main gauche. Je souffle longuement, la mâchoire crispée, avant de me rendre compte qu'il est au téléphone.

– Arrête ça tout de suite ! intime sa voix rauque à son interlocuteur.

Histoire de me faire toute petite, je reste à quatre pattes, le nez dans ma pile de vêtements.

– Excuse-moi de te le dire, mais tu te comportes comme une enfant, maman.

Je suis définitivement de trop. Pile au moment où je m'apprête à quitter la tente, une violente pluie d'orage s'abat à l'extérieur et Andrès me retient par le bras alors que je commence à ouvrir la toile. Il me fait un signe de tête que j'interprète comme un « reste ». Je me recroqueville dans un coin de la tente et fais mine de consulter mon smartphone.

– Écoute-moi bien, maman. Tu as intérêt à te rendre à cette putain de chimio, tu comprends ? Tu es tout à fait en droit d'avoir des coups de mou.

En revanche, m'annoncer de but en blanc que tu baisses les bras alors que je suis en vacances à l'autre bout de la France, c'est petit. Ce n'est pas toi, maman. Tu es plus forte que tu ne le penses.

Mon traître de cerveau me ramène au soir où mon père nous a quittés. Je me revois près de son lit d'hôpital, alors que les machines respiraient pour lui. Je me souviens de sa tension qui dégringolait, de son rythme cardiaque qui s'affolait.

Jusqu'au silence le plus total.

Lorsqu'il s'est éteint, maman est sortie précipitamment pour déverser sa peine dans une poubelle du couloir. Et moi, je suis restée léthargique pendant que les soignants s'affairaient autour de son corps sans vie. Dans un état second, j'ai eu l'impression de mourir à mon tour. Les voix me paraissaient lointaines, je vivais la scène comme on regarde une série à la télé.

Tout à coup, quand le calme est revenu dans la chambre, j'ai hurlé. J'ai crié ma haine de voir mon père s'en aller. J'ai bondi jusqu'à son lit pour attraper son bras et le secouer. Je me suis laissée tomber sur son torse dans l'espoir que ses doigts rejoignent mes cheveux et me caressent le crâne.

Hélas, tout était terminé. Une infirmière a glissé sa main dans mon dos pour m'encourager à quitter la pièce et à retrouver ma mère. D'un pas las et robotique, je me suis dirigée vers la porte, avant de me retourner une dernière fois. Le sentiment qui m'a traversée en cet instant m'a profondément perturbée pendant plusieurs années. Ma conscience répétait en boucle : « *Je te déteste, je te déteste...* »

Et c'était vrai. Je le détestais pour avoir abandonné sa petite princesse au moment où elle avait le plus besoin de lui. Mais au moins, j'étais là. Je n'imagine pas ce qu'Andrès doit vivre de ne pas être au côté de sa mère dans un tel moment.

Son timbre rauque me tire de ce mauvais souvenir :

– Si papa m'appelle demain matin pour me dire que tu es toujours aussi braquée, je débarque et je te traîne à l'hôpital par la peau des fesses, compris ? Tu sais ce qu'on dit des Cataleno, hein ? Les Cataleno n'abandonnent jamais. Je t'interdis d'abandonner, maman.

Je me sens coupable d'assister à ce coup de téléphone. Je jette un regard en biais à Andrès, alors que la pluie fouette la toile.

– Maman ? Tu sais que je t'aime, hein ?

La réponse de sa mère, que je n'entends pas, lui arrache un sourire. Un sourire triste qui me fait mal au cœur.

– Alors accroche-toi au moins à ça, d'accord ?

Andrès termine la conversation. Hormis l'averse et l'orage qui gronde au loin, il n'y a plus un bruit dans la tente. Je ne sais ni quoi dire ni comment agir.

Le beau blond s'allonge et pose son téléphone contre son cœur en soupirant longuement. Ses yeux lorgnent la toile sur laquelle nous pouvons voir les gouttes glisser par transparence.

– Je suis… commencé-je en me redressant.

– Je sais. Tu es désolée. Moi aussi.

La froideur qu'il dégage me désarçonne. Il n'y a pas à dire, je préfère ses regards brûlants.

Je m'approche de la porte de la tente.

– Je vais y aller et te laisser un peu d'inti…

– Reste.

Je me fige.

– S'il te plaît. Je n'ai aucune envie d'être seul. Pas maintenant.

Pour ma part, quand je vais mal, j'ai besoin de m'isoler. La solitude est parfois ma meilleure compagne. Je peine à comprendre qu'Andrès souhaite ma présence à ses côtés alors qu'il ne me connaissait même pas hier matin. Pourtant, je m'allonge comme lui, sur le dos, les bras le long du corps. Il se tourne sur le côté, ses yeux cherchant les miens. Mal à l'aise, je continue à scruter la pluie qui ruisselle sur la toile de tente.

– Cancer du sein.

Il place son bras sous sa tête, s'installe plus confortablement.

– Ça fait quatre ans. En mars, on pensait qu'elle était tirée d'affaire. On a appris en juin qu'elle avait récidivé.

À mon tour, je roule sur le côté pour lui offrir mon sourire le plus compatissant. Malgré moi, mes yeux s'embuent ; j'ai toujours été une éponge émotionnelle.

– Je t'ennuie avec mes histoires, lance-t-il soudain en reprenant sa position initiale, sur le dos.

– Non, non… Pas du tout. Vraiment pas du tout, Andrès. Je… Raconte-moi. Je reste.

Je me flagelle intérieurement pour être *encore* sujette au syndrome de la sauveuse. C'est de cette manière que je suis tombée amoureuse de Clément : son père lui mettait une énorme pression, il était au bord du gouffre, et moi, j'ai cru pouvoir l'aider. J'ai l'impression de réitérer les mêmes erreurs, et pourtant, comment pourrais-je dire à Andrès de se débrouiller seul quand je le vois dans cet état ?

Il respire fort et vite, comme s'il avait du mal à se contrôler. D'instinct, ma main se pose sur ses pectoraux, pile à l'endroit où bat frénétiquement son cœur. Nos yeux se retrouvent, alors que l'averse tonitruante cesse enfin. L'une de ses mains saisit la mienne et la garde contre sa poitrine. Il soupire en reportant son attention sur le toit de la tente.

– Ma mère est une tête de mule.

Il ricane, alors je souris avec lui.

– Elle ira à sa chimio, j'en suis convaincu. Elle finit toujours par y aller… Sauf que ce n'est plus par conviction ou par envie de s'en sortir. C'est uniquement pour papa et moi.

À nouveau, Andrès roule sur le côté. Nos visages sont si proches que nos fronts se frôlent presque. Je lis une détresse familière dans ses yeux.

J'ai connu la même, il y a des années, et elle vient encore parfois me hanter, au moment où je m'y attends le moins.

– Je culpabilise. Peut-être que tous ses traitements ne mèneront à rien, à part à la faire souffrir. Et si j'étais égoïste, de vouloir la conserver près de moi un peu plus longtemps ? Et si elle avait le droit de baisser les bras ?

– C'est normal, Andrès. Notre amour pour nos proches nous aveugle souvent. N'importe qui agirait comme toi. Tu aimes ta mère et tu ne veux pas la voir partir. Qui pourrait te juger pour ça, franchement ?

Ses lèvres s'ourlent d'un sourire triste et ses yeux pétillent d'émotion.

– Dans la vie, il n'y a pas que des gens qui pensent comme toi, malheureusement. Beaucoup ne cherchent pas à comprendre les autres.

Alors que je m'apprête à reprendre la parole, l'index d'Andrès se plaque contre ma bouche.

– Merci de m'avoir écouté.

Je hoche fébrilement la tête, perturbée par son doigt sur mes lèvres.

– Carlo ne te mérite pas.

– Que vient faire Carlo là-dedans ? demandé-je en fronçant les sourcils.

– Je t'imagine l'écouter se plaindre à l'époque où vous étiez ensemble. Avec toute ta douceur et ta bienveillance… Et… j'avoue que j'ai du mal à comprendre.

Mes paupières se ferment quelques secondes tandis que son index glisse sur mes lèvres dans une lenteur infernale qui me fait frissonner. Malgré tout, je ne peux m'empêcher de constater qu'Andrès fait preuve de condescendance en jugeant mon ex alors qu'il ne le connaît pas réellement.

– Carlo n'est pas si horrible que tu le penses.

– J'en ai assez vu pour comprendre à quel genre d'énergumène j'ai affaire. Je sais que ce n'est pas un mec bien.

Voilà. C'est pour ça que je ne dois pas m'investir. À peine lui ai-je laissé deux minutes qu'il me prouve que je ne peux pas lui faire confiance. Il ne juge personne, hein ? Carlo a ses défauts. Des milliers sans doute. Comme moi. Comme Andrès. Comme nous tous.

Alors que son pouce remplace son index sur mes lèvres, je le repousse avant de m'asseoir en tailleur, les bras croisés sur la poitrine.

– Tu te prends pour qui, en fait ? Ça fait des années que je connais Carlo et à part son léger penchant pour les bavardages incessants, il n'a eu aucun comportement déplacé. Je n'ai peut-être jamais été amoureuse de lui, mais je n'ai rien à lui reprocher.

– Va le rejoindre, dans ce cas. La pluie s'est arrêtée, tu n'as plus aucune excuse pour rester sous la tente.

Dans une attitude dédaigneuse, il pointe la porte. Je reste à l'observer, complètement sonnée. Je ne comprends pas ce mec. Vraiment, je veux bien faire des efforts, mais son comportement me dépasse. Il m'offre quelques clefs pour percer son mystère, puis il redevient un tas de nœuds inextricables. Ce côté lunatique est aussi déconcertant que pénible.

Andrès roule sur le côté, les sourcils froncés. J'ai l'impression d'être face à un enfant de cinq ans qui boude.

– Même si je ne trouve pas ça très classe d'abandonner un type malheureux seul dans sa tente, grommelle-t-il.

Il me rend dingue !

J'attrape son avant-bras pour le contraindre à me regarder. Quand il daigne enfin se retourner, il arbore une moue de chien battu. Désormais à genoux sur mon matelas, les poings sur la taille, je ronchonne :

– Tu as voulu profiter de ma crise de panique tout à l'heure, et maintenant tu utilises tes yeux larmoyants. Tu es le diable, Andrès Cataleno ! Ta mère serait choquée de savoir que tu l'utilises pour parvenir à tes fins.

– Elle serait encore plus outrée d'apprendre que je drague une fille qui n'a que faire des yeux larmoyants de son fils.

Aussi condescendant soit-il, Andrès me plaît, c'est une évidence. Dans son regard, c'est comme si le temps se figeait. Alors que ses doigts se nouent autour de mon poignet pour m'encourager à approcher, je ne suis plus qu'une poupée de chiffon. Ma volonté de lui résister s'envole peu à peu. Je me sens irrémédiablement attirée vers lui.

Ses doigts caressent mon avant-bras, chatouillent la paume de ma main. Je me penche sur lui, les yeux rivés aux siens. Andrès se redresse ; il ne reste plus qu'une poignée de centimètres qui nous séparent. L'une de ses mains se niche dans le creux de mes reins, tandis qu'un frisson irrépressible serpente le long de ma colonne vertébrale. Il dégage une mèche de mes cheveux, puis louche sur mes lèvres entrouvertes. Il prend un malin plaisir à me faire patienter, je le devine à son petit sourire en coin.

Au moment où son souffle se mélange au mien, une voix criarde résonne à l'extérieur de la tente :

– Féliiiiiiie ! Tu fais quoi là-dedans ? On doit chanter *Dancing Queen*, je te rappelle !

Je sursaute et tombe en avant sur Andrès, l'entraînant dans ma chute. Il se retrouve sur le dos, ma poitrine plaquée contre son visage. Il me faut un temps fou avant de me dépêtrer de mes membres devenus beaucoup trop encombrants. Quand il est de nouveau libre, ses joues sont en feu. Il ne devait pas s'attendre à se retrouver si vite le nez entre mes seins.

– Félie, tout va bien ? Tu es toute seule là-dedans ? Ou bien… Oh non ! Ne me dis pas que… C'est génial ! Oh là là ! Je vous laisse. Amusez-vous bien !

Que va s'imaginer Gladys, bon sang ? OK, j'étais à deux doigts d'embrasser Andrès, mais… c'est tout. Il ne se serait rien passé de plus.

Le cerveau reprend les commandes.

J'ouvre au plus vite la toile de tente et interpelle ma meilleure amie :

– Désolée, je me suis endormie. J'enfile ma tenue et j'arrive. Je ne louperais *Dancing Queen* pour rien au monde.

Ignorant Andrès avec brio, j'attrape mes vêtements et m'apprête à quitter la tente. Mon beau colocataire ne l'entend pas de cette oreille : il me saisit une nouvelle fois par le poignet pour me retenir. Son visage est dangereusement proche du mien. Je déglutis avec peine lorsqu'il me chuchote :

– Je pensais t'embrasser avant d'avoir ma tête entre tes seins, mais… Je suis preneur aussi, tu sais.

On pourrait cuire un steak sur mes joues.

Mon cœur bat à tout rompre, il me faut toute la volonté (ou la bêtise) du monde pour me dégager de son étreinte.

– Que ce soient tes lèvres ou ta tête ou mes seins… baragouiné-je, mal à l'aise, c'est une mauvaise idée.

Je ne lui laisse pas le temps de répondre. Je m'échappe de la tente et l'entends retomber sur le matelas gonflable en poussant un long râle rageur.

CHAPITRE 11

Glad m'attend à quelques mètres de la tente, tout sourire. Elle fait danser ses sourcils d'un air taquin.

– Il ne s'est rien passé avec Andrès.

Vu la tête qu'elle arbore, elle ne me croit pas. Et, dans le fond, elle n'a pas complètement tort. Si elle ne nous avait pas interrompus, je serais toujours en train d'embrasser mon colocataire à l'heure actuelle. Mais ce que j'ai dit ensuite était véridique : c'est une mauvaise idée. Parce qu'il est évident qu'Andrès et moi n'avons pas les mêmes attentes. Il joue sur plusieurs tableaux alors que je souhaite être respectée, même pour une nuit.

– En tout cas, ce type te perturbe, Félie, il faut que tu arrêtes de te voiler la face. Tu es encore plus dans la lune que d'habitude. Et ne me mens pas, je sais que tu es en train de penser à lui, là. Il se passait quoi sous cette tente ?

Ma combinaison noire serrée contre ma poitrine, je repense à l'instant où mes yeux se sont perdus dans les siens, où ma bouche ne réclamait plus que la sienne.

Puis à son arrogance insupportable.

– On a failli s'embrasser.

– Failli ? Comment ça, « failli » ?

– On a discuté, on s'est un peu disputés et ensuite, je ne sais pas trop comment ça s'est passé, mais j'étais à deux doigts de l'embrasser. Merci de m'avoir empêchée de commettre cette grosse bêtise.

– Merci ? s'étrangle Gladys. En quoi ce serait une bêtise, hein ? J'entends qu'une histoire d'amour te fasse peur, mais là, on parle juste d'un peu d'amusement en vacances !

– N'empêche qu'il n'est pas franc… Un coup, il drague Joséphine, un coup il m'assure que Carlo ne me mérite pas.

Glad lève les yeux au ciel, dépitée. Elle sait qu'avec moi, les débats peuvent être tendus (et redondants).

– Josie ne mettra pas autant de temps à se décider, crois-moi.

Agacée, je m'empresse de me rendre aux douches pour enfiler ma tenue.

– Et bien tant mieux pour elle ! grondé-je à la porte des sanitaires.

À quelques mètres de là, Gladys braille :

– Tant pis pour toi, surtout !

Un petit quart d'heure après, je rejoins la Team Rocket au parc entouré de palmiers, comme hier.

Le karaoké n'a pas encore commencé, mais la musique résonne fort dans les enceintes pour mettre l'ambiance. La foule est déjà amassée autour du bar, et à quelques mètres de notre table, un groupe d'adolescents s'égosille sur *Djadja* d'Aya Nakamura. Deux hommes sont en train d'installer le matériel près de l'estrade sur laquelle s'est produit l'orchestre hier. Glad trépigne d'impatience et sautille sur son tabouret.

Je m'assieds près de ma meilleure amie et cherche Andrès des yeux. Je ne le trouve pas. Bizarrement, je constate rapidement que Josie n'est pas dans les parages non plus. Je fronce les sourcils. Les garçons ne semblent pas remarquer que je suis ailleurs, mais Léa et Gladys ne sont pas dupes.

– Je t'avais dit que Josie n'hésiterait pas, elle…

Mon cœur se serre alors que Léa en rajoute une couche :

– Les beaux mecs énigmatiques sont la spécialité de Joséphine !

Je mitraille la blonde du regard.

– Tu ne parles pas beaucoup, Léa, mais c'est incroyable le nombre de conneries que tu débites.

Ma meilleure amie pousse un petit cri outré au moment où je me lève et les laisse en plan. S'il n'est pas capable de se retenir cinq minutes, c'est que nous n'avons définitivement rien en commun !

Les nerfs en vrac, je suis à deux doigts de quitter la soirée pour m'enfermer dans la tente. Au même moment, je tombe nez à nez avec Pierre, qui remarque immédiatement mon air contrit.

– Un problème ?

Conscient que je suis sur le point de dégoupiller, il m'entraîne un peu plus loin, à l'écart du reste de la foule. Adossée au mur de l'accueil du camping, je pousse un long soupir dépité.

– Ton collègue a l'habitude de jouer avec les filles, n'est-ce pas ?

Je regrette ma question à peine a-t-elle franchi mes lèvres, tandis que la surprise se lit sur le visage de Pierre.

– Il est meilleur dragueur que moi, c'est vrai.

Cette réponse veut tout et rien dire à la fois. Je ne sais même pas où cette discussion est censée me mener. Dans ma tête, c'est clair : Andrès n'est pas une option. Pourtant, une petite voix m'empêche de complètement l'ignorer.

– Vous êtes très proches, Andrès et toi ?

Pierre me paraît soudain mal à l'aise, sans que je comprenne pourquoi.

– Ben… on est potes, quoi ! Pourquoi ?

– Il m'a avoué des trucs à propos de sa mère et…

– Il t'a parlé de la maladie de sa mère ?

– J'ai surpris une conversation téléphonique. Et après il s'est confié sur ce que traverse sa maman.

Même si je reste persuadée que mon voisin de tente est quelque part avec Joséphine, je ne peux m'empêcher de m'inquiéter. Et si la discussion avec sa mère continuait à le tracasser au point qu'il n'aurait pas le moral pour passer la soirée avec nous ?

Pierre écarquille les yeux, puis hausse un sourcil légèrement dédaigneux.

– Pierre… Pourquoi tu tires cette tête ?

– Andrès n'est pas un grand bavard.

– Et ?

– Et je trouve ça bizarre qu'il te confie un truc pareil alors qu'il ne connaît rien de toi.

– Parce que je ne suis pas digne de confiance, peut-être ?

Pierre comprend sa maladresse et s'empresse de secouer la tête.

– Non, pas du tout, c'est juste que… si tu le connaissais comme je le connais, toi aussi tu trouverais ça bizarre.

Je hausse les épaules et tourne les talons sans masquer ma déception. Je pensais bêtement que Pierre avait une meilleure estime de moi. Tant pis, il faut croire que je me suis trompée. Ça fait mal, mais je m'en remettrai. Il tente de me retenir, sans doute pour s'excuser ; je ne me retourne pas. Ce n'est pas la première fois que l'un des membres de la Team Rocket me donne la sensation de ne pas être *assez*.

Gladys m'intercepte et s'écrie à toute vitesse, excitée comme une puce :

– On va chanter ? Je nous ai inscrites sur *Dancing Queen*, ça va être le feu !

Nous commandons un mojito histoire de nous mettre dans l'ambiance (même si mon estomac proteste au souvenir de la piña colada) avant de nous installer à une table, mais toutes mes pensées finissent par revenir vers Andrès. Je ne comprends pas pourquoi il me déstabilise autant. Pierre avait raison, on ne se connaît pas, Andrès et moi, je ne devrais pas me sentir à ce point connectée à lui. S'il est parti se consoler auprès de Joséphine, je ne suis pas surprise. Mon comportement ambigu et flou doit l'encourager à lâcher l'affaire.

J'avale la fin de mon cocktail d'un trait, dépitée par mes propres contradictions.

– Et maintenant, je vous demande d'applaudir Gladys et Félicie ! Encouragez-les bien fort.

L'animateur de la soirée karaoké chauffe le public alors que nous ne sommes pas encore montées sur scène. Quand je penche la tête sur le côté, Glad comprend que je vais lui faire faux bond.

– Je suis crevée, je vais aller me coucher. Mais toi, tu vas tout déchirer, comme d'habitude.

Je tente d'ignorer son air déçu. Je pourrais faire l'effort de chanter avec elle, mais je n'en ai pas la force. Je lève les deux pouces pour l'encourager.

– D'accord, va. Laisse-moi mettre le feu toute seule. Mais c'est à charge de revanche.

Elle dépose un baiser sur ma joue et se dirige vers la scène, me lançant un clin d'œil en partant. Elle s'en sortira très bien sans moi, je n'ai aucun doute là-dessus.

Alors que sa voix résonne et ambiance les campeurs, je quitte mon siège.

– Tu pars déjà ?

Je souris en découvrant le visage bienveillant de Sandrine derrière moi.

– Je suis fatiguée.

– Repose-toi bien dans ce cas. Tout ira mieux demain.

Avec ses joues rebondies et son œillade malicieuse, on dirait la marraine de Cendrillon. C'est comme si elle avait deviné tous mes tracas en un seul regard. Je hoche la tête avant de quitter la fête pour de bon.

La foule diminue peu à peu autour de moi. Je rejoins l'allée qui mène à ma tente ; la nuit est douce et une brise légère fait voleter les mèches qui s'échappent de mon chignon. Je ferme les yeux quelques secondes pour profiter de cette ambiance apaisante.

– Tu te balades sans ton chaperon au beau milieu de la nuit ?

Je me fige. Si j'ouvre les paupières, je verrai le propriétaire de cette voix rauque et suave. Pourtant, je l'ai attendu une bonne partie de la soirée. Tout doucement, je me résigne à faire face à Andrès.

– Mon chaperon était aux abonnés absents. J'étais inq… surprise de ne pas te voir à la fête.

Andrès, même s'il voit clair dans mon jeu, n'en tire aucune victoire. Il baisse la tête, visiblement mal à l'aise.

– J'avais besoin de souffler.

– Avec Joséphine.

La surprise se lit sur son visage, comme s'il était pris en flagrant délit. Andrès avance de quelques pas, puis, sans me laisser le temps de m'enfuir, attrape mes doigts entre les siens. Sa paume est chaude et accueillante, je n'ai pas la force (ni l'envie) de le repousser.

– Tu penses vraiment que j'étais avec Joséphine ?

– En même temps, tu flirtes avec elle dès que l'occasion se présente. Je ne serais pas surprise.

Un fin sourire malicieux se dessine sur ses lèvres.

– Tu sens ? dit-il en tapotant le bout de son nez.

Je fronce les sourcils, ne voyant pas où il veut en venir.

– Ça sent la jalousie dans les parages, tu ne trouves pas ?

Je relâche vivement sa main. Tout ça n'est qu'un jeu pour lui, et moi, je ne sais plus m'amuser depuis longtemps. Je suis encore une fois en train de m'embourber dans une histoire qui me dépassera.

Comme je suis sur le point de lui filer à nouveau entre les doigts, Andrès me retient par le poignet et arbore un air beaucoup plus soucieux.

– Je n'étais pas avec Joséphine. Je n'avais pas envie d'être avec elle, d'ailleurs.

Il a l'air déterminé. *Mais déterminé à quoi ?*

– Hey, Félie, sérieux ! Entre elle et toi, il n'y a pas photo.

– Justement, si.

– C'est vraiment ce que tu penses ?

– C'est ce que je crois, oui.

Il secoue la tête, désabusé.

– Ne fais pas l'innocent, Andrès. Elle se vante à qui veut l'entendre que tu lui as roulé la pelle du siècle.

Je sais de quoi j'ai l'air en cet instant : d'une gamine jalouse et capricieuse. Tout ce que je ne devrais plus être depuis longtemps. Pire encore, mon attitude ne fait que montrer à Andrès qu'il a gagné. Je suis déjà emmêlée dans ses filets.

– *Elle* m'a embrassé, nuance.

Je n'ai plus du tout envie d'entendre ses justifications. Je me retourne pour rejoindre la tente.

– Félie, attends !

La gorge nouée, je continue ma route. Je l'entends courir pour me rejoindre. Une fois à mon niveau, il annonce :

– On est partis du mauvais pied, tous les deux.

Il me présente sa main et ajoute d'une voix tendre :

– Je m'appelle Andrès Cataleno et j'aimerais beaucoup t'offrir un verre.

Je snobe sa main et le contourne. S'il croit qu'il peut renverser la situation avec une approche aussi clichée, il se met le doigt dans l'œil.

– S'il te plaît ?

– Non merci.

Il continue à marcher à mes côtés, imperturbable.

– On ne peut pas juste aller s'amuser entre potes ?

– Entre potes ? répété-je, à deux doigts d'éclater de rire.

– Oui, sans regard flippant de loup-garou ou compliments malaisants. Juste toi et moi, sans filtre et sans arrière-pensées.

Je m'arrête en plein milieu du chemin et arque un sourcil.

– Je veux te montrer que je ne suis pas le mec que tu imagines. C'est tout.

Andrès est tout penaud, les épaules basses. S'il joue un rôle, il est vraiment très bon acteur. Je prends une profonde inspiration et ferme les yeux une demi-seconde.

C'est peut-être une bêtise, mais…

– Juste un verre, accepté-je.

CHAPITRE 12

– Je dois te confier quelque chose, Andrès.

– Je t'écoute, murmure-t-il, son menton reposant sur son poing.

Le beau blond me regarde avec un sourire en coin. Ça fait un moment que nous discutons comme deux copains et que nous nous racontons nos vies. Gladys a beaucoup ri quand elle m'a vue revenir avec lui, mais elle s'est abstenue de tout commentaire. Pour être tranquilles, nous nous sommes installés à l'écart du groupe, au comptoir du bar sur des chaises hautes. Sur l'estrade, les chanteurs se sont succédé une bonne partie de la soirée. Même Josie, quand elle est réapparue, s'est prêtée au jeu et a chanté *La Grenade* de Clara Luciani, sexy comme jamais. Pourtant, Andrès n'avait d'yeux que pour moi.

Maintenant, le karaoké est terminé et Sandrine a lancé sa meilleure playlist (un peu kitch).

Après mes deux mojitos, je trouve Andrès encore plus beau. Et surtout, j'ai beaucoup moins de filtres.

– Je déteste les profs de sport, annoncé-je de but en blanc. J'ai toujours pensé que beaucoup d'entre eux étaient des psychopathes en puissance.

Andrès éclate de rire. J'adore ce son.

– C'est déjà ce que tu penses de moi. Tu sais, quand je te regarde comme un « loup-garou ».

– C'est pas faux.

Nous échangeons une œillade complice, puis j'avale une longue gorgée de mon cocktail.

– J'adore l'enseignement, me confie-t-il.

– Alors tu aurais pu choisir la physique-chimie. Ça t'irait comme un gant !

Vu toutes les réactions qu'il me provoque, c'est une seconde nature chez lui.

Andrès pouffe et secoue la tête.

– J'ai longtemps hésité avec le français. Mais je trouvais que le sport proposait une voie plus facile pour aider les adolescents.

– Aider les adolescents ? Les torturer, plutôt, non ?

Il lève les yeux au ciel.

– Le sport est une manière de gagner confiance en soi et de se dépasser. Il nous aide à apprendre à mieux nous connaître et à connaître l'autre, aussi. Ça peut être un merveilleux médiateur lors des conflits et il ne suffit pas seulement d'être endurant pour être doué. Il faut aussi savoir faire preuve d'intelligence pour mettre en place des stratégies.

– Tu en parles avec beaucoup de…

Je laisse ma phrase en suspens, admirative.

– Passion ? termine-t-il à ma place.

– C'est ça, oui.

Le sourire d'Andrès est divin. Ses yeux pétillent tant il est convaincu par sa mission auprès des élèves. Je bois ses paroles (encore plus que mon mojito).

– Mon métier me passionne, oui. C'est un investissement de chaque jour.

– Tu dois bien avoir des « Félicie » en puissance dans tes cours, non ? Tu sais, cet élève qui a peur de tout et rechigne à chaque nouvelle activité.

Andrès ricane et approuve d'un signe de tête.

– En début d'année, j'en ai plusieurs. Ça s'estompe toujours ensuite.

– Ah oui ? Et comment réussissez-vous une telle prouesse, monsieur le Professeur ?

Je me perds dans l'immensité bleutée de ses yeux. Je crois que l'alcool a un drôle d'impact sur mon cerveau. Heureusement, Andrès ne semble pas percevoir mon trouble.

– Déjà, je ne laisse jamais mes élèves constituer les équipes pour les sports co. Ça évite le moment déprimant où ce sont toujours les mêmes qui sont choisis en dernier.

– L'histoire de ma vie.

– Je cherche ensuite le point fort de chacun de mes élèves et je le note dans un carnet. Ça peut être une qualité, sportive ou non, un trait de caractère, un domaine préféré… Et après, je cherche comment mettre en valeur ce point fort. Dans ma classe, ce sont les efforts qui sont récompensés et non les performances.

Je ne parviens pas à réprimer un petit soupir d'admiration.

– J'aurais adoré t'avoir comme prof…

Mon regard dévie sur ses lèvres encore entrouvertes suite à ses paroles exaltées. J'aimerais tant les…

Reprends-toi, Félicie !

– Allez, je te paie un mojito !

Andrès hausse un sourcil, puis secoue la tête. Ça fait une heure que nous sommes au bar et qu'il ne boit que du soft.

– Un jus de pomme, ça ira, m'assure-t-il.

– Et pourquoi pas un verre de lait, pendant qu'on y est ? Je croyais que tu voulais t'amuser, ce soir.

– Parce que tu as besoin d'alcool pour t'amuser ?

Andrès est toujours là où je ne l'attends pas. Je croise les bras sur ma poitrine et l'observe, les paupières plissées.

– Je n'ai *pas* besoin d'alcool pour m'amuser.

OK, hier soir, je me suis donnée en spectacle devant lui en vomissant derrière un arbre. Et aujourd'hui, je suis encore *un brin* pompette. N'empêche que les cocktails de l'équipe de Sandrine sont délicieux… et beaucoup trop traîtres ! Même un gamin de dix ans penserait que c'est un diabolo menthe.

Andrès se penche vers moi avec un fin sourire aux lèvres :

– Tu es jolie quand tu boudes.

– Alerte au loup-garou !

Apparemment, les mauvaises habitudes reviennent au galop. Il rit et poursuit en repoussant mon verre en direction du barman :

– Et même si j'adore tes joues qui rougissent avec l'alcool, tu arrêtes de boire pour ce soir.

– Je préférais quand mon chaperon n'était pas là.

Je tente de rattraper mon verre (pour la forme), mais Andrès m'en empêche avec l'air d'un maître qui s'apprête à enguirlander ses élèves.

– J'ai dit « stop ».

– Et pourquoi donc, *papa* ?

Il lève les yeux au ciel, puis quitte sa chaise pour se poster face à moi et me glisser à l'oreille :

– Parce que je veux que tu aies toutes tes capacités au moment où tu m'autoriseras à t'embrasser.

Mes joues ne doivent plus être rouges, mais cramoisies. La gorge sèche, je lui file un coup de poing sur l'épaule :

– Eh oh, elles sont où tes bonnes résolutions, mon pote ?

– Sur la piste de danse.

Andrès me tend la main pour m'encourager à me lever. Je plisse le nez, méfiante.

– Tu entends ? me demande-t-il.

La seule chose qui arrive à mes oreilles, ce sont les premières notes d'une chanson estivale que tout le monde connaît (trop) bien.

La lambada.

– Ce cliché de camping ? Oui, j'entends.

Andrès ricane, les doigts toujours tendus vers moi. J'ai peur de comprendre ce qu'il attend.

– C'est mort. Va danser tout seul.

J'aurais préféré qu'il me propose une danse des canards. Au moins, je n'aurais pas cette image affreusement torride de son corps ondulant contre le mien.

– La lambada se danse à deux, insiste-t-il.

– Pas entre potes.

Il me tourne le dos, examine les personnes présentes à la soirée, puis pousse un long soupir. Lorsqu'il fait volte-face, son regard est plus brûlant que jamais.

– Il n'y a qu'avec toi que je veux danser.

– Espèce de beau parleur !

– Allez, s'il te plaît…

Et voilà qu'il utilise un petit air de chien battu… Je pensais que seule Gladys arrivait à me faire céder avec ce genre de tête, mais c'est en train de changer, visiblement. Agacée (et peut-être un peu séduite), je plante ma main dans la sienne et me lève d'un bond. La lueur de contentement qui brille dans ses yeux me donne des palpitations.

– Ne t'avise pas de me peloter les fesses, grogné-je. Ça ne se fait pas entre potes.

Il arbore un air faussement innocent.

– Tes mains ne sont pas assez grandes pour ça, de toute manière.

Ses doigts se plaquent sur ma bouche, me faisant sursauter.

– Arrête de te rabaisser, OK ? Et maintenant, viens danser.

– *Viens danseeer...*

Il y avait peut-être un peu de rhum dans les mojitos, au final.

Mon partenaire de danse me tire sur le bras pour me faire taire et m'entraîner au milieu de la piste.

– La lambada d'abord, on verra pour Gilbert Montagné après.

Le clin d'œil qu'il me lance me met du baume au cœur. Pourquoi ai-je l'impression de le connaître depuis des mois, alors que ça ne fait qu'une poignée d'heures ?

Il m'entraîne ensuite parmi les danseurs. Je croise la moue boudeuse de Pierre, la mine rageuse de Carlo, le sourire éblouissant de Gladys, et surtout… le regard assassin de Joséphine. Je me crispe instantanément, et Andrès le ressent. Avec tendresse, il pose son index sous mon menton et m'encourage à reporter mon attention sur lui.

– Je suis avec toi, là, maintenant, tout de suite. Ça veut bien dire quelque chose, non ?

J'aimerais que mes inquiétudes soient balayées par ses paroles, mais ce n'est pas complètement le cas. Mal à l'aise, je le laisse prendre le contrôle de notre duo. Alors que je restais à bonne distance de lui jusqu'ici, l'une de ses mains glisse sur mes reins et me contraint à me coller contre son corps.

Nos bassins s'entrechoquent, mais ce n'est rien comparé à la décharge électrique qui déferle en moi. Je me raidis, embarrassée par la position plus qu'équivoque que nous impose cette danse. Pour le moment, aucun de nous deux n'ose bouger, comme si la potentielle friction de nos hanches nous échauffait déjà l'esprit.

Les joues bouillantes, je fais tout mon possible pour ne pas défaillir sous son regard. Maintenant que ma poitrine est bloquée contre son torse, je n'ai plus aucune envie de m'enfuir. Sur cette piste improvisée au milieu du camping, il n'y a plus que lui et moi. Je suis figée. J'ai entendu cette chanson mille fois en vacances, mais jamais elle ne m'a semblé aussi érotique. Et pourtant, nous n'avons pas encore commencé à danser.

– Laisse-toi guider, me murmure-t-il à l'oreille.

Je me rappelle avoir vu le clip passer à la télévision lorsque j'étais enfant, il s'en dégageait une chaleur incroyable. C'est toutefois incomparable avec les premiers pas qu'esquisse Andrès. Il ondule contre moi, et je n'ai plus le choix : je dois le suivre.

– Détends-toi.

Sa main maintient plus fermement ma cambrure alors qu'il entreprend de me faire tournoyer à une vitesse hallucinante. Je peine à retenir un petit cri de surprise lorsque son genou s'immisce entre mes cuisses. Son sourire malicieux me donne à la fois envie de le tuer et de l'embrasser. J'ouvre la bouche, mais son index se pose sur mes lèvres.

Mon partenaire guette la moindre de mes réactions. Sent-il à quel point mon cœur bat vite ?

À quel point le frottement de nos vêtements me rend dingue ? Je me sens désirable sous son regard, sous sa main qui enserre la mienne avec fermeté, sous ses doigts qui flattent ma chute de reins. Son attirance ne peut pas être un mirage. Il me trouve *vraiment* à son goût. Et son sourire me prouve qu'il n'est pas gêné de se montrer en ma compagnie.

Il n'a pas honte. Je tourne au rythme de la musique, et je m'imagine rayonnante. Je m'éclate comme rarement. Les barrières autour de moi se déconstruisent une à une.

Soudain, Andrès remonte sa main vers mon chignon et libère mes cheveux de l'emprise de l'élastique. Ce simple geste me donne la sensation d'être déshabillée en public. Mais peu importe ! Ce soir, je m'autorise à vivre l'instant présent.

La danse devient plus sensuelle encore quand mon partenaire me fait basculer en arrière, presque en équilibre sur son genou. Lorsqu'il me remonte d'un geste autoritaire (mais terriblement sexy), il me bloque un peu plus contre lui et nos nez se frôlent. Sa respiration est aussi courte que la mienne, ses lèvres légèrement entrouvertes m'appellent.

Au moment où la musique s'arrête, c'est comme si le monde se figeait autour de nous. Son genou toujours entre mes jambes, son regard rivé au mien, ses mains qui me serrent avec davantage de fermeté… Tout me donne envie de céder à cette tentation ambulante que représente Andrès. Je me demande comment je parviens encore à me contrôler.

Lui paraît prendre un malin plaisir à me provoquer. Ses yeux me hurlent de l'embrasser, mais je ne suis plus capable de bouger. Cette danse m'a chamboulée plus que je ne le pensais.

– Tu as toutes tes capacités ? chuchote-t-il à mon oreille.

Mon cœur s'arrête. Il va m'embrasser. Devant tout le monde.

En simple réponse à sa question, je hoche la tête. La nuit nous entoure et les lumières des guirlandes solaires donnent à son visage une teinte ambrée. Il ne me quitte pas du regard tandis que ses lèvres effleurent les miennes. Au même moment, résonnent les premières notes de la prochaine chanson.

Les Sunlights des tropiques de Gilbert Montagné.

Nos yeux s'écarquillent, et nous ne parvenons pas à garder notre sérieux. Nos éclats de rire se répondent, alors que son front heurte mon épaule.

Andrès reprend son calme et place un doigt sous mon menton.

– Je suis désolé, Félicie, mais je ne t'embrasserai pas sur du Gilbert Montagné. En revanche, on peut danser.

Encore une fois, j'ignore le regard des gens qui m'entourent. Seul celui d'Andrès m'importe, d'autant plus que sa voix suave me murmure, au rythme de la musique :

– *On a toute la nuit pour s'aimer.*

CHAPITRE 13

Il a beau être plus d'une heure, la fête bat toujours son plein. Nos fronts humides et nos respirations courtes ont eu raison de notre motivation ; Andrès et moi avons donc décidé de passer notre fin de soirée postés au bar. Avec du jus de pomme et quelques cacahuètes (ça creuse de danser).

– Ton boss s'appelle vraiment M. Charmant ?

– Et il n'a rien de charmant, crois-moi !

Je lui ai raconté les remarques que ne cesse de me faire mon patron, et chaque fois, tout le corps d'Andrès se crispait de rejet.

– Ce mec est un con.

– Je ne te le fais pas dire !

– Tu devrais clairement aller bosser ailleurs. Je suis sûr que tu peux trouver mieux.

Ses paroles me font baisser les yeux. J'y ai souvent pensé, sans oser franchir le cap. Après ma licence de droit, je ne savais toujours pas quoi faire de ma vie. Les métiers d'avocat et de juge me faisaient rêver. Cependant, les années d'études à rallonge et douloureuses m'effrayaient. J'ai tenté le concours des impôts un peu par hasard, et ça a fonctionné. À l'époque, j'aimais déjà beaucoup coudre, c'est ma mère qui m'a transmis cette passion. Je m'imaginais souvent avoir ma propre ligne de vêtements. J'ai même postulé dans une boutique de Dijon, mais la responsable des entretiens n'a pas hésité à m'expliquer (sans aucune gêne) que mon physique pouvait desservir la marque. Je me suis donc fait une raison ; j'imagine qu'une femme en surpoids n'a pas sa place dans la mode. Mon travail actuel est donc davantage un job alimentaire qu'une vocation.

– À quoi tu penses ?

La perspicacité d'Andrès me fait frissonner. Je lui renvoie un sourire crispé. Parfois, je me dis que rien ne m'empêche d'ouvrir ma boutique en ligne de couture, mais c'est un peu le « job de rêve » dont tout le monde veut en ce moment. Je ne suis pas certaine d'avoir suffisamment de talent pour me démarquer.

– J'aimerais avoir un métier comme le tien, qui me passionne.

– Et tu n'as rien en tête ?

– La couture, peut-être, admets-je en haussant les épaules. Je couds tous les jours et je crée mes propres vêtements.

– Et qu'est-ce qui t'empêche de te lancer ?

– Mes peurs, comme d'habitude ?

Je soupire. Mon métier actuel est loin d'être idéal. Certes, la paie qui tombe tous les mois est sécurisante, mais je ne me sens pas épanouie aux impôts. Même si mon boss changeait, mes missions ne me passionnent pas. Au début de ma carrière, j'aimais le quotidien un brin plan-plan de mon boulot, pourtant aujourd'hui, ça m'insupporte. J'aspire à quelque chose de plus créatif et qui me permette de laisser libre cours à mon imagination.

Andrès plisse le nez, peu convaincu.

– De quoi tu as peur ?

– De tout. D'échouer. De me prendre des commentaires dégradants. De quitter un métier sûr qui paie bien et de ne pas réussir à joindre les deux bouts.

– Il n'y a que ceux qui essaient qui prennent le risque d'échouer. La peur doit être un moteur, jamais un frein.

Sa phrase résonne en moi. Un peu trop, même.

– Merci, Bouddha, j'y songerai.

Andrès attrape une de mes mains et l'observe, les sourcils froncés.

– Je me doutais que tu étais douée de tes doigts.

Son air espiègle me donne à la fois envie de rire et de me cacher sur une autre planète. Nul doute qu'il a choisi ses mots avec soin.

– Andrès, bon sang ! Comment oses-tu dire ça à ta *pote* ?

– Quoi donc ? déclare-t-il en feignant l'innocence, une main sur son cœur.

Nous éclatons de rire, alors que Josie passe derrière nous en lançant d'un ton amer :

– Mollo sur les cacahuètes, Félicie.

Je m'apprête à riposter, mais Joséphine se carapate en vitesse, morte de rire. Andrès me lance un regard en biais, l'air gêné. Il fronce le nez avec compassion.

Bienvenue dans mon quotidien.

– Elle est seulement jalouse, m'assure-t-il.

Je me contente d'un sourire triste.

– On va fermer boutique, les tourtereaux, annonce Sandrine d'une voix fatiguée.

Puis elle ajoute à l'intention de Léo qui se trémousse sans gêne (et tout seul) sur l'estrade :

– Va décuver, espèce de pochtron !

Je ne peux m'empêcher d'éclater de rire, tandis que Léo s'exécute, le pas peu assuré.

– T'as pas tort, *tatounette.*

Étrangement, je n'ai aucune envie de rejoindre la tente. J'ai juste besoin de prolonger ce moment de découverte, où les mots sont plus importants que les gestes.

Comme s'il lisait dans mes pensées, Andrès me propose :

– Je suis allé me balader après notre discussion sous la tente. Il y a un super joli pont à cinq minutes de marche. Avec ce ciel étoilé, ça doit être magnifique. Ça te dit ?

J'acquiesce avec un sourire (plus franc cette fois-ci). Nous saluons Sandrine d'un hochement de tête avant de quitter la soirée d'une démarche lente, profitant de la brise de cette chaude nuit d'été.

Les doigts d'Andrès frôlent les miens tandis que nous avançons en direction de ce fameux pont. Je baisse les yeux sur nos mains si proches et n'hésite pas longtemps avant de les lier. Il se raidit, surpris par mon initiative, mais ne retire pas sa paume.

La nuit est calme, seules les cigales chantent en fond sonore. Une fois sortis du camping, nous empruntons une route communale où deux voitures ne pourraient pas se croiser. Au fil des mètres, le sentier devient de plus en plus caillouteux et étroit. Je me presse un peu plus contre Andrès, et son sourire étincelle dans la pénombre.

Je décèle le bruit d'une rivière et, quelques secondes plus tard, nous arrivons à destination. Mes yeux s'écarquillent. La vue est à couper le souffle. Le petit pont ne semble pas avoir connu de restauration et nous fait voyager dans le temps. Il surplombe un cours d'eau dont les nuances sont d'un bleu sombre, seulement éclairé par les étoiles.

Andrès s'installe, les jambes dans le vide. Il ne lâche pas ma main pour m'encourager à faire de même. Malgré mon vertige, je m'assieds à ses côtés, quelque peu tremblante. L'atmosphère qui se dégage du lieu est magique. Quelques lucioles dansent autour de nous et la lune nous surveille. Lorsque je tourne la tête, je vois que le beau blond n'a pas perdu une miette de mon ébahissement.

– Tu aimes ?

– Beaucoup.

Il sourit. De sa main libre, Andrès replace une mèche de mes cheveux derrière mon oreille. Je n'ai pas la force de reculer lorsque ses lèvres effleurent mon lobe, puis glissent le long de ma mâchoire jusqu'à atteindre l'épiderme si sensible de mon cou. Instinctivement, je penche la tête sur le côté pour l'autoriser à me dévorer davantage. Ce n'est pas maîtrisé, et pour être honnête, je ne suis plus sûre de vouloir reprendre le contrôle.

Andrès abandonne ma peau et me contraint à tourner le visage vers lui, un index ferme sous mon menton. La lune se reflète dans ses yeux bleus. Ce soir, je n'ai plus la force de résister au désir qui tambourine dans la moindre parcelle de mon corps. Dans cinq jours, ce sera déjà la fin des vacances. Je ne vois pas pourquoi je devrais me priver de cette parenthèse idyllique.

Alors que nos lèvres sont sur le point de se sceller, son téléphone résonne dans la nuit noire. Il sursaute mais ne prend pas la peine de consulter son portable.

– Tu devrais… peut-être… amorcé-je, la voix saccadée. Imagine si c'est important.

Andrès secoue la tête avant qu'une nouvelle sonnerie retentisse. J'attrape son smartphone qui dépasse de sa poche. Et si c'était sa mère ? Avant de le lui tendre, je regarde machinalement l'écran. Mon cœur manque de s'échapper de ma cage thoracique. Le prénom de Josie, accompagné de plusieurs émojis : un cœur, une pêche et une aubergine, semble clignoter sur le smartphone.

J'ai compris le message.

Les doigts tremblants, je plaque le téléphone d'Andrès contre son torse, puis me lève péniblement. À son tour, il consulte son écran et ignore aussitôt l'appel.

– Félicie…

– Il faut que je me casse d'ici. Maintenant. Sinon…

Sinon je vais imploser.

– Félicie, s'il te plaît, écoute-moi.

– Ne me fais pas le coup du « ce n'est pas ce que tu crois ».

Il soupire et arbore un air pincé qui me fait sortir de mes gonds :

– Je suis tellement naïve !

Andrès se lève et approche ses mains, je me recule d'un geste vif.

– Ce n'est *vraiment* pas ce que tu crois.

Je ricane.

– Tu sais, je ne suis pas assez conne pour imaginer une histoire d'amour entre nous, hein. En revanche, j'avais le maigre espoir d'être traitée avec un minimum de respect.

Andrès souffle longuement, l'air agacé. C'est le monde à l'envers !

– Et en quoi je t'ai manqué de respect ?

Sa question me coupe la respiration. Il doit forcément blaguer (pas vrai ?). Les bras ballants, je secoue la tête et déglutis avec peine.

– Je t'ai dit que je ne voulais pas être une fille de plus sur ta liste des conquêtes de cette semaine. Il y a un gouffre entre tomber amoureux et simplement ne pas courir après tout ce qui passe. Je sais ce que signifient ces émojis. J'espère au moins que tu as pris ton pied avec Joséphine.

Les doigts crispés autour de son téléphone, Andrès lâche, la mâchoire serrée :

– C'est Joséphine qui a entré son numéro dans mon répertoire.

– Et tu n'as aucune idée de la raison pour laquelle elle t'appelle au beau milieu de la nuit, hein ? lancé-je avec un rire jaune.

– Il ne s'est rien passé entre nous. OK, c'est vrai, j'ai flirté avec elle, parce que c'était facile.

– C'est sûr, comment résister ?

– Épargne-moi ton sarcasme, Félicie !

– Et toi, épargne-moi ta condescendance ! N'essaie pas de renverser la tendance.

Andrès commence à faire les cent pas. Il pince l'arête de son nez, comme pour regagner le contrôle. Quant à moi, je ne comprends pas pourquoi je n'ai pas encore pris mes jambes à mon cou. Je sais pertinemment que, peu importe ce qu'il me dira, je serai déçue. Je ne devrais pas l'autoriser à m'infliger un truc pareil.

Et pourtant, je persiste.

– Je suis honnête avec toi, quoi que tu en penses. Tu me plais, et je croyais bêtement qu'on pourrait passer un bon moment sans se prendre la tête. Franchement, même si j'ai couché avec Joséphine, qu'est-ce que ça peut faire ? On est en vacances, et on est là pour s'éclater, non ?

Apparemment, nous ne partageons pas du tout la même conception des choses. Je m'en veux de ne pas avoir écouté mes pressentiments. J'aurais dû rester droite dans mes bottes jusqu'au bout plutôt que de céder à la tentation.

– Je n'ai jamais été adepte des coups d'un soir et je suis certaine que tu l'as compris très vite. Je n'ai rien contre ceux qui s'y adonnent, mais j'aurais aimé que tu ne te mettes pas en quatre pour m'amadouer. Tu as voulu qu'on discute, qu'on devienne « potes »… Et tout à l'heure, tu me fais le coup du « *Je suis avec toi, ça veut bien dire quelque chose* », mais en réalité, ça ne veut rien dire du tout, n'est-ce pas ? Tout ça, ça faisait juste partie de ton plan avant d'enchaîner sur une autre pauvre fille.

– Je n'ai pas de « plan », Félicie !

Andrès se pince le nez en soufflant, visiblement agacé. Il est plus fourbe que jamais.

– Je t'apprécie vraiment, Félicie. Tout ce que j'ai pu dire ou faire était sincère. Je ne vois pas pourquoi ça pose problème que je puisse être à la fois attiré par Joséphine et par une fille comme toi.

Mes yeux s'écarquillent.

– Une fille comme moi ?

J'avais oublié à quel point les mots peuvent faire mal. Andrès prend conscience de sa bourde et devient blanc comme un linge.

– Ce n'est pas du tout ce que je…

– Trop tard. Tu l'as dit.

Je peine à camoufler mes larmes. Je me sens faible et misérable.

– Félicie, je te jure, c'est seulement de la maladresse.

Il fait un pas vers moi, mais je commence à marcher le long du pont, la tête entre les mains.

– La maladresse a bon dos quand on blesse les autres. Je sais ce que tu penses. Tu crois que je devrais m'estimer heureuse que tu m'accordes un soupçon d'importance.

Son regard perdu n'apaise ni ma rancœur ni mon animosité.

– C'est vrai, ça ! explosé-je. C'est quoi le problème, Félicie ? Tu devrais être contente qu'un aussi beau mec qu'Andrès veuille sauter une « fille comme toi ». Peu importe s'il se tape quinze autres meufs en même temps ! C'est presque de la charité.

Andrès secoue la tête sans discontinuer. Il n'a pas cessé depuis que j'ai commencé à parler. Il tente une nouvelle approche en cherchant ma main.

– Ça suffit… soufflé-je. Il me reste encore un peu de dignité. Je te laisse rejoindre Joséphine.

Et je m'éloigne dans la nuit, le cœur lourd.

Le regard rivé sur la toile de tente, je sens les larmes monter malgré moi. Je peine à trouver le sommeil, sonnée. Je plisse férocement les paupières.

Une fille comme moi.

Il y a Joséphine, qu'on peut appeler par son prénom, et il y a moi, la meuf en surpoids qui devrait s'estimer chanceuse de se taper un beau mec.

Je jette discrètement un coup d'œil à mon téléphone quand j'aperçois la silhouette d'Andrès. Il est presque 5 heures. Qu'a-t-il fabriqué avant de rejoindre la tente ? Je n'ai pas trop de doute là-dessus (et je ne devrais même pas m'en soucier). Il a sûrement suivi mon conseil.

Il s'allonge à mes côtés en prenant soin de ne pas me réveiller. Je ne bouge pas d'un iota et fais mine de dormir. Quelques minutes s'écoulent avant que je n'entende sa voix rauque murmurer :

– Je suis désolé, Félicie.

CHAPITRE 14

Le soleil traverse la toile lorsque je me réveille. Les yeux mi-clos, je prends conscience qu'Andrès s'est déjà carapaté. Notre soirée me revient en mémoire, de ses confidences sous la tente à notre virée romantique sur le pont. J'ai adoré chaque seconde passée à ses côtés.

Avant que tout n'explose.

D'une humeur de chien, je quitte la tente (en bougonnant), ma trousse de toilette sous le bras. Une bonne partie de la bande est en train de prendre le petit déjeuner sur la terrasse du mobile-home.

– Quelle mine affreuse ! se marre Joséphine.

Je m'apprête à faire comme si je n'avais rien entendu, puis me ravise. D'un pas décidé, je m'approche de cette peste qui ne cesse de me rabaisser depuis que je la connais. Quand elle remarque mon air agressif, elle affiche un large sourire.

– Un problème ?

– Va te faire foutre, OK ?

Josie éclate de rire, et j'ai peur de comprendre ce qui l'amuse à ce point. Mais ça n'a rien d'un jeu pour moi. Je n'ai même pas demandé à y participer.

Je déglutis avec peine et me dirige d'un pas rageur vers les sanitaires. Quelques secondes plus tard, Mika apparaît derrière moi.

– Quelque chose ne va pas, mon chou-fleur ?

– J'ai mal dormi, c'est tout.

– Andrès avait la même tronche il y a une heure. Relation de cause à effet ?

Je le fusille du regard, si bien qu'il recule, les mains en l'air en signe de reddition.

– Et en quoi ça te concerne ?

– Tout doux, Félicie !

Pourquoi Andrès serait-il de mauvais poil ? Il a dû s'envoyer en l'air avec Josie une bonne partie de la nuit, pendant que je ruminais dans mon coin.

Je m'apprête à déguerpir quand Mika m'interpelle à nouveau :

– Super chou-fleur ?

– Quoi encore ?

– L'activité rafting est réservée pour midi. Ne me remercie pas.

– Il ne manquait plus que ça…

Ma grimace dégoûtée le fait éclater d'un rire gai qui me donne envie de le tuer.

– Tu vas adorer, c'est certain.

J'ai autant envie de faire du rafting que de me poignarder avec un tesson de bouteille, mais j'imagine que cette fois, je ne pourrai pas y couper.

Sans répondre à son air moqueur, je m'engouffre dans le bloc sanitaire. On ne sait jamais, je pourrais faire une chute qui me sauverait de cette torture.

***

Je n'ai pas décroché un mot depuis plus d'une heure, Gladys sait très bien que ce n'est pas normal. Alors que nous sommes en route – à pied – vers le lieu de départ de la session de rafting, elle se moque ouvertement de mon état de léthargie :

– Heure du décès : 11 h 49.

Léo et Mika éclatent de rire. Si je le pouvais, je rebrousserais chemin pour aller faire une sieste. Hélas, Glad m'a assuré que je n'échapperai pas à l'activité du jour.

Ô joie !

Andrès nous a rejoints il y a quinze minutes, accompagné de Pierre. Et Mika avait raison ; il a vraiment l'air de mauvaise humeur, lui aussi. Il passe son temps le nez rivé sur son téléphone et ignore les tentatives de discussion des autres membres de la bande, en particulier celles de Josie.

La nature est flamboyante autour de nous. Des dizaines d'arbres nous surplombent et, ajouté au bruit tonitruant du cours d'eau, cela confère à l'endroit une ambiance un brin angoissante. Près de la rivière déchaînée, deux hommes nous attendent. Je scrute l'embarcation qui, même attachée, tangue un peu trop à mon goût. La chaleur est écrasante et me donne la sensation d'étouffer. Et si je mourais ici, fracassée contre ces énormes rochers qui doivent mesurer des centaines de mètres ? Ça doit bien arriver, des accidents de rafting, non ?

– On est d'accord que vous savez tous nager au moins cinquante mètres ? demande l'un des moniteurs.

Glad coule un regard dans ma direction, elle sait que je ne suis pas à l'aise dans l'eau. Alerté par l'œillade de ma meilleure amie et mon embarras, le plus âgé des hommes se tourne vers moi :

– C'est bon pour vous, mademoiselle ?

Tous me dévisagent tandis que je réponds, avec un aplomb qui me surprend moi-même :

– J'ai été Laure Manaudou dans une autre vie.

Je capte le petit sourire en coin d'Andrès. Une fois que nous avons enfilé notre équipement, Carlo se poste à mes côtés, le torse bombé :

– Je serai ton George Lucas.

Pourquoi il me parle du réalisateur de Star Wars, *là ?*

– L'entraîneur de Laure Manaudou, m'explique-t-il. George Lucas.

Quand je comprends son erreur, je manque de m'étouffer avec ma salive.

– Tu dois confondre avec Philippe Lucas, je présume… bougonne une voix rauque.

Andrès se tient derrière nous, sans l'ombre d'un sourire, pourtant je perçois une pointe de malice dans son regard. Carlo l'ignore en beauté avant de s'engager sur le canot pneumatique.

– Est-ce que tu crois que je peux pousser George Lucas du bateau ? me souffle-t-il.

J'ai envie de rire, mais je me garde bien de le lui montrer. Je m'aventure dans l'embarcation bancale, et dans mon dos, je le sens sur le qui-vive, prêt à m'aider au besoin. Si je tombe à l'eau, je ne survivrai pas.

Le prof de sport grimpe à ma suite et s'installe à mes côtés, alors que Carlo grimace. Nous sommes très vite rejoints par les autres membres de la Team Rocket. Pierre s'assied à côté de Glad et ils échangent une œillade complice qui me fait hausser un sourcil. Mika et Léo avaient peut-être raison. Il y a anguille sous roche.

– N'y compte pas, chuchote Andrès. Gladys n'est pas le genre de Pierre.

– Qu'est-ce que tu en sais ?

– C'est mon pote.

– Glad est une fille magnifique, n'importe quel homme rêverait de la séduire. Elle n'est pas une *fille comme moi*, elle.

Il accuse difficilement le coup, l'air pincé. Il s'apprête à riposter, mais l'un des moniteurs qui nous accompagne, Julien, nous motive à coups de cris de guerre.

– Tout le monde se souvient de son rôle ? Même Laure Manaudou ?

Vu le petit sourire railleur de notre coach, il a des doutes sur mes capacités en natation (et il a raison). En revanche, s'il continue à m'observer avec cet air moqueur, je vais lui mettre un coup de rame sur la tête incessamment sous peu.

Il place ses affaires, vérifie que tout le monde est bien installé, puis plisse les yeux en observant les bords du radeau.

– Je crois qu'il y a trop de poids à l'arrière du bateau, annonce-t-il le plus sérieusement du monde.

Tous les regards se tournent vers moi.

– Laure Manaudou, tu vas venir devant avec Gladys, et Joséphine va aller derrière avec Andrès.

Forcément.

Joséphine et sa taille de guêpe ne vont pas faire pencher le bateau, *elles*. Rouge comme un panneau stop, je tente de me faire toute petite, ce qui n'est pas évident quand on pèse quatre-vingt-dix kilos. Josie renifle dédaigneusement et s'installe près d'Andrès en gloussant, tandis que je rejoins Gladys, l'air bougon.

– Tire pas cette tête, ma chérie ! J'ai terriblement envie de vivre cette aventure avec toi, moi !

Ma grimace la fait éclater de rire. Pendant ce temps, le moniteur se place derrière nous et nous rappelle les règles de sécurité. Les mots « radeau insubmersible » me rassurent. En revanche, « manœuvrer » n'est pas mon point fort. Nous réalisons quelques tests qui confirment mon manque cruel de coordination.

Je tente d'ignorer les regards en biais de Julien qui est sans doute à deux doigts de me virer du bateau.

Toutefois, les premières minutes de descente se passent relativement bien, même si mon cœur bat la chamade à la moindre secousse. L'eau est presque transparente, je reçois quelques éclaboussures qui me rafraîchissent. Le parcours me paraît très abordable pour le moment, avec seulement quelques petits rochers qui freinent notre progression. J'ai l'impression d'être toute petite près de ces falaises colossales. Mon regard se perd sur les arbres perchés sur les rochers et j'entends à peine Julien qui nous prévient que le prochain obstacle vaut le détour.

Alors que nous arrivons en haut d'une mini-cascade entourée de deux énormes cailloux, j'ai l'impression d'être au sommet d'une montagne russe, là où le manège s'arrête avant de partir de plus belle (au secours). Par instinct de survie, je cale ma rame entre mes jambes et me cache les yeux avec les mains. Gladys a beau me filer des coups de coude, rien n'y fait.

Maman, je veux sortir de ce bateau !

Comme mon corps part en arrière, je suis contrainte d'agripper comme je peux le canot pneumatique et manque de tomber. L'embarcation tangue de mon côté et mon cœur s'arrête un instant avant de repartir à vive allure. Une vague créée par le bateau me frappe en plein visage et me donne la sensation d'être sous l'eau. Julien nous crie de pagayer à droite, mais forcément, avec le stress, je m'emmêle les pinceaux. Je suis à deux doigts de lâcher ma rame dans l'eau agitée. Je la rattrape de justesse et ce qui devait arriver… arrive. Je perds l'équilibre et, sans avoir le temps d'appeler au secours, je bascule pour me retrouver la tête sous l'eau.

Voilà, c'était couru d'avance. Je vais mourir ici.

Je tente de garder le nez en l'air, mais je bois la tasse à plusieurs reprises. J'entends seulement les hurlements de Julien qui m'encourage à attraper sa rame, sauf que je suis incapable de la repérer. Il continue à brailler des directives incompréhensibles pendant que je me noie. J'aperçois la mine inquiète de Carlo qui ne bouge pourtant pas d'un iota.

Je ne sais pas combien de temps je reste seule face à la rivière déchaînée avec l'intime conviction que mon heure a sonné. Je ferme les yeux pour me concentrer sur le mouvement de mes bras et tente comme je peux de rejoindre un rocher à quelques mètres de moi.

Tu peux le faire, Félicie.

Malheureusement, la panique prend le dessus. Quand j'aperçois Andrès nager vers moi, un regain d'espoir m'envahit.

Dieu merci.

Quand il est près de moi, je m'agrippe à lui comme si ma vie en dépendait. Enfin, techniquement, ma vie en dépend bien. Je me pends à son cou, suffoque contre son torse. Son calme olympien me rassure sur-le-champ (même si je le déteste toujours). Sans attendre l'avis du moniteur, il m'aide à avancer jusqu'au fameux rocher. Une fois notre but atteint, nous nous asseyons côte à côte, blottis l'un contre l'autre. Le bras d'Andrès s'enroule autour de mon corps et apaise un peu mon angoisse.

Je n'aurais jamais dû monter dans ce stupide bateau alors que j'ai peur de l'eau. J'aurais dû assumer mon côté « flippée de la vie ». J'ai voulu faire plaisir aux autres, leur prouver que j'en étais capable, et maintenant, me voilà toute tremblante sur un caillou, avec un mec (certes, canon) qui me serre contre lui.

Julien, qui a réussi à immobiliser l'embarcation, nous regarde d'un drôle d'air.

– Vous venez ?

D'un même signe de tête, nous refusons de remonter.

Les sports extrêmes, ce n'est définitivement pas pour moi.

– Je te jure que je te rattrape dans tous les cas, m'assure Andrès.

– Dois-je te rappeler que tu pèses sûrement moins lourd que moi ?

– Tu commences surtout à être lourde, mais dans le sens « chiante », tu comprends, ça ?

J'écarquille les yeux. Contrairement aux paroles qu'il m'a dites sur le pont, cette pointe d'humour est bienvenue. Je me sens sourire malgré moi.

– Je te déteste, Andrès Cataleno.

– J'ai compris, merci.

En bas du talus, il m'attend, la main tendue et l'air impatient de me voir descendre. Bloquée au beau milieu de la pente, ça fait cinq minutes que je braille, agrippée à une motte de terre et incapable de bouger. Il a beau être d'une patience incroyable, celle-ci a ses limites (et je les ai atteintes).

– Prends. Ma. Main. Bon sang, Félicie !

– Je ne peux…

– Si tu me dis encore une fois que tu ne peux pas bouger, je te laisse en plan sur ce foutu talus.

Ah non, il ne peut pas faire ça !

Lorsque les autres sont repartis en rafting, nous sommes restés une dizaine de minutes sur le rocher, puis nous avons entrepris de rejoindre la terre ferme. Sur notre chemin, nous avons remarqué une jolie crique, encore plus sauvage que celle d'avant-hier. Andrès m'a proposé de faire un détour, ce que j'ai bêtement accepté, pensant que ça nous prendrait seulement quelques minutes pour y accéder. Sauf que le destin est vicieux. Je suis seulement à un mètre du sol, rien de grave ne peut m'arriver, mais je suis pourtant incapable de descendre. J'observe un instant la crique et soupire. Majestueuse, tout en vert et bleu, avec d'imposants rochers qui semblent briller de mille feux. L'eau scintille grâce au soleil qui s'y reflète. C'est magnifique, plus que je l'imaginais.

Andrès agite sa main, l'air blasé.

– J'adore l'angle de vue sur ton postérieur, Félicie, n'en doute pas. En revanche, j'aimerais beaucoup aller me rafraîchir dans la jolie petite crique paradisiaque que nous avons dégotée.

J'ai dans l'idée de lui faire un doigt d'honneur, toutefois je suis bien trop crispée sur le talus. Je me contente donc de lui offrir une grimace enfantine.

En tendant le bras, Andrès arrive à atteindre ma cheville. Il enroule ses doigts autour.

– Ah non ! Ne tire pas sur ma jambe !

Le pauvre soupire, exaspéré. Malgré ma peur du vide, je capte son regard un peu plus bas.

– Fais-moi confiance, s'il te plaît. Je ne te laisserai pas tomber.

– Te faire confiance, hein ?

Je ne crois pas qu'il l'ait mérité. Mais comme je ne peux pas passer ma vie sur ce talus et que le ruissellement de l'eau me donne envie de piquer une tête, je décide de faire enfin preuve de courage pour attraper doucement ses doigts, sans quitter pour autant ma motte de terre qui menace de s'effriter.

– Pose ton pied ici.

Grâce aux indications d'Andrès, je suis sur la terre ferme en une poignée de secondes. Ébranlée par l'effort, je garde sa main dans la mienne, le plus fermement possible. Ce qui veut dire que nous sommes proches. Excessivement proches. Son torse touche ma poitrine, ses genoux frôlent mes cuisses. Même si je recouvre peu à peu mes esprits, ma respiration ne se calme pas, et ça m'énerve. À son contact, mon souffle devient plus court encore, tandis que mon regard dévie sur ses lèvres si tentantes.

– Tu sais ce que c'est, *une fille comme toi*, dans mon esprit ?

– N'enfonce pas le clou, Andrès.

Il passe brièvement ses doigts sur ma joue, les yeux brillants.

– Une fille incroyablement belle. Intelligente. Drôle. Attentionnée. Une fille qui mériterait tellement plus qu'une simple histoire de vacances avec un crétin dans mon genre.

Je baisse la tête sur nos pieds qui se touchent.

– Je ne te crois pas.

– Je sais, Félicie. Et je te comprends. J'ai grillé toutes mes chances et je n'ai plus qu'à m'en mordre les doigts.

Le bruit de l'eau qui nous entoure, la chaleur moite de cette journée d'été, la luminosité éblouissante des rayons du soleil, tout m'étourdit. Au point que je me demande si je n'ai pas mal compris ses paroles, hier soir.

– J'aimerais tant que tu te voies à travers mes yeux.

Je baisse les yeux, brûlée par ses mots. Moi aussi, je souhaiterais que tout soit si simple.

– Je me fiche que ça ne soit qu'une histoire de vacances, expliqué-je. La seule chose que je demande, c'est d'être traitée avec respect.

Andrès laisse échapper un long soupir et se détache de moi. J'ai le temps de remarquer son air déçu et perdu avant qu'il ne se retourne. Il passe sa main dans ses cheveux, son poing libre crispé le long de son corps.

– Je ne sais plus quoi dire pour t'assurer que c'est bel et bien le cas. Je te respecte. Mais peu importe ce que je dirai, tu ne me croiras pas. Je commence à comprendre comment tu fonctionnes.

Il fait volte-face et tente un sourire crispé.

– Je sors d'une relation compliquée. Je pensais profiter de ces vacances pour oublier et honnêtement, Joséphine était la candidate parfaite.

Parfaite.

– Justement parce qu'elle n'est pas une *fille comme toi*. Avec elle, je n'ai aucun risque de me perdre dans un truc qui me dépasse. Alors qu'avec toi…

Mon cœur rate un battement. Sans doute parce que j'entends la sincérité dans sa voix. Lorsque je redresse la tête, Andrès ne bouge pas d'un pouce, ne prononce plus le moindre mot, comme s'il avait peur de tout faire capoter à nouveau. Nos regards se mêlent, et je sens que ma résolution vacille. J'avance d'un pas hésitant, il recule.

– Je ne dis pas ça pour que…

Sa phrase reste en suspens et ses lèvres entrouvertes.

Dieu que j'ai envie de l'embrasser.

– Je ne cherche pas à te convaincre de quoi que ce soit, d'accord ?

En moi, le dilemme est à son comble : ma conscience me hurle d'être prudente, et pourtant, j'ai envie de lui accorder le bénéfice du doute. J'approche encore, un peu plus assurée désormais. Sa bouche s'entrouvre davantage quand je ne suis plus qu'à quelques centimètres.

Il est à ma merci et je trouve ce sentiment grisant.

Mes yeux dévorent sa bouche pendant que mon cerveau anticipe le baiser fiévreux que nous pourrions échanger d'ici quelques secondes. Nous sommes seuls au monde, au milieu de cette nature sauvage et resplendissante, accompagnés par le bruit des oiseaux et celui de l'eau turquoise de la crique, et même mes démons ne semblent plus avoir une emprise suffisante pour m'empêcher de céder (et peut-être faire face à une nouvelle déception).

– J'espère que tu n'es pas encore en train de jouer, soufflé-je sur ses lèvres.

– Pas avec toi.

Doucement, ma bouche effleure la sienne. Andrès se raidit tout contre moi, comme si mon contact le paralysait. Il n'ose toujours pas bouger alors que j'accentue la pression de mon baiser. Quand il comprend que je ne ferai pas machine arrière, il y répond avec fièvre. Mes bras s'enroulent autour de sa nuque pour ne pas le laisser partir. J'ai besoin de ce qu'il a à m'offrir, même pour quelques jours.

Notre baiser est abrupt, presque violent. Comme si nous avions passé des années à l'attendre.

Ça ne fait pourtant que trois jours.

Il me pousse contre le talus. En cet instant, je n'ai plus aucune volonté, à part celle de me gorger du goût de ses lèvres. Nous nous séparons à contrecœur, uniquement pour retrouver notre souffle. Son corps toujours pressé contre le mien, Andrès est pantelant, les prunelles brillantes, sa langue humectant ses lèvres. C'est la chose la plus sexy qu'il m'ait été donné de voir dans ma courte vie.

Je l'attrape par le col de son tee-shirt pour l'attirer de nouveau vers ma bouche. La chaleur qui se dégage de lui me rend folle ; notre étreinte dépasse tout ce que j'ai pu imaginer jusqu'ici. Chacun de ses gestes encourage mon cœur à accélérer. Je n'ai pas autant désiré un homme depuis des années.

Il pourrait faire de moi tout ce qu'il souhaite, là, maintenant, tout de suite.

– Félicie…

Andrès halète contre mes lèvres. Il me contraint à m'éloigner, m'arrachant un soupir de résignation. Ses mains entourent mon visage devenu chaud par la passion.

– Tu me fais tellement flipper, annonce-t-il de but en blanc.

C'est le monde à l'envers. Au moment où je fais taire mes doutes, ceux d'Andrès prennent le relais.

– Je ne veux pas te blesser.

Je colle mon front au sien sans le quitter des yeux. Je presse sa nuque pour lui assurer que je fais mon choix en mon âme et conscience. Je sais que cette histoire peut me faire du mal, mais ce que j'ai lu dans son regard avant de l'embrasser, c'était la sincérité.

Il colle davantage son corps au mien, me laissant ressentir toute la tension qui s'est emparée de la moindre parcelle de son être. Ses lèvres dansent contre les miennes, ses mains flattent les courbes de mon corps. Son pouce vient cajoler ma lèvre inférieure ; j'embrasse la pulpe de son doigt sans le quitter des yeux.

– Ne me regarde pas comme ça, souffle-t-il.

Amusée, je continue à le défier, ma langue titillant son pouce. Il déglutit avec peine, et contre ma cuisse, je devine son excitation. Ma main glisse sur son torse, passe sous son tee-shirt. Nous sommes seuls dans cette crique, nous pouvons y faire ce qui nous chante. La main ferme d'Andrès qui s'enroule autour de mon poignet m'empêche pourtant d'aller plus loin.

– Je n'ai pas de préservatif, annonce-t-il, complètement dépité.

Je pince les lèvres pour ne pas éclater de rire. Il s'en aperçoit et penche la tête sur le côté, l'air blasé.

– Vas-y, moque-toi…

Ma bouche s'empare de la sienne avec frénésie. Le désir que je ressens pour lui est dingue, mais pas au point de faire l'amour sans protection. Malgré tout, je l'encourage à enlever son tee-shirt pour découvrir une nouvelle fois son torse parfaitement dessiné.

– Ce sera pour une autre fois… mais ça ne veut pas dire qu'on ne peut pas profiter quand même…

Tout doucement, je fais tomber mes propres vêtements, trouvant des encouragements dans ses regards ardents. Tout en m'écartant de lui, je frôle volontairement son érection avec ma cuisse. Ma propre audace me surprend, tandis que je me dirige vers l'eau pour me baigner. Andrès me rattrape rapidement et me fait tomber sur le sable en douceur.

Il me surplombe, ses mains posées sur le sable, de part et d'autre de mon visage. Ses yeux sont beaucoup plus sombres qu'à l'accoutumée, ils glissent le long de mes courbes, tandis qu'il enroule mes jambes autour de sa taille, me laissant tout le loisir de sentir son désir pour moi. Son bassin est collé au mien, je dois me faire violence pour ne pas bouger et accentuer la pression. En revanche, je suis incapable de retenir un gémissement de contentement.

Fier de son petit effet, Andrès affiche un large sourire satisfait, puis dépose une multitude de baisers sur mon cou. Sa bouche dévie à la naissance de mes seins. Malgré moi, je commence à gigoter, intensifiant la friction de nos entrejambes.

Une véritable torture.

Andrès cesse son délicieux supplice pour chuchoter contre mes lèvres :

– On fait une connerie.

– Sans doute.

Il se lève d'un bond et m'abandonne toute haletante sur le sable. Je me redresse sur les coudes afin de l'observer courir vers la crique, ses jolies fesses moulées dans son short. Je soupire, à la fois sidérée que cet homme s'intéresse à moi et frustrée de ne pas pouvoir en profiter plus.

Une fois dans l'eau jusqu'à la taille, Andrès se retourne et affiche un rictus aussi sexy que démoniaque qui me file des palpitations.

– Ben alors, tu ne veux pas te baigner ? se moque-t-il.

Sa voix rauque, son regard intense et ses sourires finiront par avoir raison de moi.

Ce type veut ma mort.

CHAPITRE 15

Je ne compte plus le nombre de baisers fiévreux que nous avons échangés, ni ceux que nous partageons encore en reprenant le chemin vers les voitures. Il y a quelque chose d'incandescent dans notre lien, comme un volcan prêt à entrer en ébullition.

Lorsque nous retrouvons nos amis, Andrès ne lâche pas mes doigts. Au contraire, quand il croise le regard agacé de Carlo, il niche sa main sur ma chute de reins afin de m'attirer un peu plus contre lui. Un sentiment ambivalent m'envahit. Un mélange de fierté et d'agacement. Je n'ai pas envie d'être au centre de leur bataille d'ego.

Lorsque Joséphine nous aperçoit, sa mâchoire manque de se décrocher. Je lis la déception sur son visage, accompagnée d'une pointe de haine. Furieuse, elle tourne le dos pour s'engouffrer dans une voiture en grommelant :

– La blague !

– J'imagine que la blague, c'est moi, grondé-je.

Andrès serre un peu plus fort ma main, tandis que Gladys plaque une bise sur ma joue.

– Tu es tout sauf une blague, ma jolie. Il est temps que tu t'en rendes compte.

J'offre un sourire flamboyant à ma meilleure amie pendant que mon voisin ajoute :

– Je valide.

Il n'y a pas à dire… L'impact que les autres peuvent avoir sur notre propre image est décisif. Aujourd'hui, je choisis de croire Andrès et Gladys, même si Pierre nous ignore avec un air bougon pour rejoindre Joséphine.

– Quelle mouche l'a piqué ? demandé-je, le nez plissé.

Le beau blond pendu à mon bras hausse les épaules.

– Je crois que Pierre déteste les disputes, déclare Gladys. Il va essayer de consoler Josie, je suppose. Ou de la faire redescendre un peu, je ne sais pas.

Quoi qu'il en soit, je commence à trouver son comportement un chouïa déstabilisant et agaçant.

Lorsque Mika s'approche de nous avec un petit sourire en coin, je m'attends au pire. Sur l'air de la confidence, il se penche vers Andrès et lui lance :

– Les légumes sont très bons pour la santé. Surtout les choux-fleurs.

Mes joues s'échauffent tandis que Mika s'éloigne, mort de rire, très vite suivi par Gladys. Le nez plissé d'incompréhension d'Andrès me fait fondre. Sans réfléchir, je me hisse sur la pointe des pieds et lui vole un baiser. Surpris par mon initiative, il met un temps fou à y répondre. Puis ses mains me plaquent tout contre lui, et la chaleur qui se dégage de notre étreinte me fait tourner la tête.

– Ce soir, on ne quitte pas la tente, souffle-t-il contre mes lèvres.

Mon cœur rate un battement. Cette idée me plaît énormément, autant qu'elle me terrifie. Me montrer nue face à Andrès est une épreuve à part entière. Si le désir est bien présent – *trop* –, je sais d'avance que je vais devoir me faire violence pour me lâcher entre ses bras.

– Gladys me tanne depuis hier pour la soirée *blind test* organisée par Sandrine. Et on est les meilleures, je ne peux pas rater ça, elle me tuerait…

Face à mon air désolé, Andrès écarquille les yeux :

– *Blind test* ? Quelqu'un a parlé de *blind test* ?

Il bombe le torse et ajoute :

– En revanche, le champion toutes catégories, c'est moi. Aucune chance que tu gagnes, Félicie.

***

En rentrant, je passe une petite demi-heure avec Gladys au bord de la piscine, à siroter des diabolos violette. Nos voisins d'emplacement, les retraités fans d'Eddy Mitchell, se prélassent près de nous. Leurs mains enlacées tombent des transats, et je trouve ça adorable. Un instant, je me surprends à m'imaginer avec mon mari, en vacances en amoureux. Je souris bêtement en les regardant, touchée par l'amour qui émane d'eux. La douceur qui les entoure m'aide à supporter les gamins qui braillent et courent dans tous les sens pour rejoindre les gigantesques toboggans tournants. Pourtant, quand l'un des enfants glisse et s'étale de tout son long devant nous, je pousse un petit cri apeuré et m'élance vers lui pour l'aider à se relever.

– Plus de peur que de mal, assuré-je lorsqu'il est debout.

– Merci, m'dame.

Je rejoins le transat en bougonnant :

– Madame, sérieux…

Gladys rit, puis avale son cocktail d'un trait :

– Je peux savoir ce que tu fais ici à jouer la maman poule auprès de gamins que tu ne connais pas plutôt qu'à batifoler avec Andrès ?

Tout à l'heure, je lui ai raconté (sous la menace) ma virée avec le beau prof de sport, plus tôt dans la journée. Rien que de me remémorer ses lèvres dans mon cou, ses mains sur ma peau, me file des bouffées de chaleur.

– J'ai envie de profiter un peu de ma meilleure amie.

Gladys hausse un sourcil, peu convaincue.

– OK. Il avait un coup de téléphone à passer.

À nouveau, Glad rit aux éclats.

– Je me disais bien, aussi…

Elle se perd un peu dans ses pensées et affiche une moue plus sombre.

– Maintenant, ton gros challenge, ma Félie, c'est de ne pas tomber amoureuse.

Ma meilleure amie jauge ma réaction par-dessus ses lunettes de soleil.

– B… bien sûr que non… De toute façon… Enfin, ce n'est pas comme si…

Elle s'esclaffe.

– Ne me dis pas que tu es *déjà* amoureuse !

– On ne tombe pas amoureuse en un claquement de doigts, Glad.

– Mais en quelques coups de reins, peut-être !

Je saisis ma serviette de bain et me camoufle le visage avec.

– Je t'en supplie, tais-toi !

– Je dis ça pour toi, ma belle… Les amours de vacances ne mènent à rien. C'est une légende racontée dans tes livres à l'eau de rose. Et comme je sais que tu es une romantique forcenée, j'ai un peu peur qu'Andrès fasse palpiter autre chose que ton entrejambe.

Je reste sous mon drap de bain, histoire de me consumer en paix.

– Je ne suis *pas* une romantique forcenée.

Quand j'ose enfin sortir de ma cachette, je suis sûre que mes joues sont plus rouges que le maillot du surveillant de baignade.

– Tu as le droit de t'amuser, Félie… Nan, en fait, tu *dois* t'amuser. Mais enlève-toi tout de suite de la tête l'idée d'une relation suivie, OK ? Je n'ai aucune envie de te ramasser à la petite cuillère à la fin de la semaine. C'est pire qu'une histoire de vacances, votre truc. C'est une histoire de camping. Personne n'a rencontré son âme sœur dans un camping, crois-moi.

Je fronce les sourcils.

– Dois-je te rappeler que *tes parents* se sont rencontrés en résidence de vacances ? Sur *Dancing Queen* qui plus est.

Piquée au vif, Glad hausse les épaules.

– Une exception qui confirme la règle.

Sa mauvaise foi est sidérante, même si je comprends pourquoi elle me met en garde. Ce sont les mots d'Andrès : « *Avec elle, je n'ai aucun risque de me perdre dans un truc qui me dépasse. Alors qu'avec toi...* », qui m'ont fait changer d'avis. L'idée que je puisse l'intéresser, charnellement, et… autrement.

Je suis dans la mouise.

– Protège-toi, c'est tout ce que je te demande.

– Oui, m'man, je mettrai des préservatifs !

– C'est dommage qu'il n'existe pas de capote pour le cœur, soupire Gladys.

Ma meilleure amie dépose un baiser sur ma joue, puis m'encourage à me lever. Avant de quitter la piscine, je prends soin d'enfiler mon paréo. Serviette sur l'épaule et claquettes aux pieds, nous quittons la piscine la peau encore humide. Sur le chemin vers le mobile-home, nous croisons les gars qui s'apprêtent à se lancer dans un tournoi de ping-pong. Je jette un coup d'œil à Andrès pour m'assurer que son appel – à sa mère, je présume – s'est bien passé. Il ne laisse rien paraître et s'approche pour me voler un rapide baiser qui m'embrase. Je pourrais me consumer au contact de ses lèvres. Je le quitte avec un grand sourire, tirée vers notre emplacement par Gladys qui me tient la main, même si le regard de désir de mon beau prof de sport m'enflamme.

Lorsque nous arrivons à la tente, Glad plonge le nez dans ma valise et soupire :

– Il n'est que 16 heures, on a encore un peu de temps devant nous.

Je hausse un sourcil interrogateur :

– Pour ?

– Du shopping. Tu n'as aucune tenue qui en dévoile suffisamment pour attirer l'attention, mais en même temps pas trop pour qu'Andrès ait envie de te l'arracher. Tu vois le genre ?

– Le genre que je ne porte jamais.

– Oui, voilà.

Gladys affiche une mine (un peu trop) réjouie.

– Je n'ai pas envie de ressembler à quelqu'un que je ne suis pas. À Josie, par exemple.

– Je ne te demande pas de te grimer en Josie, crois-moi.

Ma meilleure amie plaque ses poings sur ses hanches, signe que ma réaction la déçoit.

– Tu comptais mettre quoi pour la soirée *blind test* ?

Je pointe du doigt une tenue basique et confortable. Mine de rien, le *blind test* est une activité physique qui mériterait sa place en tant que discipline olympique. Ce n'est pas de tout repos de se dandiner au rythme de musiques entêtantes et de hurler pendant trois heures pour donner la bonne réponse en premier.

– Il y a un gouffre entre ressembler à Josie et ressembler à Tatie Danielle.

Je lève les yeux au ciel, certaine que Gladys exagère.

– Si Andrès est aussi chaud bouillant que ce midi, je pense que je pourrais porter une serpillière.

– Ne jouons pas avec le feu. J'ai follement envie de voir un peu de civilisation « normale » et de faire un peu de lèche-vitrines.

– Civilisation « normale » ? répété-je en pouffant.

– Des gens qui ne sont pas des campeurs, quoi. Sans slips de bain, de préférence.

J'éclate de rire, puis me laisse convaincre. Après tout, nous avons du temps à tuer avant la soirée. Les garçons sont en plein tournoi de ping-pong et je n'ai aucune envie de me coltiner Joséphine ou même Léa.

Une fois que nous sommes habillées, il nous faut une petite heure pour rejoindre Digne-les-Bains par les routes de campagne. Le camping étant situé au beau milieu des arbres et des champs, c'est plutôt agréable de retrouver un endroit plus urbain. Nous

nous garons dans le centre-ville, puis continuons à pied à travers les jolis bâtiments aux toits de tuile orange.

– Regarde, cette boutique a l'air trop mignonne !

Gladys a raison. La devanture donne envie. Moderne, colorée, sans être trop originale.

– Carrément. On rentre ?

À peine avons-nous franchi la porte que Gladys se retrouve avec trois robes dans les mains, de toute évidence pour elle et non pour moi. Elle est tellement fan de lèche-vitrines que j'ai longuement hésité à l'inscrire aux *Reines du shopping*, mais Glad est trop mauvaise perdante pour ça.

Les vendeuses nous accueillent avec un large sourire et ne nous sautent pas dessus pour nous apporter leur conseil (ouf !). J'en profite pour regarder ce que la boutique propose. Après plusieurs minutes de recherche, je tombe sur une robe longue fleurie avec un volant qui revient sur la poitrine. Je la trouve vraiment jolie. Je fouille dans le fond de la rangée pour constater qu'il n'y a que du 44. Pas de 46 ou de 48 à l'horizon.

– Elle est canoooon cette robe ! s'exclame Gladys. Elle t'irait à merveille. Il faut que tu l'essaies !

Mal à l'aise, je souris en secouant la tête :

– Le volant grossirait mes seins, je n'ai pas besoin de ça.

Glad arbore une moue déçue, puis attrape une autre robe pour la rajouter à sa sélection.

– Tu sais que Josie tuerait pour avoir tes *boobs*, hein ? Elle a toujours complexé de ne pas avoir de poitrine.

J'éclate de rire, mais Gladys me renvoie un regard choqué.

– C'est sérieux.

– Josie, complexée ? Vraiment ?

– C'est si surprenant que ça ?

– Pour celle qui se vante sans cesse de rentrer dans un 34 ? Oui, un peu.

Glad hausse les épaules.

– On a tous un complexe, Félicie. Tu n'es pas la seule à ne pas te sentir bien dans ton corps.

Je ne devrais pas être blessée par les mots de Gladys. Pourtant, ça me donne l'impression de ne pas assez m'intéresser aux autres ou de trop étaler mon mal-être. Je sais que je ne suis pas la seule fille complexée au monde, et peut-être que je me lamente trop, parfois. Quand elle prend conscience qu'elle a été un peu trop abrupte, ma meilleure amie secoue la tête avec une moue désolée :

– Je ne minimise pas ce que tu ressens, OK ? C'est juste que… l'herbe n'est pas toujours plus verte de l'autre côté.

Je me tais. J'en ai conscience, bien sûr. En revanche, j'ai du mal à me dire que Josie est aussi mal dans sa peau. Avec ses airs de peste condescendante et hautaine, elle cache merveilleusement son jeu.

Après avoir haussé les épaules, Gladys repart pour un nouveau raid dans les rayons. De mon côté, notre conversation tourne dans ma tête, mais je la mets de côté pour profiter de ma meilleure amie – et essayer de me concentrer sur la soirée en perspective. Pendant une demi-heure, Glad enfile robe sur robe. Et chaque fois, je souris en disant :

– Magnifique !

Il n'y a pas d'autre constat possible ; toutes les tenues lui vont à ravir. Elle sort du magasin les bras chargés de paquets et le portefeuille plus léger.

Insatiable, elle m'entraîne vers une nouvelle boutique.

– Tu ne m'auras pas comme ça, Félie ! Il te faut une tenue !

Toutefois, dès que nous entrons, la vendeuse se dirige vers nous, me détaille de bas en haut puis secoue la tête :

– Nous nous arrêtons au 42, mais ma collègue d'en face va jusqu'au 52. Vous devriez bien rentrer dans quelque chose. En revanche, j'ai de très jolies pièces pour vous, mademoiselle, ajoute-t-elle en regardant Gladys.

Les paroles de la vendeuse me donnent la sensation d'un coup de poignard en plein cœur. À mes côtés, Glad la dévisage comme si elle était sur le point de la mordre.

– Nous cherchons une tenue pour mon amie, pas pour moi. On se passera de vos services, merci.

La femme, la trentaine bien tassée, arbore un rictus dédaigneux, puis fait demi-tour pour retourner à sa caisse.

– Bonne fin de journée, termine-t-elle d'un ton piquant.

Gladys est à deux doigts de lui sauter au cou, mais je la retiens pour l'entraîner vers la sortie. « Y trouver votre bonheur » aurait pu être une tournure décente, mais elle a choisi d'être insultante. Je n'ai plus qu'une envie : rentrer au camping. La boule de larmes qui bloque ma cage thoracique est vicieuse. Elle me rappelle à quel point je peux aussi parfois être *trop*.

Trop grosse.

Trop effacée.

Trop larmoyante.

– On pourrait quand même aller voir en face, insiste ma meilleure amie.

Son bras au-dessous du mien, elle me guide vers la devanture. Il ne nous faut qu'une demi-seconde pour faire un constat effarant : dans cette boutique, tout est difforme.

La gorge douloureuse, je fulmine :

– Je disais tout à l'heure qu'une serpillière ferait l'affaire… Il y a du choix, ici.

Gladys baisse les yeux et soupire.

– Je suis désolée, Félicie.

– Ce n'est pas ta faute.

Je lâche son bras et prends la direction de la voiture. Gladys me suit, les bras chargés de sacs et la tête basse.

– C'est notre société qui est malade. Juste parce que je fais un 48, je devrais me fringuer avec des vêtements dont ma grand-mère ne voudrait pas, ragé-je.

– Certains créateurs font de beaux efforts, pourtant.

Je n'ai pas la force de rétorquer quoi que ce soit. Ce lèche-vitrine a dévoré toute mon énergie.

– Ma tenue confortable n'était pas affreuse, si ?

– Tu es belle quoi qu'il arrive, confirme-t-elle d'un clin d'œil. Et le pantalon que tu as choisi te fait des fesses d'enfer.

Je m'en satisferai.

Au moment où nous retournons vers la voiture, mon téléphone sonne et affiche un numéro inconnu.

Inconnu
J'ai gagné le tournoi de ping-pong !
Je suis chaud pour ce soir !

En comprenant qui m'envoie ce message, la température monte subitement. Cependant, je n'ai pas le temps de répondre qu'un nouveau SMS arrive.

Inconnu
Mika m'a donné ton numéro.
J'espère que ça ne t'embête pas.
C'est Andrès.

Je mords ma lèvre avec un sourire. Pile de quoi me faire oublier la colère de cette séance de shopping.

Félicie
Ah oui… Chaud pour perdre
au blind test, c'est ça ?

Andrès
Pour GAGNER le blind test.
Et pour tout autre chose aussi.

J'éclate de rire.

– Tiens, tu as retrouvé ta bonne humeur, constate Gladys avec un sourire. On se demande pourquoi…

Nous échangeons un regard complice, puis elle s'exclame :

– Cette soirée promet d'être épique !

Ça, c'est une évidence !

CHAPITRE 16

Le Camping des pins est réputé pour son côté festif, et la soirée blind test a ses aficionados. À mon arrivée, je salue Sandrine d'un grand signe de la main, qu'elle me renvoie avec un large sourire. Je croise aussi nos voisins retraités, Vinciane et Robert, ainsi que la bande de jeunes de l'emplacement d'en face. Ils sont en train de se disputer pour savoir qui fera partie de l'équipe du couple. Amusée, je me permets d'intervenir :

– Peu importe quelle équipe vous rejoignez… C'est la mienne qui va gagner.

Mon timbre sérieux les fait douter un instant, puis ils éclatent de rire.

– Pas moyen ! Je ne perds jamais, moi, grogne un type d'une vingtaine d'années, casquette à l'envers sur le crâne. Les vieux sont carrément calés en musique, sérieux. Je veux être dans leur équipe.

C'est drôle de les voir se disputer pour obtenir les faveurs des retraités.

– Vinciane et Robert n'ont qu'à se séparer, leur proposé-je. Une partie d'entre vous avec elle, et une autre avec lui. Comme ça, vous bénéficierez tous un peu de leur culture musicale.

– Oh, vas-y, c'est une trop bonne idée, ça ! lance l'une des jeunes filles.

Ils parviennent enfin à un consensus tandis que je détaille la décoration du regard. Dans le parc, plusieurs tables hautes avec des nappes provençales sont disposées, et des guirlandes de fanions colorés forment un beau tissage au-dessus de nos têtes. Sur le bar, la silhouette d'une personne qui chante est représentée avec des vinyles.

Je rejoins Gladys à l'une des tables. Pour renforcer les effectifs de notre équipe, elle recrute Mika et Léo ainsi que Carlo, à mon plus grand désarroi. Heureusement, mon ex est plutôt une bonne recrue, sa culture musicale est impressionnante.

Sur la table d'à côté, Josie et Léa s'installent en compagnie de Pierre. Ce dernier ne nous accorde pas la moindre attention.

– C'est moi ou Pierrot est de mauvais poil ? demandé-je.

Léo approuve d'un signe de tête, blasé, tandis que Mika renchérit, l'air grivois :

– Gladys… Tu ne serais pas partante pour lui remonter le moral, par hasard ?

Ma meilleure amie sursaute et plisse le nez.

– D'où tu sors cette idée ?

Mika et Léo feignent l'innocence, mais échangent un regard complice qui me fait marrer. Pendant qu'ils continuent à charrier Glad, je cherche instinctivement Andrès du coin de l'œil.

– Ne t'inquiète pas, ton beau blond ne va pas tarder, me taquine Gladys (pour faire dévier la conversation sans doute).

Je grimace un peu, puis saisis mon portable.

Félicie
Peur de la défaite ?

Alors que le *blind test* va commencer d'une minute à l'autre et que les équipes sont toutes plus au moins au complet, je sens une présence dans mon dos et un souffle chaud sur ma nuque :

– Prête à perdre ?

Je tourne brusquement la tête mais ravale ma réplique devant son regard océan. Il éclate de rire puis se penche vers moi pour me chuchoter à l'oreille :

– Je ne parle pas uniquement du *blind test*. Je compte bien aussi te faire perdre quelques vêtements. Très joli pantalon, d'ailleurs.

Je dois actuellement ressembler à Po, le Teletubbies rouge. Imaginer notre future nuit ne m'aide pas à me concentrer sur le jeu qui démarre. Joséphine hèle Andrès pour qu'il se joigne à son équipe, et mon estomac tressaute.

Jalouse.

Il m'abandonne. Mon sang ne fait qu'un tour quand je vois ma rivale l'accueillir comme un prince et se trémousser devant lui. Elle pousse même le vice jusqu'à le prendre dans ses bras. Si elle pense que je ne la vois pas se coller contre son torse, elle se fout le doigt dans l'œil !

– Céline Dion ! J'irai où tu iras, s'écrie Vinciane, notre voisine retraitée.

L'animateur approuve avec vigueur et encourage les autres joueurs à applaudir. Les jeunes qui ont rejoint son équipe sautent dans tous les sens et narguent leurs amis restés avec Robert.

Je m'en veux un peu d'avoir loupé le point sur du Céline Dion, ça m'apprendra à être perdue dans mes pensées…

Même si Andrès et Joséphine rient et chantent ensemble, j'essaie de les ignorer pour me concentrer sur le prochain morceau. Je me hisse sur ma chaise haute dès les premières notes, survoltée. Sans difficulté, je trouve *Dance Monkey* de Tones and I.

Au moment où notre équipe se lance dans un cri de victoire ridicule, mon portable vibre.

Andrès
Tu rayonnes ce soir.
Même quand tu boudes
parce que je suis dans l'équipe
de Joséphine.

Je lève la tête vers Andrès, le nez plissé.

Félicie
Je ne boude pas.

Andrès
Tu peux. J'aime bien ça.

Le jeu se poursuit de manière intense mais avec un bon esprit. Andrès et moi n'arrêtons pas de nous envoyer des textos, si bien que j'en perds ma concentration et m'attire les foudres de mon équipe.

– Perdre sur du Lorie est inacceptable pour toi, Félicie, se moque gentiment Glad.

En véritable mauvais joueur, Carlo ne cesse de bougonner. Quand il surprend les œillades enflammées que j'échange avec le beau mec de l'équipe adverse, il pousse un long soupir blasé.

Après une bonne demi-heure de jeu, l'animateur annonce :

– Je vous propose une pause de quinze minutes pour reprendre vos esprits et remotiver vos troupes avec de bons cocktails.

Alors que je m'apprête à rejoindre Andrès qui me fait un signe vers le bar, Carlo me retient par le bras.

– Je dois te parler.

– Plus tard, OK ?

J'essaie de me dépatouiller de mon ex comme je peux, mais celui-ci s'agrippe comme une moule à son rocher.

– C'est important. Ça concerne Andrès.

Je penche la tête sur le côté, l'air blasé.

– J'ai bien compris que tu es jaloux, Carlo. Mais je n'ai pas envie de t'entendre critiquer Andrès. Franchement… Tu vaux mieux que ça.

Je retire mon avant-bras, puis le laisse en plan. Il m'interpelle mais je ne me retourne pas. Au-delà de son côté bourru, Carlo sait être serviable et doux. C'est pour ça que je l'appréciais autant quand nous étions ensemble. Alors aujourd'hui, je ne souhaite pas le laisser s'engluer dans cette rivalité malsaine.

Je rejoins le comptoir, mais le beau blond est en pleine conversation avec Léo, je n'ose pas les interrompre. Sandrine m'accueille avec un large sourire avant de me servir un verre de porto. Mika me rejoint quelques secondes plus tard, un grand sourire aux lèvres.

– Où est passé ton prétendant ? Je pensais que tu serais avec lui.

J'ignore ses sourcils qui font des vagues, même si ses sous-entendus m'amusent.

– Avec Léo, là-bas.

Malgré moi, mes dents mordillent ma lèvre inférieure.

– C'est moi ou tu as l'air un peu nerveuse ?

– Qu'ai-je fait au bon Dieu pour être aussi transparente ?

Mika ricane, puis pose une main compatissante sur mon épaule.

– N'oublie jamais que tu es un super chou-fleur, compris ?

Ses paroles me soulagent un peu. La colère qui m'animait plus tôt dans la journée s'est progressivement transformée en angoisse : je n'ai pas pu trouver une seule foutue robe à ma taille, bon sang !

C’est comme si le monde voulait me prouver à quel point je suis inadaptée.

– Je n’arrête pas de me demander pourquoi un type comme Andrès aime les choux-fleurs.

Mika, qui était resté debout jusqu’ici, s’assied à mes côtés sur une chaise haute.

– Parce que tous les goûts sont dans la nature, Félicie. Ce serait trop triste si on aimait tous les mêmes légumes.

J’éclate de rire. Ce mec a le don pour me rassurer avec ses comparaisons hasardeuses.

– Alors super chou-fleur doit arrêter de douter et entrer en action !

C’est peut-être plus facile à dire qu’à faire, mais je crois être prête à tenter le coup.

***

Alors que la partie vient tout juste de reprendre, je ne parviens pas à me concentrer. Je n’arrête pas de penser à ma future nuit avec Andrès, au moment où je devrai me dévêtir devant lui. J’ai peur de ne pas être à la hauteur.

– *La Dernière Séance* d’Eddy Mitchell, hurle Robert après l’extrait.

Sa femme lui lance un regard fier qui m’arrache un sourire. Ils sont tellement beaux, tous les deux, à soixante ans passés, à s’aimer comme au premier jour. Alors que j’admire leurs œillades passionnées, mon portable vibre.

Andrès
Tu n'as plus l'air très motivée
par le blind test.
Un signe de toi et on s'échappe, OK ?

De l'autre côté de la table, ses yeux captent les miens, tandis que ses lèvres dessinent des paroles que je devine : « *On s'échappe ?* »

Je me penche vers mon équipe pour m'excuser :

– J'ai un peu mal à la tête, je vais aller me reposer.

– Pas à moi ! me souffle Glad d'un air entendu.

Je pince les lèvres pour ne pas éclater de rire puis m'éclipse afin de rejoindre Andrès dans une allée de camping. Un calme apaisant y règne, la plupart des campeurs étant à la soirée *blind test*. Postée près d'un palmier, je sens la nervosité grimper en moi. Lorsqu'Andrès sera là, ça signera le début de notre nuit. Le début de cette histoire qui pourrait bel et bien nous dépasser. Rien qu'à cette idée, mon cœur s'emballe. Un peu plus encore quand j'aperçois la silhouette de mon beau prof de sport avancer vers moi d'un pas lent et assuré. Les mains dans les poches de son pantalon chino, il ne me quitte pas des yeux avec un fin sourire en coin.

Il est beau. Terriblement beau.

Dès que nous sommes l'un en face de l'autre, nos lèvres se retrouvent et mon cœur reprend un rythme infernal.

– Pourquoi tu as l'air aussi anxieuse depuis tout à l'heure ?

– Je… J'ai un peu…

Peur. Comme toujours.

Andrès dépose un baiser sur mon nez.

– Je sais. Je crois comprendre tes appréhensions, mais j'ai envie de t'aider à les dépasser.

– Tu as surtout envie de tirer ton coup, hein ! rétorqué-je, moqueuse.

Andrès penche la tête sur le côté et lève les yeux au ciel avant d'avouer :

– Bon, OK, c'est vrai ! Mais ce n'est pas très fair-play de ta part d'être aussi jolie dans cette tenue.

J'éclate de rire, amusée par sa franchise.

– J'ai pensé à ce soir toute la journée.

– Obsédé.

– Peut-être, mais mes pensées étaient très respectueuses.

Je lui vole un nouveau baiser fiévreux. Lorsque je lui rends sa liberté, il murmure contre mes lèvres :

– Je me suis permis de réserver une chambre d'hôtel à Castellane. J'ai pensé que ce serait plus confortable que notre tente.

Je papillonne des cils à une vitesse ahurissante. Est-ce que cet homme peut se montrer un peu plus prévenant encore ?

Comme je ne réponds rien, il passe une main gênée sur sa nuque :

– Si ça te dit, bien sûr.

– On est mardi, mais ça me dit.

Andrès doit se faire violence pour ne pas rire. Il gonfle les joues, puis soupire :

– Je ne comprends même pas pourquoi tu m'attires autant.

Sa main se lie à la mienne tandis que nous quittons le camping pour rejoindre le parking. Une fois dans la voiture, je ne prononce plus un seul mot tant je suis fébrile. Les routes de campagne menant à Castellane sont vite traversées. Un quart d'heure après, nous sommes devant l'hôtesse d'accueil de l'hôtel, nos doigts à nouveau entremêlés. Elle nous tend les clefs d'un air entendu. C'est bien la première fois que je loue une chambre dans le seul et unique but de m'envoyer en l'air.

L'établissement est plutôt mignon. La décoration a été réalisée avec goût, dans les tons parme et blanc cassé. Ce n'est pas de la première jeunesse, mais ce n'est pas non plus détestable. Maintenant, plus qu'à espérer que le matelas soit confortable.

Et qu'il ne grince pas !

Nous patientons devant l'ascenseur, Andrès appuyant toutes les deux secondes sur le bouton d'appel. On dirait qu'il essaie d'ouvrir les portes par le pouvoir de son esprit. Jusqu'au moment où il craque : il prend ma main et me tire brusquement derrière lui, m'entraînant dans l'escalier en courant. Nous arrivons au troisième étage essoufflés, si bien que je ne peux m'empêcher de lancer :

– Je suis fatiguée, je vais bien dormir, maintenant.

– Parce que tu comptes dormir ? murmure-t-il à mon oreille.

Il me colle contre le mur à côté de la porte de notre chambre, le temps de l'ouvrir. Un bip, puis il pousse le battant, disparaissant à l'intérieur non sans m'avoir jeté un regard enflammé. En le suivant, je sais ce qui va se passer. Je réprime mon désir pour Andrès depuis soixante-douze heures, je suppose qu'il en va de même pour lui. En soi, ce n'est rien. Trois petits jours qui, malgré tout, me paraissent avoir duré une éternité.

Je tente toutefois d'avoir l'air zen en découvrant la chambre. La pièce est très jolie, dans une teinte rose poudré qui nous offre un magnifique nid pour notre première nuit. Un lit king size trône au milieu, tandis qu'une télévision est accrochée juste en face. Il y a aussi un mini-bar noir et un fauteuil à bascule vert d'eau que je verrais complètement chez moi.

– C'est mignon, lancé-je histoire de combler le silence.

Andrès n'a pas décroché un mot depuis trois minutes alors qu'il était prêt à me sauter dessus. J'ai la sensation qu'un lion rôde autour de moi, et c'est grisant. Je sens sa présence dans mon dos tandis qu'il referme la porte. Mon cœur tambourine dans ma poitrine.

Je le veux. Je le veux tellement.

Sa respiration est un peu lourde quand il enclenche le verrou. Je n'ose pas me retourner pour l'affronter ; il y a cette tension entre nous, presque palpable, qui agite le moindre de mes sens. Je suis impatiente, mais j'appréhende aussi. Son corps frôle le mien, je me sens frissonner des pieds à la tête. Figée dans l'entrée face au lit king size qui n'attend plus que nous, je guette un signe de sa part.

– Tu veux boire quelque chose ?

Quoi ?

Avec nonchalance, Andrès allume la lumière, puis se dirige vers le mini-bar, cassant toute la magie du moment. Accroupi, il examine les boissons avec intérêt.

– Je n'ai pas vraiment soif, là…

J'essaie de tendre une perche, mais il n'a pas l'air décidé à la saisir.

– Ah zut, ils n'ont pas de Coca zéro !

Mais je m'en tape de son Coca, moi ! C'est lui le zéro, là !

Je suis offerte, et lui préfère aller fouiller dans le mini-bar. J'hallucine !

– Andrès… Qu'est-ce que tu fais ?

Alors qu'il attrape une canette de Schweppes aux agrumes, ses lèvres se plissent, signe qu'il se retient de rire. Je ne le quitte pas des yeux tandis qu'il en avale la moitié, sa pomme d'Adam allant et venant au rythme de ses gorgées. Il y a toujours quelque chose d'érotique qui se dégage de lui, peu importe la situation. Mon regard descend le long de son torse moulé dans sa chemise noire. J'étais déjà brûlante, mais maintenant je bouillonne.

Andrès me dévisage avec un petit sourire que je peine à interpréter. Après quelques gorgées supplémentaires, sa langue roule sur ses lèvres afin d'attraper les dernières gouttes de soda.

Je suis à deux doigts de prendre feu.

Dans un instant d'audace qui ne me ressemble pas le moins du monde, je fonce sur lui, attrape sa canette vide et la lance dans un coin de la pièce. Je me rue sur sa bouche comme une assoiffée et me gorge des notes acides de sa boisson. Andrès répond timidement à mon baiser et se recule au bout de quelques secondes, ses mains maintenant mes poignets pour retenir ma fougue. Frustrée, je lui lance un regard contrarié qui le fait éclater de rire. Ma poitrine collée contre son torse, je sens son cœur battre à l'unisson avec le mien.

Vite. Excessivement vite.

Il se penche vers mon oreille afin de chuchoter :

– Je me demandais combien de canettes j'allais devoir boire avant que tu laisses tomber tes barrières…

– Tu n'es qu'un petit con !

Il ricane, puis son visage devient plus sérieux. C'est pour ça qu'il m'a poussée à prendre les devants. Ses yeux naviguent le long de mon corps et mes questions reviennent cependant au galop. Aime-t-il *vraiment* ce qu'il voit ?

Je chasse mes mauvaises pensées au moment où il s'empare furieusement de ma bouche. Il mordille ma lèvre inférieure, m'arrachant un gémissement.

– On est mieux ici que sous la tente, non ?

J'ai la sensation de me consumer sous ses baisers fiévreux. Contre ses lèvres, je souffle :

– Je me sens bien avec toi. N'importe où.

Ce ne sont pas des paroles en l'air. Mon cerveau a beau continuer à dresser des barrières ou à m'empêcher de lui accorder une totale confiance, mon corps et mon cœur s'accordent, eux.

Andrès resserre un peu plus son étreinte. Mes doigts glissent sous sa chemise ; sa peau se tend à mon contact. Il embrasse ensuite mon cou, joue avec ses dents sur ma carotide palpitante, me goutte du bout de sa langue. La bouche entrouverte, je penche la tête sur le côté pour l'encourager à poursuivre ses caresses. Ses mains remontent le long de ma colonne vertébrale, sous mon débardeur. Très vite, il m'encourage à m'en débarrasser. Je me retrouve en soutien-gorge devant lui et Andrès pose délicatement ses lèvres sur mon buste dénudé, pendant que j'entreprends de défaire les boutons de sa chemise. Mes mains découvrent ses pectoraux fermes, ainsi que sa peau de plus en plus échauffée.

Alors qu'il se met à dégrafer mon soutien-gorge, je déboutonne son chino pour donner plus de liberté à son érection naissante. Nos corps se heurtent avec plus d'empressement et d'excitation. Il colle son bassin contre le mien, ses beaux yeux luisant d'une fièvre incontrôlable qui m'anime tout autant.

Je dévore sa bouche sans jamais m'en lasser, puis je l'aide à se débarrasser de son pantalon.

Le sourire d'Andrès me fait perdre mes moyens. Maintenant que je suis seins nus devant lui, quelque chose vrille en moi. La lumière m'agresse. Ses doigts qui cherchent à me dévêtir davantage m'oppressent.

– Attends…

Sans réfléchir, je quitte ses bras afin d'éteindre le plafonnier, plongeant la chambre dans l'obscurité complète.

– S'il te plaît, Félicie…

Je sais ce qu'il attend de moi, mais je ne peux pas. Je lui en ai déjà beaucoup montré ce soir.

Trop.

Il pose ses mains sur le haut de mes bras et frotte ma peau comme s'il essayait de me réchauffer.

– Tu es belle et tu ne t'en rends même pas compte. Je ne sais pas qui sont les idiots qui sont parvenus à te priver de toute ta confiance en toi, mais moi je suis prêt à t'aider à la regagner.

Malgré moi, les larmes me montent aux yeux. Ses lèvres parsèment mon visage de baisers fugaces.

– Ce n'est pas si simple… J'ai conscience que mon corps n'est pas aussi désirable que tu le penses. C'est gentil de vouloir me faire plaisir, mais mes précédents copains me l'ont fait comprendre. Quand un mec en vient à éteindre lui-même la lumière dans « l'espoir de pouvoir bander », c'est difficile de se voiler la face. Je veux juste prendre les devants, que ça ne soit pas un problème.

Andrès soupire à nouveau. Je n'y entends pas de la déception ou de l'amertume, juste une profonde compassion.

– Ce mec ne te méritait pas, alors. Si tu savais ce qu'un simple regard de toi me fait ressentir, j'aurais même peur de jouir trop vite en te voyant nue sous la lumière.

Malgré la situation, il parvient à me faire rire. Il embrasse mes lèvres avec douceur et caresse ma joue.

– J'aimerais que tu acceptes de voir ta beauté à travers mes yeux.

Il me serre fort contre son cœur qui tambourine. Nous restons longuement silencieux, chacun perdu dans ses pensées, dans le noir.

Andrès caresse mes cheveux et souffle à mon oreille :

– Mais c'est toi qui mènes la danse, Félicie. Je ne veux pas que tu sois mal à l'aise. Fais comme tu le sens. Je te suis. Les yeux fermés s'il le faut.

Ma respiration saccadée m'empêche de penser correctement. J'ai envie de croire en ses mots, et pourtant, j'ai peur. Ces derniers jours, il a eu un impact positif sur mes craintes et mes convictions. Il m'a encouragée à sortir de ma zone de confort. Ce n'est qu'une étape de plus à franchir. Comme descendre d'un talus alors qu'on a le vertige.

J'en suis capable.

Les mains tremblantes, je l'attire jusqu'au mur où se trouve l'interrupteur. Je ne suis pas sûre de prendre la bonne décision, mais les mots d'Andrès me donnent envie de me dépasser.

– Promets-moi de ne pas me juger.

Il se raidit un peu, comme s'il s'apprêtait à rétorquer quelque chose. D'une voix douce, il chuchote simplement un « *promis* » qui résonne dans la moindre parcelle de mon corps. Mes doigts liés aux siens, nous activons ensemble la lumière. Le sourire qu'il me renvoie est merveilleux. Il enveloppe mes lèvres avec tendresse, pendant que je m'active à abandonner mon pantalon au sol, puis ma culotte.

Se mettre à nu n'a jamais eu autant de sens.

Je me sens toute petite et toujours un peu ridicule.

Pourtant, les yeux d'Andrès me déshabillent un peu plus encore, si c'est possible. Il reste en retrait, avec pour seul et unique vêtement son boxer déformé par le désir. Il se mord la lèvre inférieure et me souffle :

– Cette histoire va me dépasser, Félicie.

Je plaque mon index sur sa bouche pour le faire taire. Maintenant, il faut que j'arrête de réfléchir. C'est ça le plus difficile. Trouver le bouton *off* de mon cerveau.

Dans la passion du moment, je le pousse sur le lit. Si notre relation doit nous dépasser, autant en profiter dès à présent. À genoux sur le matelas, j'avance vers Andrès et fais glisser son boxer le long de ses jambes. Il ne me quitte pas des yeux, la bouche légèrement entrouverte. Je n'ai pas le temps de m'occuper de lui qu'il me fait basculer sur le dos. Je me retrouve à sa merci, haletante. Ses lèvres glissent sur ma peau, la chair de poule se dessine sous leur passage. Quand elles effleurent mon intimité, mes doigts se crispent sur les draps.

Ah ben tiens, il est là, le bouton off de mon cerveau !

Je perds pied, noyée sous une kyrielle de sensations. Je me cambre de plaisir et ne parviens pas à retenir de longs gémissements. Les paupières closes, je me concentre sur les vagues de contentement qui me submergent.

Nos petits jeux se poursuivent avec une impudence que je ne me connaissais pas. Notre complicité, si présente ces trois derniers jours, explose dans la pièce. Andrès et moi sommes en osmose, et nous devinons les réactions de l'autre avec une aisance déconcertante. J'en oublie la lumière, ma nudité, la prétendue laideur de mes courbes. Il n'y a plus que des râles de plaisir, le bruit des draps qui se froissent, le goût du Schweppes aux agrumes qui perdure sur ses lèvres.

Lorsqu'il se glisse entre mes cuisses, je m'accroche à ses épaules tandis que nos bassins s'unissent dans un va-et-vient lascif qui me transporte ailleurs. Dans un monde où il n'y a plus qu'Andrès, moi et son regard qui m'offre toute la confiance qui me manquait.

CHAPITRE 17

Une croyance populaire prétend que lorsqu'on perd sa virginité, on devient quelqu'un de différent. Comme si ce jour-là, quelque chose en nous changeait profondément. En réalité, ma première fois ne m'a pas donné ce sentiment. Lorsque je me suis levée le lendemain matin, j'étais toujours la même. Rien ne s'était bousculé en moi et je n'étais pas soudainement devenue une femme. Je déteste cette théorie ridicule. Ce n'est pas parce qu'on fait l'amour qu'on se métamorphose.

Ce matin, en me réveillant, j'ai la même sensation que la nuit où j'ai couché avec Clément pendant notre voyage de fin d'année scolaire. Avoir osé franchir le cap de l'amour à la lumière, mon corps révélé au grand jour, n'a pas modifié mon état d'esprit. On pourrait penser que je suis libérée d'un poids (ironique, quand on y pense) et que ma confiance en moi est revenue comme par miracle.

Constat effarant : les miracles n'existent pas.

Je ne me sens pas plus belle qu'hier, ni plus désirable. Au contraire, quand Andrès gigote à mes côtés, signe qu'il se réveille, mon réflexe est de remonter le drap sur mon corps nu et d'éviter son regard. Les volets laissent passer la lumière du jour et je ressens une nouvelle fois le besoin de me cacher, peu importe ce que nous avons vécu hier.

Andrès s'étire à mes côtés, son bras brûlant se collant au mien. Il dépose un baiser furtif sur mes lèvres et m'accorde un sourire malicieux.

– Tu m'accompagnes sous la douche ?

Tout mon corps se crispe. Je déglutis avec peine, mes yeux évitant les siens.

– Vas-y en premier, j'ai envie de somnoler encore un peu.

Sur le moment, une certaine magie se dégageait de nos corps enlacés. Je me suis sentie sublime sous son regard, j'ai accepté qu'il me voie comme peu d'hommes m'ont vue. Et pourtant, tout s'est volatilisé ce matin. Je me sens juste… ridicule. Oui, c'est le mot. Ri-di-cu-le. Mes démons sont toujours là, et s'ils ont accepté de se taire hier, ils hurlent à tue-tête aujourd'hui.

– Tu es sûre ? Tu m'as l'air pourtant très bien réveillée.

Le fait qu'il insiste m'embarrasse un peu plus encore. J'aimerais qu'il comprenne seul et ne me force pas à prononcer ces mots difficiles. Ses yeux glissent sur mes doigts qui s'accrochent fermement aux draps, si bien qu'un soupir s'échappe de ses lèvres.

Il a compris.

Andrès me contraint à le regarder en plaçant son index sous mon menton. Je me sens rougir, comme une enfant prise en faute. Mais quelle est ma faute ? Peut-on réellement me juger parce que je ne me sens pas *assez* face à un tel apollon, peu importe sa tendresse ? C'est plus fort que moi. Je repense à mes ex qui, hormis Carlo, ont tous fini par se lasser de mes bourrelets et de ma peau d'orange. Je devrais me satisfaire de ce que pense Andrès, là, maintenant, tout de suite, mais j'en suis incapable. Lui aussi ouvrira un jour les yeux et se tournera vers quelqu'un de plus *normal*. J'adorerais être capable de m'afficher sans honte, au-delà d'une chambre d'hôtel, mais c'est impossible.

– Je ne peux pas, Andrès.

Sa main retombe sur le matelas. Il secoue la tête et hausse les épaules.

– Très bien, c'est toi qui vois.

Son timbre glacial m'achève. Sans un mot de plus, il quitte le lit pour rejoindre la salle de bains. Dans mon cœur, ça retombe comme un soufflé au fromage qu'on aurait trop vite sorti du four.

Quelques minutes après, alors que je suis toujours inerte dans le lit, Andrès sort de la douche, les cheveux plaqués en arrière et le front humide. Il m'évite pendant qu'il enfile ses chaussures.

– Je vais rentrer à pied.
– Tu es sûr, je…
– J'ai besoin d'être un peu seul, là.

Mes yeux se gorgent de larmes. Quand la porte claque derrière Andrès, ma boule d'angoisse explose en un cri rageur que je ne parviens pas à refouler. Même si j'ai repoussé l'idée de la douche commune, je prends conscience qu'en cet instant, j'avais besoin de lui.

Terriblement besoin.

***

Pendant plus d'une heure, je suis restée prostrée dans la chambre, le cœur en compote. Je n'ai pas l'âme d'une héroïne de romance. Je me questionne (trop) et, là où certains ne verraient aucun problème, je vois des barrières insurmontables. Au-delà du regard que posent les autres sur moi, c'est surtout le mien qui m'empêche d'avancer. Il paraît que pour être aimée, il faut s'aimer soi-même, et ça, ça me semble impossible. Quand je m'observe dans un miroir, c'est rare que je me trouve jolie. C'est dommage que mon manque de confiance en moi ronge mon cœur et non mes kilos superflus. Il y a sans doute un travail que je dois accomplir pour apprendre à m'apprécier et à laisser les autres m'apprécier.

Je quitte l'hôtel et décide de me balader dans le centre de Castellane sans pour autant profiter de l'instant. Le charmant village n'a aucun effet sur moi, alors que je l'aurais trouvé magnifique dans n'importe quelle autre situation. Lorsque le clocher sonne 14 heures, mon estomac crie famine. Je me dirige machinalement vers une boulangerie où je commande un banal jambon-beurre. Je craque pour un éclair au chocolat qui, à défaut de me faire perdre du poids, me soulagera un peu. Manger ses émotions, ça me connaît.

Les gens oublient trop souvent à quel point la nourriture peut être consolante. Ceux qui ne grossissent pas ne voient aucun problème à avaler une tablette de chocolat ou à engloutir du fromage fondu à foison en hiver. Moi, je dois faire attention. Tout le temps. Une pâtisserie ne sera jamais *une simple gourmandise* ; elle pourra au contraire me faire culpabiliser pendant des heures après l'avoir avalée. « *Tu n'aimerais pas faire du diabète avant tes trente ans, n'est-ce pas ?* » me rappelle souvent ma mère. Je ne lui en veux pas, elle a raison sur ce point. Elle aussi a tendance à prendre du poids. Quand le médecin lui a diagnostiqué un diabète de type 2, elle a été drastiquement mise au régime. Depuis, elle compte toutes les calories qu'elle avale ; ça en devient maladif. À chaque jour qui s'écoule, je me rapproche du quotidien de ma mère, et ça m'effraie.

Installée près de l'église sur un banc abrité du soleil par un platane, je croque dans mon sandwich. Plusieurs badauds circulent sans me prêter attention.

Alors que je vais entamer mon éclair au chocolat, trois types en costard me passent devant et échangent un regard entendu, un rictus au coin des lèvres. Mon cœur se serre.

Je sais ce qu'ils pensent.

« *La grosse a besoin de sa dose de sucre.* »

Ils ricanent bêtement et mon estime de moi s'envole un peu plus. Je me lève d'un bond et jette le gâteau non entamé dans la poubelle. Ces crétins m'ont coupé l'appétit.

Mon téléphone qui vibre dans ma poche me fait sursauter.

Andrès.

Trop lâche, trop mal à l'aise, trop déprimée, je ne décroche pas. Je n'ai pas la force de lui parler, pas après notre bref échange de ce matin. Dans ses yeux se mêlaient déception et accablement. Je lui en veux aussi de ne pas avoir su lire au-delà de mon attitude distante et de ne pas avoir compris qu'à cet instant précis, j'avais besoin de lui.

Comme je ne réponds pas, un SMS ne tarde pas à arriver.

Andrès
Où tu es ?

Il a dû rejoindre les autres à l'heure qu'il est. J'ignore le message et continue à marcher sans but.

Andrès
Réponds, s'il te plaît. Je m'inquiète.

Ça devrait me faire plaisir de savoir qu'il pense à moi. Pourtant, je ne ressens rien. En cet instant, je ne suis plus qu'une coquille vide. J'ai besoin de marcher et de faire le point.

Aux alentours de 15 heures, je rejoins ma voiture et prends la direction du camping. À l'accueil, Sandrine m'interpelle, tout sourire. Quand elle croise mon regard absent, elle bondit à mes côtés. Très vite, son bras réconfortant entoure mes épaules.

– Tu viens boire un café, ma puce ?

Son côté maternel m'apaise. Je la suis sans un mot, tel un robot. Son mobile-home est situé à une centaine de mètres de l'accueil, que nous parcourons sans un mot. Elle m'accueille dans sa maisonnette, semblable à celle que partage la Team Rocket. À l'intérieur, il y a tout le confort nécessaire, et même si ce n'est pas une villa gigantesque, c'est un véritable havre de paix décoré avec goût. Des plantes un peu partout, des couleurs pastel et merveilleusement accordées, des miroirs en rotin… Les magazines de déco n'ont qu'à bien se tenir. D'ailleurs, la machine à coudre et la table en bois vintage sur laquelle elle est posée me font tout de suite de l'œil.

Sans un mot, Sandrine s'active autour de sa cafetière et ramène un café allongé, puis deux. Elle me tend une tasse que j'attrape machinalement.

– Si tu as besoin de parler… Je peux tout entendre. Ce n'est pas un mythe. Les gérants de camping adorent régler les soucis de leurs vacanciers.

Un rire s'échappe de mes lèvres et nous échangeons un clin d'œil complice. Après plusieurs secondes silencieuses, je finis par tout déballer. Il ne me faut que quelques minutes pour résumer trois jours de passion, et surtout de tourments.

– Pourquoi un gars comme Andrès voudrait-il d'une fille *comme moi* ? Même pour un soir ou une semaine. J'ai subi assez de regards dégoûtés comme ça, je n'aurai pas la force d'en encaisser un nouveau.

Honteuse, je cache mon visage dans mes mains, ma tasse sur la table basse. Sandrine saisit mes doigts et secoue vivement la tête.

– Ne te cache jamais. C'est ça que voulaient tes crétins d'ex. Ils t'ont fait assez de mal, ne les laisse pas continuer d'avoir cette emprise sur toi.

– Je sais très bien que je dois aller de l'avant, que je dois me faire violence et ne pas les laisser gagner. Mais… c'est vraiment plus facile à dire qu'à faire, tu comprends ? Parfois, j'ai l'impression de faire un pas en avant et… Bam ! je me prends la réalité en pleine face.

– Et c'est quoi, la réalité, pour toi ?

Je baisse les yeux quelques secondes avant d'annoncer, la voix plus tremblante que je ne le voudrais :

– Mon corps ne correspond pas aux critères de beauté.

– Et ?

– De temps en temps… ça doit faire du bien de se sentir comme les autres, non ?

Le sourire triste qu'elle m'adresse me fait mal au cœur.

– Personne n'est dans ta tête, Félicie. Personne n'a le droit de te juger pour ce que tu penses et ressens. Je sais ce que c'est d'être grosse et sans cesse épiée. Plus jeune, mes amis me tannaient à coups de : « *Tu es parfaite comme tu es* » et de « *Tu délires, personne ne te regarde de travers* ». Mais on ne rêve pas ce genre de choses. Je les ai vus au supermarché, que mon caddie contienne des légumes ou des sucreries. Je les ai vus à la salle de sport, quand tous ces corps parfaits suaient autour de moi. Je les ai vus sur le bord de la plage, à la piscine, au parc d'attractions, au restaurant, en allant chercher mes enfants à l'école… Et s'ils sont toujours présents, j'ai appris à ne plus leur accorder d'importance.

Les mots de Sandrine me bouleversent. C'est comme si elle décrivait mon quotidien.

– Mais… mais comment ? Comment tu fais abstraction de tout ça ?

Elle quitte sa chaise pour s'asseoir à mes côtés. Elle soupire longuement, puis observe le plafond, comme si elle y cherchait ses mots.

– Un jour, j'ai pris conscience de ma valeur. J'ai accepté les compliments. J'ai aussi pris en considération les remarques bienveillantes. J'ai appris à m'aimer.

Un rire triste franchit mes lèvres. J'adorerais que tout soit aussi simple, même si ça me semble utopique.

– Il faut que tu comprennes qu'autour de toi, il y a des gens qui t'estiment et te chérissent. Réellement. Le regard que porte aujourd'hui Andrès sur toi, c'est celui que tu dois t'offrir chaque fois que tu croises ton reflet dans le miroir. Tu dois apprendre à être tolérante et bienveillante envers toi-même. C'est ça, le secret.

– Mais c'est impo…

– Dans la vie, rien n'est impossible, très chère, me coupe-t-elle. Ce n'est qu'une question de point de vue.

Avec Sandrine, tout paraît facile.

Et si ça l'était, après tout ?

CHAPITRE 18

Alors que je me dirige vers le mobile-home de la Team Rocket, Mika me saute dessus et m'entraîne à l'écart.

– T'étais où cette nuit, cachottière ?

Son regard entendu me fait sourire, même si le cœur n'y est pas. Mika ne me laisse pas le temps de répondre et poursuit, tout affolé :

– Je ne sais pas ce que tu lui as fait, mais en tout cas, Andrès était fou de ne pas avoir de tes nouvelles. Il a envoyé Pierre bouler, et d'une force… Je me serais mis en PLS à sa place. Ça m'a fait de la peine, sérieux.

– Ah oui ? Tu sais ce qui s'est passé ?

Le filet de voix qui sort de mes lèvres est à peine audible, comme si j'avais mal à la gorge. Mika m'indique que non, puis pose une main sur mon épaule, les sourcils froncés.

– Tu en fais une de ces tronches !

Il penche la tête sur le côté avant de lancer un regard à sa montre.

– Dix-neuf heures. L'heure de l'apéro.

– Avec toi, c'est toujours le moment de boire un coup, de toute manière !

– Il n'y a pas de mauvais moment pour se détendre, si ?

Il m'attrape par le poignet, puis nous courons à petites foulées jusqu'au bar. Je ne pensais pas que cet homme puisse un jour devenir un tel soutien. J'aurais plus facilement cru en Pierre, que je trouvais plus posé. Au final, Mika a toujours le mot pour rire, bien qu'il sache aussi se montrer sérieux. Je suis heureuse que l'un des fondateurs de la Team Rocket fasse partie de ma vie.

Au comptoir, nous découvrons Pierre, qui paraît accablé, sans doute suite à sa dispute avec Andrès. Mika donne une tape dans son dos.

– Alors, frérot, on déprime ?

Pierre ronchonne, le nez dans son verre de whisky. Quand il me voit, il fronce un peu plus le nez. Ça fait plaisir… Moi qui pensais que nous avions créé une réelle complicité, je me suis mis le doigt dans l'œil. Depuis hier, je vais de déconvenue en déconvenue le concernant.

– Je ne suis pas d'humeur, Mika, grommelle-t-il.

– Ce n'est pas la première fois que tu t'engueules avec un pote, et ça ne sera pas la dernière, OK ? Andrès a l'air plutôt sanguin, si tu veux mon avis. Et je pense que la demoiselle ici présente joue avec ses nerfs.

Les paroles de Mickaël me font lever les yeux au ciel.

– Je ne *joue* pas.

Et c'est peut-être ça le problème. Alors que je devais lâcher prise et m'amuser, je prends conscience que pour moi, cette histoire n'a rien d'un jeu. Dans ma tête, Andrès prend plus de place qu'il ne devrait. Du moins, plus qu'une simple idylle de vacances ne le devrait.

Pierre pointe du doigt les deux tabourets de bar qui l'entourent. Mika me lance une œillade pour s'assurer que je suis d'accord ; je le remercie d'un maigre sourire. Nous nous installons de chaque côté de Pierre puis commandons des boissons au barman (ce n'est pas Sandrine qui s'en charge, aujourd'hui), qui arrivent en une minute à peine. Enfin, Mika lève son verre de Ricard avec un large sourire :

– Pastis par temps bleu…

Pour lui faire plaisir, Pierre et moi complétons du bout des lèvres :

– Pastis délicieux.

Au même moment, Carlo fait son apparition en short de bain hawaïen. Une faute de goût monumentale qui ne m'étonne pas de lui. Il se poste près de nous (à côté de moi plutôt) avec un air plus soucieux que d'habitude.

– J'ai *vraiment* besoin de te parler.

Pierre se raidit et échange avec mon ex un regard empli d'animosité. Je suis sur le point d'envoyer Carlo bouler, mais ce dernier a l'air plutôt accablé.

Je m'excuse donc auprès de Mika et Pierre avant de me lever et d'accompagner Carlo.

Nous marchons quelques mètres pour nous retrouver derrière un palmier, à l'abri des regards indiscrets. Je m'adosse à l'arbre et attends que mon ex se mette à parler. Comme chaque fois qu'il est gêné, Carlo grignote l'intérieur de sa joue. Quelque chose semble de le tracasser et apparemment, ça me concerne.

– J'ai surpris un truc qui me fait flipper pour toi, Félie.

Le connaissant, il en rajoute une tonne.

– Ah oui ? Je t'écoute.

Mon timbre transpire le sarcasme, mais Carlo ne s'en formalise pas, il scrute un point dans mon dos. Je penche la tête sur le côté pour apercevoir Andrès. Mon cœur manque un battement tandis que les deux hommes se toisent. L'attitude du prof de sport me désarçonne. Son regard empli de déception est toujours présent et sa mâchoire un peu trop contractée à mon goût quand il me lance :

– Je crois que Gladys te cherche.

À mon tour, je serre des dents, frustrée par son timbre distant. Qu'est-ce que je pensais ? Qu'il allait fondre sur moi en disant à quel point il s'est inquiété ? Après tout, c'est moi qui ai choisi de ne pas répondre à ses messages. C'est sans doute normal qu'il réagisse ainsi.

– Carlo voulait…

– Elle est au bar.

Sa voix est tranchante, loin des notes suaves que j'aime tant. Je fronce les sourcils, quelque peu blasée. J'hésite un instant à riposter, mais je ravale mon agressivité. Nous sommes tous deux énervés… Ça ne mènera à rien de me fâcher un peu plus. Alors, même si Carlo semble me supplier du regard, je décide de rejoindre ma meilleure amie. Pourtant, après avoir marché quelques mètres, j'ai la sensation de m'être fait berner. J'aurais dû voir Gladys arriver sur le chemin si elle m'attendait vraiment au bar. Il n'y a qu'une seule route pour y accéder, et c'est celle que j'ai prise. Quelque chose cloche. Mue d'un drôle de pressentiment, je rebrousse chemin et remarque que Carlo et Andrès sont toujours en train de discuter.

Et ça semble plutôt houleux.

Intriguée, je reste plantée (et planquée) derrière un arbre. Je m'en veux d'épier leur conversation, mais j'ai besoin de savoir. Leurs traits tirés ne m'inspirent rien qui vaille.

– Tu te fiches d'elle, gronde mon ex.

– Mais de quoi tu te mêles ?

Alors que le prof de sport semble sur le point de déguerpir, Carlo le retient par le poignet.

– On parle de Félicie, là. Elle mérite des explications, tu ne crois pas ?

– C'est entre Pierre et moi, OK ? Il n'y a pas d'explications à donner.

Carlo éclate d'un rire jaune qui me fait frissonner. Andrès se défait de son emprise et lui tourne le dos en lançant d'un ton agressif :

– Occupe-toi de ce qui te regarde, d'accord ?

Puis il s'en va d'un pas rageur, abandonnant Carlo avec un air furieux sur le visage.

Je m'adosse à l'arbre et pousse un long soupir. Leur dispute me laisse un goût amer. Je ne suis pas certaine d'en avoir compris le sens, mais ça ne m'empêche pas de m'inquiéter et de me poser mille et une questions. *Pourquoi Carlo pense-t-il qu'Andrès se moque de moi ? Et surtout, que vient faire Pierre là-dedans ?*

Pour éviter de tergiverser, je rejoins Mika au bar. Évidemment, comme je m'en doutais, Gladys n'y est pas. C'est désormais évident : Andrès a balancé un mensonge pour que je m'éloigne. Mais pourquoi ?

« *Parce qu'il se fiche de toi* », répond la voix de Carlo dans ma tête.

Dès que j'apparais au comptoir, Mika prend conscience du malaise. Il passe sa main dans mon dos et empoigne le bas de ma nuque comme il le ferait avec l'un de ses potes.

– Ça va ?

Je me contente de hocher la tête, alors qu'à nos côtés, Pierre parle sans discontinuer, le nez dans son téléphone portable. Il fait défiler des photos que je ne vois pas tant je suis perturbée par la discussion que je viens de surprendre.

– Tiens, regardez ! C'était le pot de départ de Franck, le prof de philo. Un vieux crétin que tout le monde détestait au lycée. On a passé une putain de soirée, Andrès et moi.

Je n'ai pas la force de tourner la tête vers le smartphone. En revanche, l'odeur de whisky qui se dégage de Pierre me donne des haut-le-cœur. Cette quatrième journée de camping est épuisante.

– Tu pourrais au moins faire semblant de t'y intéresser, balance-t-il d'un ton dédaigneux.

Ça me hérisse le poil. Cependant, je prends sur moi pour regarder les fameuses photos. En effet, cette fête devait être mémorable : on peut les voir danser, un verre à la main, de larges sourires aux lèvres et de la transpiration sur le front. À chaque cliché, mes yeux repèrent Andrès, toujours aussi beau, aussi magnétique.

Mon cœur s'emballe quand Pierre fait une plus longue pause sur l'une des photos.

Dessus, le prof est en compagnie d'une femme, une espèce d'Emily Ratajkowski en puissance, longiligne, au visage anguleux et au teint mat. Il la tient par sa taille fine et pose fièrement à ses côtés.

Le couple logique, en somme.

– C'est qui, cette beauté ? demande Mika, ébahi.

– Julie, l'ex d'Andrès.

Je me raidis, les yeux rivés sur cette femme aux allures de mannequin. Elle ne doit avoir aucun mal à se trouver belle dans le miroir, elle.

Conscient de mon malaise, Mika me lance un regard en biais. La colère (et la jalousie) gronde en moi, pire encore lorsque Pierre ajoute, l'alcool l'aidant sans doute à se montrer plus loquace :

– Valérie, sa précédente copine, était encore plus canon, crois-moi. Un mélange de Scarlett Johansson et de Jennifer Lawrence. C'était la prof de SVT. Une vraie bombe. Mais forcément, c'est toujours Andrès qui décroche le gros lot. Il collectionne les avions de chasse.

Chacun des mots de Pierre est comme une lame qu'on enfoncerait au plus profond de mon âme. Je ne suis pas un avion de chasse et je ne le serai jamais. Je ne joue pas dans la même catégorie que ces filles et je dois en prendre conscience une bonne fois pour toutes.

Mika n'affiche plus le moindre sourire. Il m'observe, conscient que je suis au bord de l'implosion.

Je suis l'ombre dans le tableau de chasse.

L'intruse.

L'exception qui confirme la règle.

Pierre tourne la tête vers moi, à moitié bancal sur sa chaise haute. Ses petits yeux plissés me dévisagent, puis un éclair de génie semble traverser son esprit embrumé par les vapeurs d'alcool :

– Ah ouais… J'avoue que tu détonnes un peu pour le coup.

Mika réagit au quart de tour et assassine son ami du regard.

– Eh oh, frérot, fais pas le con !

– T'inquiète, Mika, annoncé-je d'une voix lasse. Pierre a raison.

Je puise dans mes dernières forces pour me lever. Même si je n'ai bu aucune goutte d'alcool, j'avance d'un pas titubant sans savoir où je me rends.

– Félicie, attends !

Mika court derrière moi et me rattrape sans difficulté. Je reste dos à lui, incapable de me retourner. Si je lui fais face, je vais éclater en sanglots. Et je n'ai plus envie de pleurer. Je ne veux plus que la méchanceté gratuite des gens m'impacte. Je rêve d'un monde où la bienveillance ne sera pas qu'un concept qui aide à vendre des bouquins de développement personnel.

Sans me demander ma permission, Mika se poste devant moi et pose fermement ses mains sur mes épaules.

– Pierre est complètement bourré…

– L'alcool aide les gens à dire ce qu'ils pensent réellement.

Il penche la tête sur le côté, tout aussi dépité que moi.

– Si c'est ce qu'il pense, alors c'est un connard. Et franchement, ça me ferait chier d'être pote avec un crétin pareil.

La spontanéité à toute épreuve de Mika est rafraîchissante. J'en avais besoin dans ma vie sans même le savoir.

– Je vais continuer dans les métaphores du potager, si tu veux bien.

Nous échangeons un sourire amusé, tandis qu'il presse un peu plus mes épaules.

– Personne n'a jamais dit qu'on ne pouvait pas aimer les asperges *et* les choux-fleurs, d'accord ? Ça n'a rien d'incompatible, crois-moi. Le principal, c'est que les légumes, c'est super bon pour la santé, compris ?

Un hoquet (mélange de larmes et de rire) s'échappe de mes lèvres.

– Je crois, oui…

Désemparé, Mika s'avance vers moi et me serre tout contre lui.

– Je déteste les câlins, mais je sais reconnaître quelqu'un qui en a besoin.

Son étreinte me fait un bien fou et réchauffe mon cœur. Il a raison : c'est exactement ce dont j'ai besoin. Lorsqu'il me libère, il arbore une mine sérieuse.

– Qu'est-ce qui t'arrive ? Ce n'est pas seulement à cause de Pierre, n'est-ce pas ?

Je renifle bruyamment en secouant la tête. Je lui explique alors brièvement ma nuit avec Andrès (sans entrer dans les détails), mes angoisses au réveil (qui ne m'ont pas quittée depuis), ainsi que la discussion avec Carlo.

– Je doute, tout le temps, conclus-je. J'ai l'impression de ne pas être *assez* ou d'être *trop*. Pas assez mince, mais trop grosse. Pas assez bavarde, mais trop plaintive. Pas assez tolérante, mais trop gentille. Je déteste tous ces paradoxes qui me font douter, jour après jour.

– Moi aussi, je doute parfois, tu sais. On doute tous, je crois.

– Tu le caches bien.

Mika hausse les épaules.

– Pourquoi tu crois que je suis toujours « le bon copain » ? Ça m'arrange bien de ne pas avoir à trop en dire sur moi… En particulier aux femmes, d'ailleurs.

Ses mots me touchent et je me surprends à vouloir à nouveau le prendre dans mes bras.

– Tout ça pour dire que… Je suis certain qu'Andrès doute, lui aussi. Cette discussion avec Carlo n'est peut-être qu'un quiproquo. Ne fais pas comme toutes ces filles dans les films qui ne communiquent pas, s'il te plaît. Va lui parler. Explique-lui tout ce que tu viens de me dire ! Tu es un super chou-fleur, je te rappelle !

Je pince les lèvres pour ne pas éclater de rire.

– Tu as raison.

– Mika a toujours raison.

Je me laisse aller à l'émotion et l'attire une nouvelle fois contre moi.

– Je n'aurais jamais cru dire ça, mais… Même quand tu parles comme Alain Delon, je t'adore.

Mika met un terme à notre câlin et écarquille les yeux, l'air choqué.

– Tu m'adores ?

Je ricane.

– Un peu.

– Le soleil des gorges du Verdon te tape sur la tête, Félicie ?

Je claque un baiser sur sa joue et le laisse s'échapper, mort de rire. Les mains tremblantes, j'attrape mon téléphone et clique sur le nom d'Andrès. Lorsque sa voix rauque me parvient, une multitude de frissons serpentent le long de ma colonne vertébrale.

– Tu es où ? J'aimerais te parler.

– Au pont.

Je raccroche sans un mot de plus, le cœur en bout de course. Je suis peut-être le légume abîmé et déformé qu'on n'expose pas en rayon, mais j'ai le droit d'exister et de me faire entendre.

Foi de chou-fleur !

CHAPITRE 19

Andrès est là.

Le coucher du soleil tombe sur ses épaules et l'entoure d'une douce lumière digne d'une magnifique aquarelle. Il est assis sur le petit pont et observe l'étendue d'eau qui se dessine sous ses pieds. Je reste un long moment derrière lui, silencieuse, sans trouver le courage de me montrer.

Quelque chose doit l'alerter, car il se tourne vers moi. Dès qu'il me voit, il saute sur la terre ferme et s'élance à mes côtés. J'ai l'impression qu'il s'apprête à m'embrasser, mais il se retient au dernier moment, droit comme un piquet. Par réflexe, sa main attrape la mienne, et je n'ai pas la force de m'en défaire.

– Je n'aurais pas dû partir comme un sauvage ce matin. J'aurais dû rester avec toi.

Malgré moi, mes yeux se gorgent de larmes. Je baisse la tête sur nos mains liées et soupire :

– J'avais besoin de toi, oui.

– Tu m'as repoussé et… Mon ego a pris le dessus. Je suis désolé.

Je ne sais pas quoi répondre. Je me contente de lâcher sa main et de me poster devant l'étendue d'eau, les bras le long de mon corps.

– Tu m'en veux, n'est-ce pas ? demande Andrès.

– J'aurais sans doute aimé que tu agisses autrement, c'est vrai. Mais nous ne sommes pas parfaits. Ni toi, et encore moins moi.

Andrès est toujours dans mon dos, comme s'il n'osait pas interrompre ma contemplation du ciel orangé.

Ou peut-être a-t-il peur d'affronter mon regard déçu.

– Quand je t'ai vue recroquevillée sous les draps, mal à l'aise après la nuit qu'on avait partagée, je… J'ai ressenti un truc bizarre. Un truc que je ne devrais pas ressentir pour une fille que je connais depuis seulement quatre jours. Tu éveilles en moi quelque chose d'un peu dingue, et je ne savais pas du tout comment gérer ça ce matin, alors ça m'a fait flipper.

Sa voix se perd dans l'obscurité. J'ai l'impression que ses mots sont des ricochets qui glissent sur la rivière. Chaque phrase se répercute, crée des ondes et me bouleverse.

– Je ne sais toujours pas comment gérer ça, d'ailleurs. C'est la première fois que j'ai un « amour de vacances » et je ne pensais pas que les émotions seraient à ce point exacerbées. J'ai l'impression de devoir tout vivre en accéléré. Et là, maintenant, tout de suite, j'ai juste envie que cette semaine de vacances dure indéfiniment.

On dirait une déclaration d'amour, et ça me touche autant que ça me désarçonne. J'ose enfin me tourner vers lui, les sourcils froncés.

– C'est vrai ou ce sont des paroles en l'air ?

Mon timbre rageur fait sursauter Andrès. Il tente de s'approcher à nouveau, mais je l'esquive.

– Pourquoi tu penses ça, Félicie ?

– Peut-être parce que Carlo est persuadé que tu te fiches de moi.

Ses poings se serrent et sa mâchoire se crispe.

– Ce crétin n'a pas pu tenir sa langue, n'est-ce pas ?

Je pourrais prêcher le faux pour savoir le vrai. Néanmoins, je n'ai pas envie de faire passer mon ex pour ce qu'il n'est pas.

– Carlo ne m'a rien dit. C'est moi qui ai entendu votre conversation.

– Tu nous as épiés ?

Son ton suffisant me fait grimacer.

– Et toi, tu m'as volontairement évincée en me faisant croire que Gladys m'attendait au bar ?

Même dans la pénombre, je remarque qu'il blêmit. Il baisse la tête, pris en faute.

– C'est compliqué…

– C'est toujours compliqué quand on essaie d'embrouiller quelqu'un.

– Je n'essaie pas de t'embrouiller, Félicie !

– Alors explique-moi !

Je n'arrive pas à contrôler ma voix. Andrès remonte les yeux vers moi et secoue la tête.

– Je ne peux pas. Pierre me fait confiance.

Si j'ai choisi d'opter pour la communication, lui se referme comme une huître. Tout ce que je déteste.

– Très bien.

Il ne veut pas se confier, alors je n'ai plus rien à faire ici. Il secoue la tête de gauche à droite et son regard est vide.

– Je ne comprends rien à ce qui se passe entre toi, Pierre, Carlo et je ne sais qui d'autre… Franchement, je ne suis pas sûre de vouloir m'infliger un truc pareil. Un flirt de vacances, c'est censé être fun et sans prise de tête, non ?

Une drôle de lueur traverse les pupilles d'Andrès ; je ne sais pas comment l'interpréter.

– Félicie, je…

– Ne dis rien. De toute manière, je sais que je ne suis qu'un légume cabossé et que, comme l'a dit Pierre, je détonne dans ton tableau de chasse…

Ses yeux se transforment en lance-flammes.

– Il a dit quoi ? Je vais le tuer, bon sang… Ça va trop loin, là.

– J'imagine qu'il a été maladroit, c'est tout.

Il secoue la tête, hors de lui.

– Être maladroit, c'est quand on fait tomber son verre à la cantine sans le faire exprès. Là, il savait que ses mots te blesseraient. Il savait que ça t'atteindrait. Il savait que tu douterais. Et ça… Ce n'est pas être maladroit. C'est être con.

Il s'approche pour tenter à nouveau d'attraper mes doigts ; je recule sans lui en laisser la chance. La tête légèrement penchée, il me confie :

– Pierre dit n'importe quoi… Petit un, je n'ai pas de « tableau de chasse », je déteste cette expression. Petit deux, la beauté est subjective. Petit trois, le concept même de la « beauté » me dépasse.

Même si je tente de ne pas le montrer, l'intensité de son regard me fige sur place. Alors qu'il marque une pause, je ne peux m'empêcher d'ironiser :

– Monsieur le Professeur a terminé sa dissertation ?

Mon sarcasme (plus amer que je ne l'aurais souhaité) le fait grimacer. Il roule des yeux et pousse un long soupir blasé.

– Petit quatre… Je ne vois pas le physique des gens. Je vois l'aura qui les entoure. Leur douceur. Leur intelligence. Leur bienveillance. C'est tout ce qui m'a attiré vers toi.

Andrès ferme les paupières et sa pomme d'Adam s'agite dans sa gorge. Devant mon silence, il perd patience :

– Je ne sais plus quoi te dire, Félicie.

Je déglutis avec peine, touchée par les mots qu'il a prononcés juste avant.

– J'aimerais t'accorder le bénéfice du doute et croire en tes belles paroles, Andrès. Mais j'ai aussi besoin de savoir pourquoi Carlo est persuadé que tu te fiches de moi. Parce que là, tout me fait douter de ta sincérité.

Andrès m'observe en silence, désemparé. Mais tant qu'il me laissera avec mes doutes (comme si je n'en avais pas assez comme ça), je ne pourrai pas me satisfaire de ses mots, aussi doux soient-ils.

Je l'interroge du regard, mais il se referme à nouveau, les épaules basses.

– Je ne peux rien te dire.

Mika me vendait les bienfaits de la communication, pourtant, nous sommes dans une impasse.

Autant tirer tout de suite un trait sur cette histoire.

Sans un mot de plus, je m'éloigne dans l'obscurité.

Andrès ne me retient pas.

CHAPITRE 20

Quand je rejoins les copains au bar, deux bandes se sont formées. Gladys, Mika et Léo d'un côté ; Josie, Léa, Pierre et Carlo de l'autre. Je ne mets pas longtemps avant de choisir mon camp.

Ma meilleure amie m'accueille avec une mine attristée.

– Tout va bien, ma chérie ?

– Oui, t'inquiète.

Aucun membre de la Team Rocket n'est dupe, vu leurs yeux levés au ciel.

– Pas à nous ! raille Mika.

– C'est juste que…

J'hésite un instant, puis me lance :

– J'ai surpris Carlo et Andrès en train de se disputer. À propos de moi, visiblement.

La mâchoire de Gladys en tombe presque.

– De vrais coqs, ces deux-là !

– Carlo a vu « quelque chose ». Il est persuadé qu'Andrès se moque de moi.

– Mais d'où il sort ça ? questionne Léo.

– Je n'en sais rien ! Du coup, j'ai tenté d'en parler à Andrès, mais il s'est refermé comme une huître. Il ne me dira rien. Alors forcément, ça me prend la tête !

Gladys soupire :

– Je t'avais dit de pécho un mec pour les vacances, pas de t'embourber dans une histoire compliquée.

– Et pourquoi tu ne vas pas demander à Carlo ? me conseille Léo. Au moins, tu seras fixée sur cette histoire. Il sait des trucs et était prêt à te les raconter. À ta place, je n'hésiterais pas.

Je secoue la tête.

– Pas ce soir. J'ai envie de profiter de vous. C'est censé être ça, les vacances, non ? Passer du bon temps, tout ça tout ça. Et puis je veux que ça vienne d'Andrès… Le but, c'est de pouvoir lui faire confiance, non ?

Mika lève son verre et sort sa vuvuzela qui dépasse de la poche de son short. Il fait sursauter les campeurs attablés près de nous quand il la fait résonner dans le parc.

– Il faut toujours suivre le dicton : « Pas de violence, c'est les vacances » ! annonce-t-il, tout fier.

Gladys, à moitié pompette, pose sa main sur mon épaule et m'assure, philosophe :

– Et surtout, peu importe la suite, il faut retenir le positif.

Les garçons et moi la scrutons avec un sourire. Nous savons pertinemment qu'elle va sortir une bêtise plus grosse qu'elle.

– Tu as dérouillé la machine, et tu es prête pour monter un nouveau cheval !

Beaucoup trop de métaphores dans cette phrase.

– Est-ce que tu parles du fait que Félicie s'est envoyée en l'air avec Andrès ?

Mes joues me brûlent. Mika a parlé si fort que nos voisins de table (la bande à Josie) n'en ont pas perdu une miette. Pendant plusieurs minutes, mes amis ne cessent de tergiverser sur ma vie sexuelle.

– OK, j'ai besoin d'une piña colada, là !

Je me lève d'un bond et les abandonne, un large sourire aux lèvres.

L'amitié, il n'y a que ça de vrai !

***

Hier soir, nous avons rejoint notre emplacement complètement saouls, aucun d'entre nous ne marchait droit. Au moment de nous séparer, Mika a eu l'idée lumineuse (et vu son état d'ébriété, c'est à noter) de prendre ma place sous la tente, histoire de me laisser gamberger seule et de faire une petite farce à Andrès. Sur le moment, je n'ai pas dit non. Et ce matin, mon dos me remercie pour cette douce nuit dans le mobile-home. Je me réveille donc de bonne humeur, puis me dirige vers la terrasse pour prendre mon petit déjeuner en compagnie de Gladys. Au bout d'une dizaine de minutes, Mika sort de la tente, les cheveux tout ébouriffés. Très vite, Andrès apparaît à son tour, l'air las.

Avant de m'endormir, j'ai décidé de ne pas mettre une mauvaise ambiance pour le reste de la semaine. Andrès et moi, c'était une parenthèse sensuelle et agréable, et je n'ai plus aucune envie de me prendre la tête avec ça (même si, avouons-le, ne plus penser à lui est *très* difficile). Je lance un sourire aux deux garçons et leur demande :

– Bien dormi ?

Mika s'étire tel un chat.

– Comme un loir.

Quant à Andrès, il plisse le nez (et c'est beaucoup trop adorable).

– Ce crétin ronfle.

Il pointe Mika avec dépit, puis bâille à s'en décrocher la mâchoire. Je ne peux m'empêcher de songer qu'il a l'air tout chaud après cette nuit passée sous la tente. Histoire de chasser ces pensées traîtresses, je secoue brièvement la tête avant de me concentrer sur mon bol de café.

Pour cette cinquième journée, c'est sortie équestre. Ça m'inspire déjà plus que le canyoning ou le rafting, j'ai toujours été proche des animaux. En allant me préparer, je croise Carlo qui sort des sanitaires. Je lui accorde un « salut » poli, même si la curiosité me ronge. J'aimerais lui poser des questions, mais je ne pense pas que ce soit une bonne idée.

Alors que je le contourne, il m'attrape par l'avant-bras.

– Félicie, je…

Quand il voit que je me crispe, ses doigts quittent ma peau pour s'enfoncer dans ses poches.

– Andrès et Pierre vont peut-être me tuer, mais il faut que tu sois au courant.

Une boule d'angoisse se forme dans mon estomac. Je n'ai plus envie d'entendre parler de cette histoire. La seule chose que ça m'a apportée, c'est de m'éloigner de celui qui me fait du bien, et c'est suffisamment dur comme ça. Je n'ai plus besoin de savoir, je veux juste profiter du soleil et des balades dans les gorges du Verdon.

– Je ne suis pas sûre que ce soit nécessaire. Andrès et moi, ça ne mènera nulle part, de toute façon.

Prononcer ces mots me fait mal. Ça aurait pu. Ça aurait pu mener quelque part, ça aurait pu donner quelque chose de beau.

J'ai éveillé un truc dingue en lui. Et nul doute qu'il a éveillé un truc dingue en moi. Des choses que nous ne devrions effectivement pas ressentir au bout de quelques jours.

– Je pense que tu dois savoir malgré tout.

La manière dont il insiste m'agace beaucoup. Je commence à tapoter le sol du pied pour marquer ma désapprobation.

– Non, merci, ça ira, réponds-je en commençant à lui tourner le dos.

– Avant-hier soir… J'ai surpris Pierre et Andrès en train de s'embrasser.

Je me fige. Je crois que je m'étais attendue à tout, sauf à ça. Comme je ne réagis pas, mon ex continue, mal à l'aise :

– Je ne sais pas s'il t'utilise pour se faire une « couverture » d'hétéro, mais en tout cas, il y a vraiment un truc qui n'est pas clair, tu comprends ? C'est pour toi que je dis ça.

– Je comprends surtout que, comme d'habitude, tu ne te préoccupes pas de ce que je pense ou dis et que tu m'imposes ça alors que j'ai spécifiquement dit que je ne voulais pas savoir. Alors permets-moi de douter quand tu me dis que tu fais ça pour mon bien. Maintenant, si ça ne te dérange pas, je dois me préparer.

Je repars la tête haute, pleine d'un aplomb factice, le laissant en plan.

Une fois le bâtiment principal dépassé, je baisse la tête, relâche mes épaules et ralentis. Je finis par m'arrêter, perdue. Parce qu'honnêtement, je ne suis plus sûre de comprendre quoi que ce soit.

***

Durant toute la sortie équestre, j'ai été rongée par les questionnements. Je n'ai pas cessé de jeter des regards en biais à Pierre et Andrès (qui se sont copieusement ignorés), et j'ai remis en cause la santé mentale de Carlo (il a forcément imaginé ce baiser, non ?). Je ne parviens pas à envisager que les deux collègues puissent s'embrasser. C'était peut-être un pari, qui sait ? Et pourtant, ça n'explique pas pourquoi Andrès n'a rien voulu me confier.

Il y a forcément quelque chose qui m'échappe.

La balade à cheval a été plutôt agréable, même si Joséphine ne s'est pas gênée pour se moquer de moi quand le moniteur a décrété qu'il me fallait un cheval *porteur*. Je l'ai entendue ricaner, et j'ai eu envie de lui tordre le cou. Surtout, comme elle a remarqué qu'Andrès et moi ne nous adressions pas la parole, elle n'a pas hésité à retenter sa chance. Elle s'est approchée de lui pour minauder, mais il est resté parfaitement imperméable. Je ne suis même pas sûre qu'il ait prononcé un seul mot alors qu'elle le complimentait sur sa façon de monter à cheval. Pour ma part, j'ai un peu serré des dents et tenté de faire taire la jalousie qui hurlait dans mon cerveau.

Je n'ai pas reparlé à Carlo depuis ce matin, et, pour être honnête, je suis angoissée par notre cinquième soirée au Camping des pins. Je continue de cogiter, encore et toujours, mais je ne parviens pas à me résoudre à parler de ce baiser à Gladys ou Mika. C'est comme si Carlo m'avait confié un secret d'État. Ou alors, c'est tellement gros que j'imagine que personne ne me croira.

Dans la cabine de douche, pour me préparer, je pousse un long soupir, le dos collé à la paroi. Je ne sais plus quoi penser. Andrès et Pierre, vraiment ? Ça me paraît complètement irréaliste, et en même temps, je ne pense pas que Carlo soit assez fou pour inventer un truc pareil.

Je sais que je ne devrais pas être encore en train de penser à ça.

À lui, surtout.

Pourtant, c'est plus fort que moi. Andrès est présent dans la moindre de mes pensées. Tourner la page d'une histoire à peine commencée aurait dû être facile. Hélas, ça ne l'est pas (du tout).

L'esprit embrumé, j'enfile une robe d'été toute simple, décolletée dans le dos et qui m'arrive juste au-dessus du genou. Je quitte la cabine et m'observe dans le miroir. Le résultat n'est pas catastrophique. Je crois même que je suis plutôt jolie. C'est souvent ainsi que ça se passe lorsque je me prépare pour sortir. Chez moi, face à la glace, je me trouve belle. Puis, dès que je sors, toute ma confiance s'évapore, et je me recroqueville sur moi-même. C'est comme si toutes ces personnes qui m'observent me disaient : « Tu ne ressembles à rien, ma pauvre. » Même si j'ai conscience que les regards ne sont pas tous aussi malveillants que je l'imagine, ce sont ceux qui ont le plus d'impact.

Sur le chemin pour retrouver les copains au bar, je repère Carlo en train de discuter avec Josie et Pierre. Je m'apprête à passer près d'eux quand mon prénom ressort de leur conversation. Intriguée, j'ai le réflexe (ou l'habitude) de me planquer derrière un arbre.

– … comprends pas pourquoi tu t'obstines, Carlo, lâche Pierre.

– Parce que tu comptes *vraiment* remettre le couvert avec Félicie ? renchérit Joséphine.

Je hausse un sourcil. Si Carlo pense qu'il peut me séduire à nouveau, il se trompe. Il est gentil et prévenant (quoiqu'un peu lourd), mais maintenant, je sais ce que j'attends d'un homme. Je souhaite qu'il me regarde comme Andrès le fait. Pour de vrai. Sans faux semblants ou secrets bizarres.

Les poings sur les hanches, Joséphine ajoute :

– Tu ne penses pas que tu mérites mieux que ça ?

Ça.

Comme si j'étais une vulgaire chose. Un objet sans émotion. Sans sentiment. Pourtant, mon cœur qui se serre est bien réel. Il me fait un mal de chien.

Un instant, j'ai l'espoir que mon ex me défende. Nous avons été ensemble trois ans, il passe la semaine à me tourner autour et surtout, il s'est toujours montré gentil avec moi, jamais désobligeant… Il doit m'apprécier assez pour clouer le bec de cette mégère de Josie, non ? Pourtant, les mots qui franchissent les lèvres de Carlo me fusillent sur place :

– Tu sais, j'ai fini par revoir mes exigences à la baisse avec le temps.

Tandis que j'aperçois Andrès derrière eux, les sourcils froncés et abasourdi par ce qu'il entend, une vilaine nausée me prend de court. Je suis à deux doigts de vomir contre le tronc de ce magnifique palmier alors que Joséphine se moque ouvertement :

– Tu te l'es déjà tapée pendant trois ans, on devrait t'offrir une médaille pour ça !

Pierre et Carlo pourraient (devraient) la contredire. Au lieu de ça, ils éclatent d'un rire gras qui me donne envie de chialer. Je n'écoute plus vraiment ce qu'ils disent, je suis pétrifiée au beau milieu du camping. La méchanceté est partout. Tout le temps. Et elle porte bien des visages.

– Il faut croire qu'Andrès fait dans l'humanitaire, maintenant, annonce Pierre, fier de sa vanne affreuse.

Je dois partir. J'en ai déjà trop entendu.

Fuis, Félicie. Comme toujours.

Je m'apprête à quitter ma cachette quand Andrès fonce sur Pierre et l'attrape par le col. Son expression reflète toute la haine qui l'anime en cet instant. Son poing serré le long de son corps me laisse penser qu'il pourrait le frapper d'une seconde à l'autre.

Ils se toisent durant un long moment. Mon cœur bat la chamade et résonne dans la moindre parcelle de mon corps.

– Tu me débectes, lâche finalement Andrès en lui rendant sa liberté.

L'attitude de Pierre change du tout au tout : il se ratatine sur lui-même, tout penaud, comme un gamin pris en faute. À ses côtés, Josie et Carlo n'ont pas perdu leur sourire moqueur.

– C'est'y pas mignon ? raille mon ex. Le prince qui vole pour sauver l'honneur de sa princesse.

J'ai envie de hurler mon dégoût, mais je reste derrière mon arbre. Comme si, ainsi cachée, les mots ne pouvaient pas m'atteindre.

Trop tard, Félicie...

Si Andrès assassine Carlo du regard, celui-ci continue à rouler des mécaniques, l'œil narquois. La mâchoire du prof de sport est plus serrée que jamais, et je crois même voir perler quelques larmes de colère au coin de ses yeux.

– Tu ne mériteras jamais une fille comme Félicie, Carlo. Tu finiras seul, avec tes remords et ta connerie.

Au moment où Josie se met à ricaner, les prunelles du blond changent de cible.

– Et toi, tu te penses supérieure, n'est-ce pas ? Tu te crois belle juste parce que quatre ou cinq crétins te l'ont dit pendant qu'ils te baisaient ?

Sa soudaine vulgarité me fait prendre conscience de son état d'énervement. Personne n'a jamais pris ma défense comme il le fait.

Et il ne sait même pas que je suis là.

Josie blêmit à vue d'œil, piquée au vif.

– Tu es une véritable coquille vide. Tu n'arriveras jamais à la cheville de Félicie.

– Tu ne la mérites pas non plus, reprend Carlo. De toute façon, elle est au courant, maintenant.

Les épaules d'Andrès s'affaissent tandis que Pierre se tourne brusquement en soupirant :

– Tu n'as pas fait ça…

Carlo lui lance une moue désolée qui n'a pas l'effet escompté. Pierre décampe, les joues rouges et les traits crispés. Josie ne semble rien comprendre (et moi non plus), mais ne perd pas le nord pour autant.

– Au courant de quoi ?

À bout, je ne parviens plus à réprimer un hoquet empli de larmes. Les trois têtes se tournent instantanément vers ma cachette. Mon regard croise celui d'Andrès. Une seconde à peine.

– Félicie… souffle-t-il du bout des lèvres.

Enfin, je me mets à courir dans la direction opposée, ce que j'aurais dû faire depuis le début. Il ne met pas longtemps à réagir, en quelques secondes ses mains saisissent mon poignet pour me contraindre à m'arrêter.

– Laisse-moi, s'il te plaît. J'ai besoin d'être seule.

Nous sommes loin, je ne vois plus ni Carlo ni Joséphine. Il n'y a que nous sur le chemin, entourés d'arbres, de sable et de mes pleurs. Les doigts d'Andrès se plaquent sur mes joues pour me forcer à poser les yeux sur lui. Son front est presque collé au mien, et ses joues rouges d'énervement répondent à ma tristesse.

– Je t'en supplie, ne pleure pas à cause de ces crétins.

Malgré mon envie (ou mon besoin) de tirer un trait sur ce que lui et moi avons vécu ces derniers jours, ses mots filent directement dans mon cœur, et ce même si je me sens plus triste que jamais.

– Ils ont raison. Tu sais très bien qu'ils ont raison.

Andrès recule, interdit. Je ne comprends pas son attitude. Hier soir, il a été secret et ambigu. Pourtant, alors que ses yeux me sondent et larmoient autant que les miens, sa sincérité me frappe de plein fouet.

Il lâche mes joues, me laissant orpheline de son contact, puis commence à faire les cent pas devant moi, les poings serrés le long de son corps.

– Bon sang, qu'est-ce que tous ces connards t'ont laissé croire ?

Je ne suis même plus sûre qu'il fasse référence à Carlo, Pierre ou Joséphine, mais plutôt à toutes ces personnes qui m'ont volé mon estime de moi au fil des années. À tous les regards malveillants sur mon chemin.

Mais il est peut-être temps pour moi de m'attarder sur les regards bienveillants qui embellissent mon quotidien.

CHAPITRE 21

Il y a quelque chose dans l'abysse des iris azur d'Andrès qui cherche à me sonder, à comprendre mon passé. Je pourrais lui raconter toutes les remarques insidieuses que j'ai reçues, tous ces « *tu devrais te prendre en main* », tous les « *un peu de sport ne te ferait pas de mal* », tous les « *et ta santé, tu y penses ?* », ainsi que ces fameux regards qui valent bien des mots… Comme si je n'avais pas conscience de mon poids. Il s'affiche chaque matin sur la balance et oscille entre les quatre-vingt-dix et cent kilos, me nargue toujours un peu plus.

Il y a cette petite voix dans ma tête qui me souffle que mon surpoids réduit mon espérance de vie, restreint mes activités. Mais il y a aussi ce cercle vicieux qui m'empêche de perdre des kilos. Parce que mon corps est aussi accablé par le poids des insultes. Ma motivation vole en éclats à la moindre remarque acérée, à la moindre œillade de travers.

Je crois que j'aimerais qu'on ne me résume pas à mon physique. Qu'on arrête de me parler de mon poids pour s'intéresser réellement à moi, à mes envies, à mes aspirations.

Je rêve de tolérance.

Andrès ne dit rien. Il a replacé ses mains de part et d'autre de mon visage, son front collé au mien. Doucement, ses lèvres aspirent les larmes qui coulent sur mes joues. Je n'ai pas la force de l'en empêcher, parce qu'en cet instant, c'est tout ce dont j'ai besoin. Sa présence me fait du bien.

Je tourne à peine la tête pour apercevoir Josie, Pierre et Carlo qui se sont rapprochés et nous observent avec dédain. Andrès sent que je me raidis contre lui, il attrape mes doigts pour m'entraîner loin d'eux.

Nous marchons dans les allées du camping durant de longues minutes sans parler. Passer près de l'allée Léo-le-Trouillard m'arrache un petit sourire. Peu à peu, je reprends une respiration normale et mes reniflements deviennent de plus en plus rares. Enfin, nous trouvons un coin tranquille sur les hauteurs du camping qui nous offre une vue imprenable sur les gorges du Verdon. L'eau turquoise à perte de vue, les gigantesques rochers qui entourent le lac, et la flore sauvage. Quelques aigles volent au-dessus de ce merveilleux spectacle et, étrangement, leurs cris m'apaisent.

– On s'installe ici ? me propose Andrès d'une voix douce.

J'acquiesce d'un hochement de tête. Une fois assis, il embrasse ma tempe. Mon cœur éclate de sentiments que je ne devrais pas ressentir. Je jette un coup d'œil vers lui, tandis qu'un léger sourire perce sur mes lèvres. C'est injuste que je me sente si bien en sa compagnie. Ce matin encore, je pensais que ça ne mènerait à rien et ce soir, mon cœur bat la cadence de l'espoir. Sauf que la situation n'a pas changé : il a beau m'avoir bouleversée en me défendant sans même savoir que j'étais là, il n'a toujours pas été franc avec moi.

Cet homme me fait tourner la tête.

– Tu sais, Félicie, je crois qu'il ne faut jamais écouter les idiots, même si ce sont souvent ceux qui parlent le plus fort, malheureusement.

J'éclate de rire. C'est tellement vrai ! Andrès rit avec moi, et en cet instant, nous sommes seuls au monde.

– Mon père m'a toujours dit qu'on reconnaît les cons à leur grande gueule.

– Il a raison.

Avec prudence, Andrès attrape ma main et entremêle nos doigts. Il me jette un regard en biais pour s'assurer que ça ne me gêne pas. En réalité, je suis incapable de refuser cette attention. C'est juste bon d'être à ses côtés.

– Il *avait* raison, oui.

Andrès se crispe et serre mes doigts un peu plus fort.

– Je suis vraiment désolé.

Je ne peux m'empêcher de sourire tandis qu'il ajoute :

– Pour cette phrase absolument clichée et pour ton papa.

Un nouveau rire franchit mes lèvres. Je me sens prise d'une envie furieuse de l'embrasser, mais je ne parviens pas à m'y résoudre. Tant que je n'en saurai pas plus sur cette histoire avec Pierre, je ne pourrai pas lui accorder totalement ma confiance. C'est peut-être bête d'avoir besoin de ça pour une histoire de vacances, mais je ne peux pas faire autrement.

Gêné, Andrès plisse le nez avant de demander :

– Qu'est-il arrivé à ton père ?

Je baisse les yeux, alors qu'il baragouine à toute vitesse :

– Tu ne veux peut-être pas en parler, je… Pardon, je suis trop curieux et…

La seule personne avec qui j'en discute régulièrement, c'est Gladys.

Est-ce que je suis capable d'en parler avec lui, alors qu'il me cache tant de choses ?

Andrès paraît comprendre mon hésitation.

– Tu ne me fais pas confiance.

Il baisse la tête et soupire.

– Et c'est tout à fait légitime. Mais quand tu sauras pourquoi je n'ai pas voulu te parler de cette histoire avec Pierre, je pense que tu comprendras mon choix. Du moins, je l'espère.

Je hausse un sourcil, intriguée. Ensuite, je lui donne un petit coup d'épaule qui signifie : « *Tu as intérêt à tout me dire, grand crétin.* »

– Papa a fait un AVC. C'était brutal. J'avais seize ans.

Andrès arbore une moue désolée. Pour ma part, j'affiche un large sourire, parce que même si la tristesse est toujours aussi virulente parfois, j'ai appris à en parler avec plus de détachement.

– On avait une relation très fusionnelle. Ma mère et lui me surprotégeaient, mais je ne les remercierai jamais assez pour l'éducation qu'ils m'ont donnée. J'ai été bercée par leur bienveillance, leur solidarité, leur ambition…

Le dernier mot me fait soupirer. En choisissant de travailler aux impôts par défaut, j'ai cruellement manqué d'ambition. Et la simple idée de devoir retourner au boulot la semaine prochaine me file le cafard.

Je me reconcentre sur le fil de ma pensée principale pour annoncer d'une voix blanche :

– En revanche, il y a quelque chose que je reproche à mon père.

C'est la première fois que j'ose prononcer cette phrase à haute voix.

– Je lui en veux de m'avoir laissée penser que si les gens étaient méchants avec moi, c'était uniquement parce qu'ils étaient « jaloux ». C'est faux.

Andrès fronce les sourcils et secoue la tête.

– Joséphine crève de jalousie, tu le sais très bien ! Elle est dégoûtée que tu m'aies mis le grappin dessus.

Son expression désuète me fait rire, et mon cœur manque un battement.

J'ai mis le grappin sur lui. Pourquoi cette phrase me rend-elle aussi euphorique ?

– OK. Peut-être… Mais Carlo n'est pas jaloux de moi. Pierre non plus.

– Carlo est jaloux de moi, insiste-t-il en soufflant. Je pense qu'il a compris que ce que je ressens pour toi est plus fort qu'une simple attirance et…

Mes yeux s'écarquillent. Il ne doit pas continuer à parler. Ça fait trop de bien et de mal à la fois. Comme s'il lisait dans mon regard, il s'arrête et prend une profonde inspiration.

– Quant à Pierre… Il est jaloux, Félicie. C'est de ça que je ne voulais pas te parler. Tu as remarqué son changement de comportement vis-à-vis de toi ces derniers jours, non ?

– Un peu, oui.

– Juste avant la soirée *blind test*, il était un peu bourré et m'a embrassé. Je n'ai rien vu venir. Je savais depuis quelque temps qu'il aimait les hommes, mais je ne pensais pas que je pouvais l'attirer. Il n'a rien montré jusqu'ici. Sur le coup, j'étais tellement choqué que je n'ai même pas trouvé la force de le repousser.

Les joues d'Andrès rougissent, comme s'il s'excusait silencieusement de s'être laissé embrasser par son pote et de ne pas avoir su réagir.

– Et c'est à ce moment-là que Carlo vous a surpris, je présume ?

– Tu as tout compris. Pierre s'est enfui, hyper mal à l'aise, puis il m'a envoyé un message pour me supplier de n'en parler à personne et de convaincre Carlo de faire de même.

Il gonfle les joues et lâche un long soupir. Les pièces du puzzle se remettent doucement en place.

– Pierre est mon collègue, mais il est avant tout mon ami. Alors j'ai peut-être un peu « menacé » ton ex, j'avoue. Carlo est monté sur ses grands chevaux. Il m'a promis qu'il me ferait mordre la poussière si j'osais te faire du mal.

– Et bizarrement, c'est Carlo qui m'a fait du mal aujourd'hui, pas toi.

Il sourit tristement.

– Alors tu vois, ton père n'avait pas tort… Les gens sont naturellement jaloux et leur côté envieux les pousse à la méchanceté.

– Et les inconnus ? Pourquoi ce mec sur la plage lance à ses potes en me regardant : « *C'est tout plein de cellulite, ça* » ? Pourquoi ces deux quinquagénaires me doublent en ricanant pendant que je cours en forêt ? Pourquoi ce gamin de dix ans me voit manger une glace et dit à sa mère : « *Elle est grosse la dame, maman. Tu crois qu'elle devrait continuer à manger de la glace ?* » Pourquoi…

La main d'Andrès se plaque sur ma bouche pour me faire taire. Tous les exemples que je lui ai donnés sont pourtant véridiques. Je les ai vécus, et la liste est beaucoup plus longue encore.

– Parce que les cons ont une grande gueule, n'oublie pas. Certaines personnes vont si mal qu'elles ne trouvent pas d'autre façon d'exister que de pointer du doigt les failles des autres. Je le vois dans mon métier. J'accueille tout un panel d'élèves différents, avec leurs qualités et leurs défauts. Parfois, il est plus facile pour certains ados de se mettre en avant en rabaissant les autres. J'imagine que certaines personnes gardent ce réflexe une fois adultes.

Andrès relâche mes lèvres. J'aimerais y croire, me dire que je suis seulement tombée sur les mauvaises personnes au mauvais moment. Hélas, je n'en suis plus convaincue depuis longtemps. Je pense que j'attire ces idiots méprisants qui s'amusent à me traîner dans la boue.

– Alors comment tu expliques qu'une fille comme Josie ne se fasse jamais insulter et que moi, je pourrais écrire un roman avec les remarques qu'on me fait depuis ma plus tendre enfance ?

Andrès paraît réfléchir pendant quelques secondes avant de planter ses yeux dans les miens.

– Parce que tu es forte, Félicie.

J'éclate d'un rire jaune, mais il n'y prête pas attention.

– Tu respires la joie de vivre. Il faut seulement quelques secondes pour remarquer à quel point tu es intelligente. Tu rayonnes. Quand on entre dans une pièce, on ne voit que toi et ton sourire radieux, on n'entend que ton rire clair et tes reparties. Et il y a des gens… beaucoup de gens… qui ne supportent pas autant de lumière. Alors, même si tu ne le vois pas parce qu'ils n'arrêtent pas de t'assombrir… tu es un soleil, Félicie.

Les lèvres pincées, je retiens ma respiration.

– Et moi… poursuit-il. Tu m'éblouis à chaque seconde qui passe.

CHAPITRE 22

Je ne sais pas combien de temps je reste silencieuse, mais ça doit faire un petit moment car Andrès semble embarrassé de ne recevoir aucune réponse de ma part (son petit nez plissé en est la preuve formelle).

– Félicie ? Ça va ?

Il penche légèrement la tête sur le côté, comme pour essayer de me décrypter.

– On dirait que tu as été pétrifiée sur place.

Alerte ! Alerte ! Mes neurones se sont fait la malle.

Je finis par me lever d'un bond, le souffle court. Mon regard se pose sur sa beauté presque insolente.

– C'est la merde, Andrès !

Ses yeux s'ouvrent en grand. Il ne devait pas s'attendre à une telle réaction. Moi non plus, d'ailleurs.

– C'est la merde, insisté-je.

Il reprend un peu d'aplomb et se lève à son tour, les bras croisés sur sa poitrine et les sourcils froncés.

– Félicie… Il est temps que tu acceptes la façon dont certaines personnes te voient. Je ne suis pas le seul que tu éblouis et…

– Ce n'est pas ça, le coupé-je. Tu l'as dit toi-même… Tu ressens des trucs que tu ne devrais pas ressentir alors qu'on se connaît à peine. Je suis d'accord avec ce principe. Mais le problème, c'est que je les ressens aussi, et que quand tu parles de cette façon, c'est comme si c'était Hiroshima dans la moindre partie de mon corps. Tu dévastes tout sur ton passage, Andrès. Alors arrête de parler, s'il te plaît.

Je pose mes mains sur mes joues devenues brûlantes et peine à reprendre mon souffle tant je suis exaltée. Il doit se taire, et vite… L'effet qu'il me fait est beaucoup trop inédit pour que je sache le maîtriser. Maintenant que je connais la vérité sur cette histoire avec Pierre, je sais que je peux lui faire confiance. Il est sincère, loyal et protecteur, des qualités qui me plaisent énormément. Chacun de ses mots pulvérise mes barrières les unes après les autres et me donne l'impression de ne plus rien gérer.

De son côté, il arbore un petit sourire en coin qui veut tout dire. Il fait un pas vers moi ; je recule. Il continue pourtant d'avancer, ses yeux plantés dans les miens. Je me retrouve coincée contre un tronc d'arbre, la bouche entrouverte, pantelante, à sa merci. Ses lèvres trouvent leur chemin jusqu'à mon cou dont il grignote la peau du bout des dents.

Elles dévient ensuite sur ma clavicule qu'il mordille, m'arrachant un long soupir de contentement. Tout mon corps frémit contre le sien, mes jambes me portent à peine.

– Qu'est-ce que tu fais ?

Vu comme ses mains naviguent sur ma peau, c'est plutôt clair.

– J'arrête de parler. Ce n'est pas ce que tu m'as demandé ?

Son bassin se presse un peu plus contre moi, j'en deviens dingue. C'est vrai, je l'ai encouragé à se taire. En revanche, son comportement enflammé est loin d'éteindre le feu qui flambe en moi.

– Si, mais…

Son index se pose sur mes lèvres.

– Félicie… Si on ne doit pas parler, je veux au moins vivre ce que je ressens le plus intensément possible. Tu comprends ?

Je hoche la tête, plus fébrile que jamais. Andrès a le don de me mettre dans tous mes états. À tel point que j'ai bien l'impression que ma pudeur s'est évaporée. Alors qu'il remonte ma jupe sur mes hanches, je viens moi-même défaire la boucle de sa ceinture.

L'endroit a beau être désert, jamais je n'aurais osé imaginer y faire l'amour. Mais ça, c'était avant. Avant l'ouragan Andrès. Avant la tempête qu'il éveille en moi et qui détruit toutes les barrières que j'ai pu ériger durant toutes ces années. Nous sommes dans un coin reculé, mais toujours dans le camping.

Et quand bien même… Je ne suis plus capable de penser raisonnablement quand ses mains embrasent mon corps. Mes sens prennent le large, et mon cerveau oublie de réfléchir.

– Andrès…

Le souffle erratique, je bouge contre lui, ce qui lui fait pousser le gémissement le plus érotique que j'aie jamais entendu.

– Tu me rends fou.

Quand il plonge ses iris dans les miens, son regard est fiévreux, assombri par l'excitation. La bouche entrouverte, il semble vouloir me dire quelque chose, mais il se ravise à la dernière minute. Il replace une mèche de mes cheveux derrière mon oreille sans me quitter des yeux. C'est comme s'il me faisait l'amour par la pensée. Je fonds comme neige au soleil et n'attends plus qu'un geste de sa part pour me laisser complètement aller.

Sa main attrape la mienne, puis me guide sous l'arbre, où je m'allonge. Il se positionne au-dessus de moi et redécouvre mon visage de la pulpe de ses doigts.

– Depuis le premier jour… murmure-t-il. Tu me rends complètement fou depuis le premier jour.

Je capture ses lèvres dans un baiser ardent. Pour notre bien à tous les deux, il doit vraiment cesser de parler.

Autour de nous, le soleil se couche en silence, d'une beauté à couper le souffle. La pénombre nous entoure et nous enveloppe, elle accueille notre étreinte dans la chaleur de cette nuit d'été. Et demain, le soleil rejaillira à nouveau.

Mais je n'ai plus peur de l'obscurité.

***

J'ai fait l'amour dans un endroit où l'on pouvait me surprendre, alors que me montrer nue devant un homme était encore une étape difficile avant-hier. Andrès m'a forcément jeté un sort, je ne vois pas d'autre explication possible.

Je me rhabille à la va-vite, légèrement déroutée par ma propre attitude. Toutefois, un large sourire étire mes lèvres et il s'en amuse. Il ne cesse de me lancer des regards en coin avec une petite moue malicieuse qui lui va à ravir. Il sait que je me suis complètement abandonnée entre ses bras, sans penser à la bienséance ni à l'image que je pouvais renvoyer sous ce coucher de soleil. La lune a éclairé nos ébats et fait encore briller les cheveux blonds de mon amant.

Aujourd'hui, je comprends pourquoi je ne suis pas tombée amoureuse de Carlo : parce qu'il ne m'a jamais contemplée comme si j'étais la huitième merveille du monde. Dans les yeux d'Andrès, je lis son admiration, sa tendresse, son désir. Son respect. Et mon cœur s'envole autant qu'il se serre.

– Félicie… Je voulais à nouveau m'excuser. Pour hier matin. Je n'aurais pas dû partir comme ça.

Je savais que tu n'allais pas bien et je n'ai pas été à la hauteur.

Ses excuses me touchent et me font du bien. Je souris franchement et hausse les épaules.

– Je comprends ta réaction. C'était peut-être trop à gérer pour une simple romance d'été.

Sa mâchoire se crispe légèrement. Il tente de sourire, mais je sens qu'il se force. Il pose ensuite ses lèvres sur ma tempe tout en reboutonnant sa chemise blanche.

– On rejoint les autres ? propose-t-il.

Nous marchons sans un mot, nos bras se frôlent au rythme de nos pas. Les rires qui s'échappent du parc me font frissonner. J'imagine Josie, Carlo et Pierre s'amuser, comme si de rien n'était, comme s'ils n'avaient pas enfoncé un clou dans mon âme.

Je me souviens d'une de mes enseignantes qui avait fait une comparaison qui m'avait beaucoup marquée à l'époque. Lorsque quelqu'un nous insulte ou nous blesse, c'est comme s'il plantait un clou en nous. Si on retire le clou, une trace demeure. C'est la même chose avec une attitude blessante. La personne aura beau s'excuser, l'entaille des reproches passés sera toujours présente. Moi, je suis recouverte de ces cicatrices.

Andrès doit me sentir crispée car son bras glisse autour de mes épaules afin de m'attirer contre lui.

– Tout va bien, OK ?

De nombreux regards se tournent dans notre direction quand nous arrivons au milieu de la foule. Ma meilleure amie débarque près de nous, les sourcils froncés :

– Je peux t'emprunter Félie ?

Elle paraît soucieuse, ce qui ne lui ressemble pas le moins du monde.

– Je ne décide pas pour Félicie, répond Andrès. C'est à elle de voir.

J'adresse un sourire à Gladys puis dépose un bref baiser sur la joue d'Andrès avant de m'éloigner. Glad m'entraîne à l'écart du parc où les campeurs se sont rassemblés. Je souris lorsque j'aperçois Vinciane et Robert, nos voisins retraités, se balader au loin main dans la main, un sourire apaisé aux lèvres.

Gladys et moi nous asseyons sur un banc en pierre sans un mot. Elle triture ses doigts, comme chaque fois qu'elle est angoissée. Ça en devient presque inquiétant.

– Josie m'a raconté ce qui s'est passé.

Le regard qu'elle me renvoie est glacial ; je panique. Qu'est-ce que Josie est allée dire ? Ça me tuerait si Glad prenait sa défense plutôt que la mienne. Elle est mon amie d'enfance, celle qui a toujours été à mes côtés, coûte que coûte. Si jamais elle m'abandonnait aujourd'hui, ce serait un véritable coup de massue.

Un clou en plus.

Comme Gladys m'observe les sourcils froncés, je la devance :

– Je sais que tu es convaincue que je suis parano et que les gens ne peuvent pas être aussi méchants, mais je te jure, c'était horrible. Joséphine, Carlo et Pierre étaient là, à quelques mètres de moi, en train de déverser leur venin, et je ne pouvais rien faire. J'étais horrifiée. Pétrifiée. Je…

Soudain, Gladys se lève d'un bond :

– Joséphine est une vraie pétasse !

Elle serre les poings et la mâchoire, submergée par la rage. Du plat de sa main, elle se frappe le front.

– Je suis vraiment trop conne de ne pas l'avoir remarqué avant.

Glad commence à faire les cent pas devant moi en secouant la tête de droite à gauche.

– Je suis une meilleure amie en carton, Félie. J'avais bien remarqué qu'elle te lançait des vannes pas super sympa, mais bon… Je me disais qu'elle te charriait, comme on charrie ses potes, quoi. Tout à l'heure quand elle m'a raconté ce qui s'est passé, morte de rire et convaincue que je me marrerais aussi, j'ai halluciné. Je me suis complètement voilé la face à son sujet et je suis tellement désolée, Félicie. Tu dois me détester.

Les larmes qui perlent au coin de mes yeux ne sont pas des larmes de tristesse, mais de joie. Peut-être que Glad s'est mis des œillères durant toutes ces années, mais jamais je ne la détesterai.

– Tu voulais seulement voir le meilleur de Josie. Je ne peux pas t'en vouloir pour ça.

Je me lève à mon tour, et sans lui laisser l'opportunité de répondre, je la serre contre moi, aussi fort que possible.

Elle met une éternité avant de répondre à mon étreinte. C'est vrai que d'habitude, c'est elle qui est à l'initiative de ce genre de câlins, mais aujourd'hui, j'ai besoin de lui montrer que je tiens à elle, peu importent les erreurs qu'elle a commises. J'en ai moi-même fait des tonnes. Les doigts de Glad plongent dans mes cheveux, puis je l'entends renifler dans mon dos.

Ne me dites pas que… Non, c'est impossible !

Je n'ai quasiment jamais vu Gladys pleurer. Si elle est démonstrative physiquement, je peux compter sur les doigts d'une main les fois où elle a osé me montrer ses larmes. C'est un roc, elle ne se laisse pas abattre aisément. Je penche la tête sur le côté lorsque je croise son regard brillant.

– Je m'en veux de ne pas t'avoir prise au sérieux, ma belle. Mika m'a expliqué à quel point tu te sentais mal. Tu es si souriante, Félie. Tout le temps. Tu ris, tu fais des blagues, tu as toujours un bon mot… Tu as berné tout le monde. Même moi. J'aurais dû être là pour te soutenir et te défendre. J'ai l'horrible impression de t'avoir laissée tomber quand tu avais le plus besoin de moi.

– Ne dis pas de bêtises, Glad. Tu es là pour moi. Tout le temps. Ta bonne humeur et ta façon de me mettre des coups de pied aux fesses valent tout l'or du monde.

Ma meilleure amie attrape mes mains entre les siennes et m'accorde un sourire larmoyant.

– Je t'aime, Félie. Tu es ma sœur. Mon rayon de soleil.

C'est la deuxième fois en une soirée qu'on me compare à une étoile, alors je vais tenter d'y croire. Il faut que j'accepte que certaines personnes me voient ainsi.

Glad soupire, puis arbore une moue bougonne.

– J'ai tiré les cheveux de Joséphine.

– Tu n'as quand même pas fait ça ? m'égosillé-je.

Je n'ose pas imaginer le ramdam au sein de la Team Rocket après ce crêpage de chignons.

– C'était un vieux réflexe de maternelle, j'en ai conscience.

Je suis perdue entre l'envie de compatir pour Joséphine et celle d'éclater de rire.

– Et je l'ai aussi peut-être *un peu* insultée. Ce n'était pas joli-joli.

Quand je vois la mine de chien battu de ma meilleure amie, je n'hésite plus. Nous explosons d'un rire libérateur.

– Glad… Il faut que tu continues tes séances quotidiennes de méditation. Visiblement, ça n'a pas encore suffisamment d'impact.

Être un ami, ce n'est pas être parfait. C'est être en constante évolution, prêt à changer et à agir pour le bonheur de nos proches.

Et pour ça, Gladys est la meilleure.

CHAPITRE 23

Gladys et moi revenons tout juste au parc lorsque Mika nous saute dessus en hurlant le prénom de ma meilleure amie. Lui, d'habitude si jovial, semble excessivement stressé. Pendant qu'il se met à sermonner Glad sur son crêpage de chignon avec Josie, je cherche Andrès du regard. La foule qui s'amasse est beaucoup trop dense, je ne repère aucun membre de la Team Rocket et commence à m'inquiéter. Pas de Léo, pas de Pierre, pas de Carlo, pas de Josie. Seul Mika en train d'engueuler Glad. Tous les autres campeurs sont attablés et dégustent des cocktails accompagnés d'antipastis concoctés par un chef italien.

Alors que je me dirige vers le buffet pour découvrir tous les délicieux mets proposés (faire l'amour, ça creuse), Sandrine se poste près de moi.

– Eh ben dis donc ! Je vous imaginais comme une bande de joyeux lurons, mais visiblement, il y a de l'eau dans le gaz.

Devant mon air peiné, elle me tapote gentiment l'épaule.

– C'est un peu ma faute, tout ça, soufflé-je.

– Ah oui, vraiment ?

D'une certaine manière, je me sens coupable de la tournure que prennent nos vacances. Sans mon amourette avec Andrès, rien ne serait arrivé. D'un autre côté, je suis plutôt contente que Glad se soit rendu compte que sa pote Josie est une peste.

– Je ne sais plus, annoncé-je, déboussolée.

– Si tu savais le nombre de bandes de copains qui finissent brisées après une semaine de camping ! m'explique Sandrine. Vous n'êtes pas les premiers et vous ne serez pas les derniers.

Je réfléchis quelques secondes et prends conscience que je m'accuse de quelque chose qui n'est pas de mon fait. Ce n'est pas à cause de moi si Joséphine, Carlo et Pierre se sont montrés insultants. Ce n'est pas *moi* le problème. Ce sont eux.

– J'imagine que ça fait partie de la vie, oui… me résigné-je.

– J'ai toujours été convaincue que des potes, on peut en avoir des milliers. En revanche, on comptera nos amis sur les doigts d'une main.

– Je suis plutôt pointilleuse sur le vocabulaire, moi aussi.

Nous échangeons un regard complice, puis elle se penche vers moi en chuchotant :

– Si tu veux savoir où est ton beau blond… Il est parti par là avec un de vos « potes ». Pierre, je crois.

Sandrine pointe du doigt une allée peu éclairée. Je pourrais jouer la curieuse et partir à leur recherche. Cependant, une petite voix me souffle de leur laisser suffisamment de liberté et d'intimité pour discuter et jouer cartes sur table.

– Merci Sandrine.

Elle sourit, et dans son regard, je me vois dans quelques années. Aimante, douce, bavarde, pétillante. Sans réfléchir, je la serre dans mes bras. Surprise, elle se crispe avant de répondre plus chaudement à mon étreinte.

– Merci, répété-je. Pour tout. Tu es une femme inspirante et tu mérites tout le bonheur du monde.

Lorsque je me tourne de nouveau vers elle, Sandrine a les larmes aux yeux.

– Promets-moi d'apprendre à t'aimer comme les autres t'aiment, Félicie.

– Quelqu'un m'a dit que « rien n'est impossible, car c'est une question de point de vue » ! Alors, oui, je te jure de tout faire pour apprendre à m'aimer.

Je lève la main gauche et annonce :

– Moi, Félicie, je promets de tout mettre en œuvre pour ne plus subir.

Sandrine dresse son poing avec fierté avant de me dire d'un air convaincu :

– Garde toujours le buste droit ! Le monde doit te voir, Félicie !

Elle pose son index entre mes clavicules. Encore une fois, un élan de tendresse m'envahit, je la serre de nouveau contre moi. Sandrine toussote avant de dire :

– Je crois que quelqu'un veut te parler.

Je me détache de la gérante et en me retournant, je m'attends à voir Andrès. J'ai un mouvement de recul quand je découvre la personne qui me fait face. Tout mon corps se tend, mon cœur aussi. Je ne pensais pas que ce serait si difficile de le voir. Je ne croyais pas vivre cette situation comme une trahison. Pourtant, sa présence me révulse et me donne envie de prendre mes jambes à mon cou.

Un instant, j'hésite à prétexter que Sandrine a besoin de moi, mais celle-ci a déjà disparu.

– On peut discuter, ma Félie ?

Ce surnom me hérisse le poil, pire encore quand il avance sa main pour attraper mon poignet. Je m'écarte brusquement, les joues chaudes et le cœur douloureux. Si mes yeux pouvaient le tuer, il serait déjà mort. Au lieu de ça, je souffle d'une voix chevrotante, les dents serrées :

– Ne me touche pas, Carlo.

Un pli de contrariété se forme entre ses sourcils.

C'est l'hôpital qui se fout de la charité.

– S'il te plaît, Félie.

Les bras sur ma poitrine en guise de protection, je dois avoir l'air d'une petite souris prise au piège.

« *J'ai fini par revoir mes exigences à la baisse avec le temps.* »

Que fait-il de ces trois années que nous avons partagées ? Nous n'avons peut-être jamais été fous l'un de l'autre, mais il fut un temps où je le considérais comme un de mes amis les plus proches avec Gladys. Carlo a été mon confident, et même si les sentiments amoureux n'ont pas été de la partie, je le respectais. Je pensais que c'était le cas pour lui aussi. Aujourd'hui, après ses paroles venimeuses, je n'ose imaginer ce qu'il a pu dire de moi par le passé.

– Je… J'aimerais que tu partes, Carlo. Je ne veux pas t'entendre.

– Sérieux, Félie. Ce n'est qu'un malentendu.

Trois ans. Nous avons passé trois ans de notre vie ensemble.

– Je t'accorde cinq minutes.

D'un signe de la main, Carlo m'indique le comptoir. Je le devance sans un mot d'un pas qui se veut assuré. Je n'ai toujours pas confiance en moi, mais j'essaie. Nous nous asseyons chacun sur une chaise haute.

– Tu veux boire quelque chose, Félie ?

– Quatre minutes.

Carlo semble surpris par ma soudaine autorité. Il écarquille les yeux et papillonne des paupières en m'observant d'un air hébété.

– Je peux tout t'expliquer.

J'explose de rire. Jaune.

– C'est drôle, on dirait un mec qui vient de tromper sa nana.

D'une certaine manière, c'est un peu ce que je ressens. Comme s'il avait trahi notre histoire.

– L'heure tourne, Carlo. Tu ferais mieux de t'expliquer maintenant.

– Je t'aime encore, annonce-t-il de but en blanc.

C'est plus fort que moi, j'éclate à nouveau d'un rire qui fait sursauter nos voisins de comptoir.

– C'est la meilleure blague de l'année, celle-là !

– Je te jure, Félie. Je n'ai aimé que toi.

– Mais qu'est-ce que tu racontes ? Tu ne m'as jamais aimée, Carlo.

– J'en ai seulement pris conscience quand tu es partie. Ton absence est horrible.

Je n'arrive pas à croire qu'il me balance un truc pareil.

– Horrible, vraiment ? Pauvre bichon ! N'essaie pas de me la faire à l'envers, OK ? Lorsque je t'ai largué, c'est juste ton ego qui a été vexé. Ne viens pas me faire croire que tu m'as aimée pendant toutes ces années. On a été des amis qui couchaient ensemble. C'était chouette, du moins je le pensais. Et aujourd'hui… Tu piétines tout ça. Parce que même si on n'était pas amoureux, je te considérais comme un allié. Je me sens bête de ne pas avoir remarqué à quel point tu es mauvais.

– Arrête, tu ne le penses pas, Félie. Tu exagères.

Je me lève d'un bond, hors de moi.

– J'exagère, vraiment ? Je sais très bien pourquoi tu veux retenter ta chance avec moi, je ne suis pas bête.

– Ah oui, et pourquoi ?

Son petit air condescendant me fait vriller :

– Parce qu'aucune fille à part moi n'a voulu de toi, mon pauvre Carlo ! Tu es tellement désespéré que tu t'es dit que *moi*, la pauvre grosse célibataire, j'allais encore t'accorder une place dans ma vie. Mais tu sais quoi ? Je ne suis pas complètement stupide ! Je l'ai assez été pour te donner trois ans de ma vie.

Bon nombre de paires d'yeux sont tournées vers nous. Quelques chuchotements me parviennent sans que je puisse discerner ce qui se dit. Seuls comptent Carlo et mon amertume. Je veux qu'il comprenne à quel point il m'a fait du mal.

– « *J'ai dû revoir mes exigences à la baisse* », l'imité-je d'une voix grasse avec un faux rire narquois. Mais tu te prends pour qui, en fait ? Tu t'es regardé deux minutes ? Pourquoi tu crois que je t'ai choisi, il y a cinq ans ? Pour ton physique ? Pour ton intelligence ? Pour ton charisme ? Pour ton humour ?

Les personnes autour de nous n'en ratent pas une miette. Je sais que je vais trop loin, mais je ne parviens plus à m'arrêter.

– Pour rien de tout ça, Carlo. Je t'ai choisi parce qu'à l'époque, je pensais que je ne méritais pas mieux qu'un crétin comme toi.

Le visage de mon ex se déforme de stupeur. À mes côtés, quelques rires d'inconnus fusent, et je prends soudain conscience de ce que je viens de faire.

Je viens de l'humilier devant tout le monde.

Carlo peine à reprendre contenance. Il jette des regards à droite et à gauche. Si lui dire le fond de ma pensée m'a libérée sur le coup, un vilain sentiment de culpabilité surgit. Figée devant mon ex, la mâchoire et les poings serrés, je prends conscience de ma bêtise. Je ne veux pas devenir comme lui, comme Joséphine, comme Pierre. Je ne veux pas blesser les autres.

Sans un mot de plus, Carlo se lève. Alors qu'il s'apprête à s'en aller, je le retiens par le bras. Il se retourne tout doucement, pose les yeux sur mes doigts qui touchent sa peau.

– Ce n'est pas ce que je voulais dire… baragouiné-je maladroitement.

Il arbore un sourire triste, puis hausse les épaules.

– C'est exactement ce que tu voulais dire, Félicie. C'est mérité. J'imagine qu'on est quittes.

Il se détache de moi et recule d'un pas. Désorientée et déçue par mon propre comportement, je reste plantée au milieu de la foule, les bras ballants et une grimace de dégoût sur le visage. Comment ai-je pu m'abaisser à ça ? Je déglutis avec peine, les yeux humides, et demeure figée pendant une éternité, sans pouvoir bouger. Lorsqu'une main se pose sur mon épaule, je réagis à peine.

– Hé oh, super chou-fleur, c'est quoi cette tronche ?

Mika m'a rejointe et m'attire à l'écart, loin de la foule. Sa présence m'aide à recouvrer mes esprits. Sans crier gare, je me laisse tomber contre lui et le serre le plus fort possible. Pour une fille qui n'aime pas beaucoup les câlins habituellement, cette soirée est pleine de surprises.

– Ces vacances sont fortes en émotions, n'est-ce pas ? souffle-t-il en enroulant ses bras dans mon dos.

– J'ai été affreuse avec Carlo. Je suis nulle.

Ma petite voix enfantine fait rire Mika. Il me relâche et plaque ses deux mains sur mes épaules.

– On est tous affreux un jour, tu sais ? L'important, c'est de s'en rendre compte et de tout faire pour que ça change.

Je hoche la tête, une moue triste sur le visage.

– Et je suis aussi persuadé qu'on fait tous des erreurs. Mais c'est en faisant des erreurs qu'on apprend, tu ne crois pas ?

Il dépose une bise sur ma joue, puis enchaîne :

– La soirée est pourrie. Josie et Léa sont parties en furie je ne sais où, Andrès est en train de régler ses comptes avec Pierre, et Glad déprime sur l'épaule de Léo parce qu'elle a encore été trop impulsive.

Il soupire, l'air blasé.

– Je pense qu'il n'y a qu'une seule solution. Je vais chercher ma guitare, et on se fait une soirée feu de camp près du lac. Ça te dit ?

Je hoche la tête, les yeux larmoyants.

– Plutôt deux fois qu'une ! Je crois que pour cette cinquième soirée ensemble, c'est exactement ce dont j'avais besoin. Et puis, la guitare, c'est quand même plus agréable que la vuvuzela, non ?

***

Après avoir chipé quelques bouteilles à Sandrine derrière le bar (les regards de chiens battus de Léo et de son neveu ont eu raison d'elle), nous avons trouvé le chemin du lac le plus proche, puis Glad et Léo se sont attelés à l'allumage du feu de camp pendant que j'envoyais un message à Andrès. Mon SMS est resté sans réponse, mais je ne suis pas vraiment inquiète. Après ce qui s'est passé, Pierre et lui méritent une discussion entre quatre yeux.

Mika joue les premières notes d'une chanson de Simon and Garfunkel : *El cóndor pasa*. Les poils de mes avant-bras se hérissent instantanément, tandis que mes amis chantent en chœur le premier couplet, dans un anglais yaourt absolument adorable.

Léo et Gladys sont serrés l'un contre l'autre près du feu de camp, il faut dire que cette nuit est plutôt fraîche pour une soirée d'été. Mika, concentré sur sa guitare, arbore une expression sérieuse qui ne lui va pas si mal. Avec eux, j'entonne le vers suivant.

I'd rather be a hammer than a nail
Je préférerais être un marteau qu'un clou
Yes, I would
Oui, je préférerais
If I only could
Si seulement je le pouvais

I surely would[2]
J'en serais un sans nul doute

Les paroles font écho à la dispute que Carlo et moi avons eue. Mon cœur se serre en imaginant que pour une fois, j'ai été celle qui donne les coups plutôt que celle qui les reçoit. Je ne sais pas si c'est un pas en avant dans mon affirmation de moi, en revanche je n'ai aucunement envie de me sentir exister en rabaissant les autres.

Mika enchaîne sur une nouvelle chanson de Simon and Garfunkel, plus mélancolique encore : *The Sound of Silence.* Il fredonne du bout des lèvres et nous l'accompagnons comme nous pouvons. Glad frappe le rythme, Léo dodeline de la tête. Quant à moi, je chante de plus en plus fort à chaque seconde qui passe. J'ai appris cette chanson au collège et me souviens encore de chaque parole. Je ferme les yeux pour profiter des mots touchants de Paul Simon, qui évoquent la difficulté des humains à communiquer leurs sentiments.

Je ne me rends même pas compte que Mika a arrêté de chanter pour m'offrir toute la place. Je me laisse bercer par ses accords de guitare, un sourire aux lèvres.

And in the naked light I saw,
Et dans cette lumière pure je vis,

---

2. Extrait de *El cóndor pasa (If I could)* de Paul Simon, composé par Jorje Milchberg et Daniel Alomía Robles, 1970, Paul Simon Music.

Ten thousand people, maybe more
Dix mille personnes, peut-être plus
People talking without speaking,
Des personnes qui discutaient sans parler,
People hearing without listening
Des personnes qui entendaient sans écouter
People writing songs that voices never share,
Des personnes qui écrivaient des chansons
qu'aucune voix n'a jamais partagées,
And no one dared disturb the sound of silence
Et personne n'osa déranger le son du silence

Vers la fin de la chanson, je sens une présence à mes côtés ainsi qu'une main dans mon dos. Je n'ai pas besoin d'ouvrir les yeux pour ressentir la chaleur que dégage Andrès. Sa voix rauque et suave entonne la suite avec moi et la paix intérieure qui m'envahit est inédite.

And whispered in the sounds of silence[3]
Et sont murmurés dans les sons du silence

En cet instant, je ne pense pas à notre relation qui se terminera d'ici quelques jours. La seule chose qui est réellement éphémère, c'est l'instant présent. Autant s'en saisir pendant qu'il en est encore temps.

---

3. Extrait de *The Sound of Silence* de Paul Simon, 1964, Universal MCA Music Publishing.

Quand j'ouvre les yeux, Andrès me couve du regard. Je scelle nos bouches avec tendresse, ravie d'être près de lui. D'un haussement de sourcil, je l'interroge pour m'assurer qu'il va bien et que sa discussion avec Pierre s'est bien passée. Il me répond d'un baiser sur le front.

Parfois, il n'y a pas besoin de mots.

Le son du silence et de nos cœurs qui battent à l'unisson suffisent.

CHAPITRE 24

La soirée s'est terminée au petit matin, alors que le soleil commençait déjà à se lever. Nous avons rejoint nos pénates sans un mot, un sourire béat aux lèvres.

En me réveillant près d'Andrès, je prends cependant conscience qu'il nous reste seulement trois jours avant la fin des vacances. Mon cœur se serre ; j'ai l'impression d'être une ado qui s'apprête à pleurer son amour de camping.

Andrès ne m'a pas encore parlé de sa discussion avec Pierre, et je n'ai pas envie de passer pour la fille chiante à qui on doit toujours rendre des comptes. J'ai beau ne pas comprendre pourquoi il s'est amouraché de moi et non d'une autre, je choisis de profiter de ces trois derniers jours sans me poser trop de questions.

– Vous avez vu Joséphine ? nous demande Gladys quand elle nous croise à la sortie des douches.

Andrès et moi secouons la tête de concert. Ma meilleure amie semble dépitée, ses épaules s'affaissent et un long soupir lui échappe. Je pose une main compatissante sur son bras.

– Tu auras l'occasion de t'excuser avant la fin des vacances, d'accord ?

– Je suis allée trop loin. J'aurais seulement dû l'insulter.

J'éclate de rire, bientôt suivie par Andrès. Gladys ne fait jamais dans la demi-mesure.

Quelques minutes après, Mika et Léo nous hèlent depuis la terrasse du mobile-home et nous accueillent avec de grandes accolades. Les derniers événements ont eu le mérite de nous rapprocher. Plutôt gênée à l'idée de croiser Pierre, Carlo ou Joséphine, je guette pour m'assurer qu'ils ne sont pas à l'intérieur. Mika me grille sur-le-champ :

– La voie est libre, mon chou-fleur. Ils ont déguerpi super tôt ce matin, Josie avec Léa et les gars chacun de leur côté.

Me voilà rassurée.

– On pensait aller faire de l'hydrospeed cet après-midi, lance soudain Léo. Vous venez avec nous, les amoureux ?

L'autre soir, Sandrine nous appelait les tourtereaux et ça m'avait amusée. Aujourd'hui, le surnom que nous donne Léo me laisse un goût amer. À mes côtés, Andrès ne semble pas s'en formaliser, bien au contraire, il répond avec un sourire :

– Je comptais profiter de Félie toute la journée. Sandrine m'a donné l'adresse d'un superbe spa avec vue sur les gorges.

– Tatounette a toujours de super plans.

Léo fait des vagues avec ses sourcils. J'apprends la nouvelle en même temps qu'eux, et j'avoue que son attention me fait plaisir.

Alors que nous nous apprêtons à partir, Mika me retient pour me souffler à l'oreille :

– Romantique, non ? J'en connais un qui sort le grand jeu pour obtenir plus qu'une amourette de vacances.

Je déglutis avec peine.

– Amuse-toi bien, mon chou-fleur !

Je ne suis pas sûre d'aimer que Mika ait pointé ça du doigt. Hier, je me suis lâchée sans songer à l'avenir, en me débarrassant de toutes mes pensées négatives. Je me suis enfin laissée aller, mais la réalité nous rattrape toujours.

Je me secoue et salue de la main nos amis. Une fois que je suis aux côtés de mon beau blond, celui-ci cale son bras autour de ma taille et me demande :

– C'est quoi ce surnom bizarre que te donne Mika ?

– Hum… Je ne suis pas sûre que tu veuilles savoir.

Andrès, plus têtu qu'une mule, plaque un baiser dans mon cou avant de dire d'une voix mélodieuse :

– Je veux tout savoir de toi, Félicie.

***

J'ai vaguement expliqué à Andrès pourquoi Mika me surnommait « super chou-fleur », et il n'a même pas cillé. Il s'est contenté de sourire en coin, d'une façon si adorable que j'ai failli me liquéfier sur place. La plupart du temps, il n'a pas besoin de parler pour me rendre folle de désir.

– Pour commencer, je vous propose de profiter d'un jacuzzi privatif, nous explique l'hôtesse du spa.

Je peine à réprimer un petit cri excité à cette idée, si bien que les deux me coulent un regard en coin amusé.

– Allez d'abord vous changer dans les vestiaires et je vous expliquerai ensuite toutes les fonctionnalités de ce petit bijou de massage par l'eau.

– Le programme est alléchant, répond Andrès sans me quitter des yeux.

Mes joues chauffent à vue d'œil. Je m'engouffre dans les vestiaires dans l'espoir de reprendre contenance. Je m'attends à tomber sur le fameux peignoir « taille unique » (conçu pour une personne lambda qui n'a pas de kilos en trop) que je peine toujours à fermer. Ce spa a pourtant prévu tout ce qu'il faut, on se croirait dans *Boucle d'or et les Trois Ours* avec des petits peignoirs, des peignoirs moyens et des grands peignoirs accrochés aux murs blancs. J'attrape le plus large d'entre eux et me dirige vers une cabine pour me changer. Quelques minutes plus tard, je ressors et rejoins la pièce où se trouve le jacuzzi.

– Vous pouvez déposer votre peignoir au portemanteau, m'explique l'hôtesse.

Je déglutis avec peine tandis que je me dévoile. Lorsque je me retourne, la jeune femme m'accorde un large sourire.

– J'adore votre maillot, il est super sympa !

Je choisis de voir un *réel* compliment derrière ces paroles et ce sourire.

– C'est gentil. C'est moi qui l'ai cousu.

Elle écarquille les yeux.

– Sérieux ? Vous êtes créatrice ?

– Euh, non, je couds pour le plaisir.

– Vous devriez poster vos créations sur Instagram, je suis sûre que ça ferait un carton. Ça se voit que vous avez de l'or dans les mains.

Je ne m'attendais pas à une telle avalanche de gentillesse. Je ne sais même pas quoi dire.

– Je… Merci.

Andrès arrive enfin, dans son peignoir blanc. Lorsqu'il constate que je suis en maillot, il laisse glisser un regard appréciateur le long de mon corps, puis se sépare du vêtement superflu. Pendant qu'il l'accroche au portemanteau, mes yeux naviguent sur son dos musculeux à la peau hâlée, jusqu'à se poser sur son postérieur parfaitement moulé dans un short de bain noir. Il est plus canon que jamais. Une fois à mon niveau, il donne une pichenette dans mon menton, accompagnée d'un sourire taquin.

– Ferme la bouche, Félicie !

Honte intersidérale !

– Tu fais des cycles de natation avec tes élèves ?

Ma question arrache un rire à Andrès, qui finit par hocher la tête.

– Je mets un short plus large, si ça peut te rassurer.

– Peu importe… Tu dois affoler leurs hormones.

Il plaque un baiser sur ma tempe. L'hôtesse nous renvoie un sourire amusé, avant que nous entrions dans l'eau afin qu'elle puisse nous présenter les différentes fonctions du jacuzzi. Dès qu'elle a terminé, la porte se referme sur nous. Je n'ai pas le temps de prononcer le moindre mot qu'Andrès fond sur mes lèvres. Il cale ses mains sur ma chute de reins afin de m'attirer contre lui.

Très vite, je me retrouve à califourchon sur lui et notre baiser s'enflamme. Dès que je suis dans ses bras, j'oublie le moindre de mes complexes et je me laisse aller. Pourtant, au moment où je glisse mes mains à l'intérieur de son caleçon de bain, il souffle contre mes lèvres :

– Pas ici, ma belle.

À ce surnom, mon cœur loupe un battement. Je me presse contre lui dans l'espoir qu'il cède, mais rien n'y fait. J'arbore donc un air ronchon qui lui arrache un rire.

– Ne boude pas, Félicie…

– Tu me chauffes et puis… rien, râlé-je pour la forme.

– Si je te chauffe, c'est parce que j'adore le gratin de chou-fleur…

Mais quel crétin !

Je ne peux m'empêcher de rire et de grimacer à la fois. J'aime ses petites pointes d'humour et son tempérament malicieux. Andrès possède mille et une qualités qui me plaisent. Il n'y a pas que son physique qui m'attire, loin de là. Il est drôle, attentionné, intelligent, patient, déterminé, un brin mystérieux... Et la liste pourrait être bien plus longue si je ne me retenais pas.

Nous restons plusieurs secondes à nous regarder dans les yeux, mon bras collé au sien. Son autre main se niche sur mon visage et ses doigts naviguent sur ma peau. Malgré l'eau chaude du jacuzzi, un frisson irrépressible serpente le long de mon dos. La pulpe de son pouce redécouvre ma bouche, j'en profite pour l'aspirer comme s'il s'agissait d'une sucette ou...

Mes joues deviennent brûlantes face aux images lubriques qui s'immiscent dans mon esprit. Sentant mon corps se raidir et l'excitation grimper en moi, je me détache de cet homme trop parfait et bondis de l'autre côté du jacuzzi.

– Un problème ? ricane-t-il, faussement innocent.

– Aucun.

Je suis juste plus humide que le jacuzzi.

Il se mordille la lèvre avec un sourire entendu. Je détourne le regard et prends une longue inspiration. Du bout du pied, il touche mon mollet et fait glisser ses orteils jusqu'en haut de ma cuisse.

Je vais prendre feu.

Il frôle mon entrejambe avec un sourire amusé.

– Arrêteuh !

Je viens de parler comme l'héroïne de *Martine à la maternelle*, mais peu importe, il faut que ça cesse immédiatement, sinon je ne répondrai plus de rien.

Andrès éclate de rire et s'exécute. Il ne dit toujours rien, se contentant de m'observer de cet air taquin qui me donne des envies d'interdit. Depuis le début, il a très bien compris que son regard me trouble, et ce petit insolent en joue. Je cherche un sujet de conversation ; rien ne vient. Je suis beaucoup trop obnubilée par lui et le désir qui s'amplifie dans mon ventre. Je tente quelques respirations de cohérence cardiaque. Hélas, mes pensées sont focalisées sur le beau mec qui me fait face.

Voilà, je suis addict. Pire qu'un camé qui a besoin de sa dose.

Comme il ne semble pas décidé à me quitter des yeux, ce n'est plus l'eau qui bouillonne, c'est moi. Je déglutis avec peine avant de décider de sortir du jacuzzi.

– On va à la piscine. Là, il y aura des gens. Plein de gens.

Andrès sort à son tour, l'air toujours aussi amusé. La main sur la poignée, je m'apprête à quitter la pièce quand je sens son corps se presser contre le mien.

Foutu tentateur.

Il me maintient contre la porte, son bassin appuyé contre mon dos. L'une de ses mains saisit mon avant-bras pour m'encourager à me retourner. Mes joues, à l'instar de mes sens, s'embrasent à nouveau. Ses lèvres aspirent les miennes tandis que ses doigts viennent toucher l'intérieur de mes cuisses. Je ne peux retenir un long soupir de contentement.

Quand il s'arrête une demi-seconde, me laissant haletante et désorientée, ma voix n'est plus qu'une supplique :

– Continue…

Andrès décale mon maillot, ses beaux yeux plantés dans les miens. Sombres d'un désir à peine contenu, ses pupilles se délectent de ce qu'elles voient. Ma respiration s'affole et mes ongles se crispent sur la peau nue de ses épaules. Il ne s'arrête pas pour autant, accélérant davantage la pression de son pouce, tandis que ses doigts s'insèrent en moi. Je ne le quitte pas du regard, mes dents plantées dans ma lèvre inférieure. Ce qui m'excite le plus, c'est la manière dont il me regarde. Il semble trouver son plaisir dans mes soupirs entrecoupés.

– Andrès…

Lorsque mes dernières barrières cèdent, foudroyées par un orgasme intense, mes jambes portent à peine mon corps. Andrès me retient contre lui, pantelante, sous le choc de cette vague de jouissance.

Je peine à recouvrer mes esprits, le souffle court. Il prend mon visage en coupe pour m'offrir un baiser aussi fiévreux que tendre, puis pose son front contre le mien. Nos regards se mêlent pendant de longues secondes, peut-être quelques minutes.

Il me rend folle. Jamais je ne me serais laissée aller ainsi dans un tel endroit si ce n'était pas lui.

– Je te déteste, Andrès, soufflé-je contre ses lèvres.

Son sourire illumine la pièce. Il sait très bien que je mens.

C'est peut-être tout le contraire, d'ailleurs.

Il dépose un bref baiser sur mes lèvres.

– Je te déteste aussi, Félicie.

CHAPITRE 25

Cette détente bienvenue nous a enveloppés dans une bulle que j'aimerais ne jamais voir éclater. Attablés à la terrasse du spa, nous profitons de la vue incroyable sur les gorges du Verdon. Tandis que nous sirotons nos menthes à l'eau, nous parlons de tout et de rien, jusqu'à ce que j'évoque enfin un sujet qui me trotte dans la tête depuis un moment.

– Au fait, tu ne m'as pas expliqué comment ça s'est passé avec Pierre, hier.

Andrès rejette la tête en arrière avant de passer une main dans ses cheveux.

– Compliqué. Pierre est mon collègue depuis deux ans. Mon ami aussi. Je… C'était difficile de briser ses espoirs. J'ai compris que ça faisait un moment qu'il craquait pour moi, et je me sens bête de ne rien avoir remarqué avant.

– Tu ne pouvais pas deviner, même si tu connaissais son attirance pour les hommes. Il doit beaucoup t'estimer, car même Gladys, Mika et Léo, qui connaissent Pierre depuis des années, n'ont pas l'air au courant.

Il hoche la tête et, après un soupir, il poursuit :

– En m'invitant en vacances avec ses potes, il avait dans l'idée de m'avouer ses sentiments. Quand il a compris que tu me plaisais… que tu me plaisais *vraiment*… il a pété un câble. C'est pour ça qu'il m'a embrassé. Il a pensé que c'était la seule carte qu'il lui restait à abattre. Lorsqu'il a vu que je ne le repoussais pas, il a cru que…

Andrès arrête de parler, le nez froncé, embarrassé.

– S'il voulait vraiment tenter le coup, c'est parce que… Tu te rappelles quand je t'ai dit que je ne voyais pas le physique des gens ? Comment dire… Je ne les vois pas non plus en fonction de leur genre.

Mes paupières papillonnent tandis que j'essaie de mettre les pièces du puzzle dans l'ordre.

– Je ne prends pas en considération le féminin ou le masculin. C'est avant tout la personne qui va me toucher et m'attirer.

Je hausse les sourcils. Je ne m'attendais pas à cette annonce.

– J'ai déjà eu quelques relations avec des hommes et Pierre était au courant.

– D'accord… Tu es bisexuel, c'est ça ?

Andrès hausse les épaules, un petit sourire aux lèvres.

– Plutôt pansexuel.

Je dois avoir l'air d'atterrir d'une autre planète, car il éclate de rire. J'ai déjà entendu ce terme, mais je ne suis pas sûre de savoir en donner une définition précise.

– Je tombe amoureux d'un être humain avant tout, que ce soit un homme, une femme ou une personne qui ne coche pas précisément ces cases-là. Ce qui m'importe avant tout, c'est la personnalité, qui tu es.

J'essaie de garder la tête froide, même si je dois avoir (malgré moi) une mine étonnée. Face à mon silence, Andrès demande d'une toute petite voix :

– Ça te gêne ?

J'ouvre grand la bouche.

– Hein ? Non… Bien sûr que non ! Je ne l'avais pas vu venir et je suis donc un peu surprise, mais… pourquoi ça devrait me gêner ?

Andrès affiche désormais un large sourire rassuré.

– C'est juste que je trouve ça encore plus étrange que tu m'aies choisie comme « amourette de vacances » dans tout ce panel de possibilités. Ce ne sont pas les belles personnes qui manquent au camping de tata Sandrine.

Il lève les yeux au ciel.

– Je blague ! C'est bon… J'ai compris que je suis irrésistible. Et c'est tant mieux. Je veux être ton amourette à toutes les vacances…

Quand je prends conscience de ce que je viens de dire, mes ongles se plantent dans les mains d'Andrès, qui grimace de douleur. Je n'ai pas pu dire un truc pareil ! C'est impossible. C'est comme si je venais de lui crier « je t'aime » alors que je le connais depuis seulement cinq jours.

Mal à l'aise, je lâche ses doigts et plonge mon nez dans mon verre de Vittel menthe (je tente de me noyer, mais ça ne fonctionne pas).

– Tu te rappelles que je bosse dans l'Éducation nationale ? annonce fièrement Andrès.

– Ah oui ? Je ne vois absolument pas le rapport.

– Vraiment pas, Félicie ?

Andrès rapproche son visage du mien.

– Des vacances, j'en ai beaucoup. À la Toussaint, à Noël, en hiver, à Pâques…

La manière dont il les énumère me donne des palpitations. Déstabilisée, je lance sans réfléchir (peut-être aussi pour éviter de me faire des idées) :

– Comme les marins ont une femme dans chaque port, j'imagine que tu changes de conquête à toutes les vacances.

Et même si c'était le cas, je n'aurais rien à redire. Ça ne me regarde pas. Il ne m'a rien promis. Pourtant, il paraît vexé par mon allusion. Il se recule brusquement et boit le contenu de son verre d'un trait. Il le pose ensuite sur la table d'un coup sec :

– Bref, tout ça pour dire que le chemin du retour avec Pierre risque d'être malaisant à souhait.

– Tu n'auras qu'à mettre la radio à fond !

Effacées, mes paroles maladroites. Andrès et moi éclatons de rire en imaginant la scène du trajet de retour de vacances. Et moi, j'essaie de ne pas penser qu'il ne reste que trois petits jours.

***

À peine étions-nous rentrés du spa que Léo nous a sauté dessus, l'air suppliant :

– Vous venez en boîte avec nous ? Ça manque d'une soirée *dancefloor* dans notre semaine de vacances.

Devant son air de chien battu, nous n'avons pas mis longtemps avant de céder. C'est donc pourquoi, aux alentours de minuit, Mika s'élance vers nous, les mains en l'air :

– *Let's go dancing, bitches !*

Il ne changera jamais. Et c'est aussi pour ça que je l'apprécie autant (qui l'eût cru ?).

Comme nous sommes cinq à aller en boîte (Léo, Mika, Andrès, Glad et moi), Sandrine nous a proposé de nous y accompagner dans son minibus et de revenir nous chercher au petit matin. Une vraie maman poule.

Lorsqu'elle ouvre la portière, elle pointe chacun d'entre nous du doigt, l'air faussement menaçant :

– Vous avez intérêt à profiter de cette soirée, compris ? Si je fais chauffeur, c'est pour que vous puissiez vous éclater sans vous prendre la tête.

Sandrine me fait penser à ma mère qui venait me chercher en festival à quatre ou cinq heures pour la même raison. Elle appréhendait que je puisse prendre le volant alcoolisée ou fatiguée, et préférait de loin jouer elle-même le rôle du taxi. Autant dire que mes amis, Gladys en tête de ligne, en ont bien profité.

– Promis, Sandrine ! lançons-nous d'une même voix.

Nous grimpons à l'intérieur du véhicule, Glad et moi à l'avant avec Sandrine, les garçons à l'arrière avec quelques bières pour le trajet.

– Personne ne vomit, capiche ?

– Ouh là… Quand les gènes italiens de tata font leur apparition, c'est à prendre au sérieux ! se moque gentiment Mika.

Sur la route, les garçons sont bruyants et rient à gorge déployée. Il faut dire qu'il est déjà presque une heure et que nous avons enchaîné les apéros. Même Andrès, d'habitude plutôt sage, s'est laissé tenter par quelques cocktails. Il reste cependant bien moins éméché que Mika et Léo ; j'ai l'impression qu'il aime garder le contrôle de sa personne. Peu de chances qu'il se retrouve à vomir derrière un arbre (toute ressemblance avec une certaine Félicie est fortuite).

– J'ai couché avec Léo, lance soudain Gladys.

Le pied de Sandrine dérape sur la pédale de freinage. Derrière, les garçons ne remarquent pas notre trouble. Ma meilleure amie scrute un point imaginaire, l'air contrit.

– C'était si nul que ça ? ironisé-je, histoire de détendre l'atmosphère devenue pesante.

– Non, justement. C'est ça le problème.

Je hausse les épaules, dubitative.

– Je ne vois pas pourquoi ça te met dans cet état.

– On ne couche pas avec ses potes, Félie !

Sandrine se penche vers nous, les joues rouges :

– Je connais Léo depuis qu'il a deux ans et demi. C'est comme si vous parliez de Mika. Vous pourriez éventuellement chuchoter, mesdemoiselles ?

Entre Gladys qui se prend beaucoup trop au sérieux et Sandrine qui a l'air choquée, je dois prendre sur moi pour ne pas rire.

Ma meilleure amie se penche vers moi pour chuchoter :

– J'ai discuté avec Joséphine, donc forcément, ça a mal tourné. Elle m'a dit que j'étais une pétasse condescendante et du coup, j'ai fini par la traiter de pelle à tarte mal baisée.

Cette fois, j'éclate de rire. Gladys est si grave… C'est désopilant. Elle poursuit d'ailleurs sans se laisser déconcentrer :

– Je suis rentrée au mobile-home dans une rage pas possible. Et moi, quand je suis énervée, il faut que je décharge mes émotions, tu vois ?

– Un peu trop bien, oui…

– Léo était là. J'étais là. On a testé son lit, puis le mien. Ça n'aurait jamais dû arriver. J'aurais dû me raisonner au moment où on a entrepris de le faire pour la troisième fois sous la douche.

Gladys est la reine des détails que personne n'a envie de connaître. Sans se rendre compte qu'elle en a peut-être un peu trop partagé, elle croise les bras sur sa poitrine, les sourcils froncés. Je tente de rester objective, même si je ne comprends pas ce qui la gêne à ce point. Je pose une main sur son épaule et secoue la tête.

– Je ne vois absolument pas où est le problème.

– Tu ne vois pas où est le problème ? Sérieux ? C'est mon *pote* ! J'ai déjà fait un concours d'alphabet rotant avec lui.

Malgré le regard mauvais qu'elle me lance, je ne peux m'empêcher de rire alors qu'elle ajoute :

– Et j'ai gagné, qui plus est !

– On peut dire qu'il a vu le pire de toi, du coup ?

Gladys boude comme une enfant capricieuse, mais je sais très bien ce qui la taraude autant.

– Tu as déjà envie de remettre le couvert, n'est-ce pas ?

Ses joues rougissent à vue d'œil et elle se met à bredouiller quelque chose d'incompréhensible. J'ai tapé dans le mille.

Elle lâche un long soupir, suivi d'un râle désespéré en rejetant sa tête en arrière.

– J'en ai follement envie !

Je pince les lèvres, amusée, et aussi heureuse pour ma meilleure amie.

– Alors fonce, Glad ! Mais tu sais que les capotes du cœur n'existent pas, pas vrai ?

Mon ironie la fait grimacer et rougir un peu plus encore. Je dépose un baiser sur sa joue brûlante, puis m'assure que les garçons ne sont pas en train d'épier notre conversation.

– Et toi ? C'était chaud dans le sauna ?

– N'importe quoi !

Glad s'offusque, la bouche en forme de « O ». Je lui chuchote à l'oreille, alors que nous arrivons sur le parking de la boîte :

– C'était à côté du jacuzzi.

Nous éclatons de rire puis sortons du minibus, bientôt suivies par les garçons. Léo, toujours aussi taquin avec Sandrine, lui propose avec malice :

– Allez, viens avec nous, *tatounette*.

– Léo… Arrête avec ce fichu surnom !

– Tu pourrais peut-être trouver un mec.

– Qui te dit que je veux trouver un mec ?

Léo lève les yeux au ciel, comme s'il ne croyait pas un seul mot de ce que Sandrine raconte. Mika intervient, les sourcils froncés :

– Lâche un peu ma tante ! J'ai parfois l'impression que t'es plus son neveu que moi.

Léo hausse les épaules.

– Dis, *tatounette*, lequel de nous deux tu préfères ?

Devant l'air hésitant de Sandrine, la mâchoire de Mika se déforme. La gérante du camping fait redémarrer le moteur et annonce d'une voix déterminée :

– Celui qui ne fait pas de cochonneries dans le moindre recoin de mes mobile-homes !

– Hein ?

La tête de Mika vaut le détour. À mes côtés, Gladys se fait toute petite tandis que Léo arbore une moue outrée.

– Je ne vois absolument pas de quoi tu parles !

Mika renvoie un drôle de regard à son ami d'enfance, puis le pointe d'un doigt accusateur :

– Toi, tu as des choses à me dire.

– Absolument pas, s'entête Léo.

Au bord de la syncope, Gladys m'attrape par le bras.

– OK. C'est le moment d'aller danser. À tout à l'heure, Sandrine.

Avant qu'elle ne m'embarque vers l'entrée de la boîte, je saisis les doigts d'Andrès à la volée et l'entraîne à notre suite. Sa main enveloppe la mienne avec douceur et une chaleur apaisante s'insinue dans la moindre parcelle de mon corps.

Je me sens bien. Tellement bien.

Derrière nous, Mika continue de tirer les vers du nez de Léo :

– Tu as pécho et tu ne me dis rien ? Il y a sans doute une règle dans le code d'honneur de la Team Rocket qui interdit de cacher ce genre de choses.

– Ça s'appelle un jardin secret, assure Léo avec ironie.

– Et ma tante, elle a accès à ton jardin secret, elle ?

La réplique offusquée de Mika, probablement un tantinet exagérée, est magique. Je n'ai pas besoin de me retourner pour imaginer sa moue bougonne et son nez retroussé.

– Ne me dis pas que ma tante t'a surpris en train de t'envoyer en l'air !

Gladys est sur le point de suffoquer et continue à faire la queue sans prêter attention à la discussion des deux garçons. Andrès, lui, observe ma meilleure amie avec un petit sourire en coin. Elle assassine le beau blond du regard.

– J'ai un truc sur le visage ou quoi ? Pourquoi tu me mates comme ça ?

Comme chaque fois qu'elle se sent dépassée par les événements, l'agressivité est son mécanisme de défense préféré. Je pince les lèvres pour ne pas rire et lance une œillade en biais à mon beau blond pour le rassurer.

– Du tout, répond-il calmement. Je me disais juste que tu as l'air un peu… tendue. Un problème, Gladys ?

L'air innocent qu'il arbore attise un peu plus l'agacement de ma meilleure amie qui s'échappe dans la boîte en bougonnant :

– J'ai besoin de danser. Et de boire. Beaucoup.

Lorsqu'elle a quitté notre champ de vision et que nous avons à notre tour payé nos entrées, Andrès se penche vers moi et souffle à mon oreille :

– C'est moi ou il y a anguille sous roche ?

– Je serai muette comme une tombe.

Il lève les yeux au ciel et sourit. Un sourire qui fait tout trembler en moi.

– J'ajoute la loyauté à ta liste de qualités.

Son compliment enflamme mes joues, tandis que je mordille ma lèvre, intimidée. Derrière nous, Mika et Léo sont toujours en train de parlementer.

– Tu aurais pu faire ça dans son mobile-home à elle, quand même. Rassure-moi… Tu ne l'as pas fait sur mon lit ?

Léo semble sur le point d'imploser, les bras croisés. Pour enfoncer le clou, Andrès lance à Mika :

– Peut-être que *son mobile-home à elle* est aussi le vôtre, qui sait ?

Indigné, Léo le mitraille du regard. Mika, quant à lui, paraît avoir été mis sur pause. Il cherche visiblement à comprendre le sous-entendu (qui n'est pas franchement subtil). Lorsqu'il a enfin saisi, il gigote dans tous les sens, les poings serrés.

– Tu as couché avec Léa ?

Puis il secoue la tête et soupire :

– Tu ne peux pas avoir couché avec Josie, quand même…

Léo s'engouffre dans la foule pour échapper à l'interrogatoire. En grand dramaturge, Mika le désigne de l'index et assure avec un certain désespoir dans la voix :

– La Team Rocket finit toujours par découvrir la vérité.

C'est drôle de voir qu'il n'a pas pensé à Gladys (conséquence de l'alphabet rotant, je présume). Andrès et moi échangeons un regard amusé pendant que Mika s'échappe d'un pas résolu vers le bar.

– Ces types sont impayables.

J'éclate de rire.

– C'est vrai, Mika et Léo sont uniques. Je n'étais pas très fan d'eux à la base, mais j'ai appris à les apprécier.

Andrès dépose un baiser sur ma tempe. Une certaine mélancolie m'envahit sans que je comprenne pourquoi. Peut-être parce que moi aussi, j'ai été pleine de préjugés sur les autres. Ces vacances auront remis beaucoup de choses en question.

Aux premières notes de *Love Nwantiti*, mon cœur tressaille. Nous entrons dans une salle plongée dans la pénombre où règne une atmosphère chaude et moite. Les corps pressés les uns contre les autres dansent lascivement. La lumière des stroboscopes est un peu étourdissante au début, mais je m'y fais vite, tandis que la main d'Andrès glisse dans mon dos jusqu'à se nicher dans le creux de mes reins. Nous nous frayons un chemin au milieu de la piste, près d'un podium où danse une bande de mecs d'une vingtaine d'années, puis il m'attire contre lui et chuchote tout près de mes lèvres :

– J'ai été tellement jaloux quand Pierre a dansé sur cette chanson avec toi.

Cet aveu me fait trembler des pieds à la tête. Mes doigts s'arriment à sa nuque et je lui vole un baiser enflammé.

– Mais ce soir, c'est avec toi que je danse, Andrès. Seulement avec toi.

À quelques mètres de nous, Gladys s'amuse avec un inconnu, et mon cœur se serre quand je remarque le regard peiné de Léo. Mika, lui, a fini par grimper sur un podium pour se trémousser à contretemps. Andrès me rapproche un peu plus de lui et nous dansons collés-serrés, comme emmitouflés dans une bulle de sensualité et de bonheur. Comme si rien ne pouvait nous atteindre. Du moins, pas ce soir. Je cale ma joue contre celle d'Andrès et ferme les yeux pour profiter de l'instant présent.

Je me sens bien. Tellement bien.

Alors que la chanson se termine, une autre que j'adore lui succède : *Love Tonight* de Shouse. Mika débarque en furie pour me séparer d'Andrès. Il attrape ensuite Léo par la nuque, et arrache Glad à son inconnu. Il nous incite à danser en cercle, si bien que ma meilleure amie se retrouve serrée contre Léo. Son malaise est quasi palpable, mais mon clin d'œil paraît la rassurer. Tout en remuant en rythme au son des basses, Mika annonce en hurlant pour se faire entendre, la voix légèrement chevrotante :

– Est-ce que je vous ai déjà dit que je vous aime ?

– Chaque fois que tu es bourré, bougonne Léo.

Mika grimace tandis que nous éclatons de rire.

– Toi, dit-il en pointant Léo du doigt. Je te déteste pour tes secrets, mais tu seras à jamais mon meilleur pote. Tu es Jessie et je suis James.

– Pourquoi c'est moi la meuf de la Team Rocket ? grogne le concerné.

Sans prêter attention à la bouderie de Léo, Mika désigne Glad :

– Et toi, tu es notre Miaouss, avec ta grande gueule et tes excès de colère. Ne change jamais.

Ma meilleure amie paraît touchée, mais elle se contente de lui renvoyer un doigt d'honneur accompagné d'un clin d'œil.

– Toi, Félicie… Tu es ma révélation de cette semaine. Mon super chou-fleur. Tu es une force de la nature et tu ne t'en rends même pas compte.

Nous devons avoir l'air ridicules, les yeux larmoyants au beau milieu des danseurs en transe. Je m'en moque. J'aime la manière dont Mika dévoile ses sentiments (même s'il a sans doute trois grammes d'alcool dans le sang). Nous continuons à sautiller sur place, nous rapprochant petit à petit les uns des autres, éclairés par les spots par intermittence. Mika se tourne ensuite vers Andrès.

– Tu es beaucoup trop doué au ping-pong. Avant, c'était moi le sportif de la Team Rocket. Maintenant, c'est toi.

– Parce que je fais partie de la Team Rocket ? s'étonne-t-il.

– Ne fais pas la fine bouche, tout le monde rêve de faire partie de la Team Rocket !

Je trouve ça terriblement touchant que cette semaine de vacances nous ait à ce point rapprochés. La sincérité qui émane de la voix de Mika est aussi vibrante qu'émouvante.

Comme il n'y a rien d'autre à ajouter, nous chantons en chœur :

All I need is your love tonight
All I need is your love tonight

All I need is your love tonight[4]
Tout ce dont j'ai besoin ce soir,
c'est de ton amour.

Andrès et moi échangeons un regard. *Je me sens bien. Tellement bien.*

4. Extrait de *Love Tonigh* interprété par Shouse, composé par Ed Service et Jack Madin. Hell Beach, One Love, 2017.

CHAPITRE 26

Dans le minibus, sur le chemin du retour, nous sommes beaucoup plus silencieux qu'à l'aller. Glad et Léo sont assis à l'avant, la tête de ma meilleure amie posée sur l'épaule de son « pote ». Pote qu'elle a fini par embrasser langoureusement devant un Mika ahuri. Pour faire passer la pilule, le neveu de Sandrine s'est laissé embarquer par une jolie brune et a choisi de finir sa nuit avec elle plutôt qu'avec nous.

Andrès et moi sommes assis à l'arrière. Par la vitre, le soleil commence à se lever ; je risque de rentrer de vacances plus fatiguée qu'à l'arrivée. Lorsque nous sommes de retour au camping, Léo et Glad se carapatent en moins de deux, ce que Sandrine n'hésite pas à ponctuer d'un :

– Il y a encore des coins du mobile-home que vous n'avez pas explorés ?

– Crois-moi, tu n'as pas envie de savoir, *tatounette*.

La gérante pouffe de rire, puis nous souhaite une bonne nuit. Dès que nous sommes seuls, Andrès attrape ma main et me souffle à l'oreille :

– Tu es fatiguée ?

– Tu n'aurais pas une idée derrière la tête, Andrès Cataleno ?

Mon amant se plante devant moi puis replace deux mèches derrière mes oreilles. Je lui vole un baiser furtif avant qu'il ne me réponde :

– Que dirais-tu d'aller regarder le lever de soleil sur le pont ?

J'en pense que c'est foutrement romantique, et que ça va sûrement me rendre un peu plus folle de lui. Mais est-ce un risque à prendre alors que les vacances sont sur le point de s'achever ?

Nous marchons main dans la main jusqu'au petit pont de pierre. Le jour se lève peu à peu et le spectacle est à couper le souffle. Le ciel orangé se reflète sur la rivière, dont l'eau arbore une couleur rosée magnifique et apaisante. Nos vies devraient être équipées d'un bouton « pause » pour profiter de ces instants de grâce.

Je m'avance le plus près possible de l'eau pendant qu'Andrès s'installe derrière moi. Confortablement calée contre lui, je soupire d'aise. Ses bras entourent ma taille et me serrent. Je pose mes mains sur les siennes, me gave de sa chaleur.

– J'ai eu maman en visio après notre virée au spa.

La manière dont il prononce le mot « maman » me touche. Je vois en lui le petit garçon qu'il a été. Néanmoins, j'ai un pincement au cœur. Je ne m'attendais pas à une telle discussion, et pour être honnête, ça me fait peur. J'ai beau me sentir bien (terriblement bien), j'ai conscience que notre histoire est éphémère. Magnifique, éclatante, puissante… mais éphémère. Je me déteste pour m'être autant attachée à lui en une poignée de jours. Gladys avait raison : c'est dommage qu'il n'existe pas une capote du cœur. Car Andrès, ce n'est pas seulement une sublime alchimie des corps, c'est beaucoup plus profond. Ça me transporte autant que ça me dépasse.

Pourtant, même si je ne vois pas son visage en cet instant, je ressens son besoin de se confier. Et moi, j'ai envie d'accueillir ses confidences. Parce que, plus que tout, je veux être là pour lui.

– Elle va arrêter de se battre. Je le sens. C'est évident. Chacun de ses mots me le prouve. Ses examens n'étaient pas concluants et les chimios l'épuisent… Mais je ne supporte pas l'idée qu'elle puisse baisser les bras. C'est comme si elle choisissait de m'abandonner.

Ses mots pulvérisent la moindre de mes cellules, comme si je saignais avec lui. Alors que je devrais trouver des paroles réconfortantes, je reste silencieuse. Un tsunami de sentiments contradictoires me frappe de plein fouet. Cette « amourette de vacances » n'en est pas vraiment une (et c'est bien ça le problème).

Je me retourne pour me blottir contre lui et nicher mon nez dans son cou. Andrès m'accueille en me serrant fort sur son torse, sa main tenant solidement ma nuque pour m'empêcher de reculer. Je l'entends renifler.

Nous restons dans cette position pendant une éternité, qui, pourtant, ne dure pas assez longtemps. Il n'y a pas de mots suffisamment forts pour le consoler, mais je tente quand même :

– Tout va bien se passer. Je te le jure.

Je ne suis personne pour promettre une telle chose, mais tant pis. Dans mes bras, il se libère de ses larmes trop longtemps contenues, puis il s'apaise peu à peu.

Au bout de plusieurs minutes, comme il s'est calmé, je tente de reculer un peu. Il agrippe plus fort ma nuque.

– Ne t'éloigne pas. S'il te plaît. J'ai besoin…

... de toi ?

Sa voix tremble comme une feuille et sa tristesse me ravage de l'intérieur.

– J'ai besoin de quelqu'un près de moi, se reprend-il.

En cet instant précis, je sais que nous sommes déjà trop attachés l'un à l'autre et que nous finirons par en souffrir. Je sais ce qu'il allait dire. Des mots qui auraient ouvert une possibilité d'avenir, comme si, peut-être, il espérait que je ne m'éloigne pas à la fin de ces vacances. Ces dernières heures, j'ai volontairement esquivé le moment où nous devrions parler. Parce que nous n'étions qu'une « amourette de vacances », après tout. J'ai tenu à profiter de chaque instant en sa compagnie et, forcément, je me suis voilé la face. En détournant volontairement mon attention de la réalité, j'ai tenté de me protéger.

Alors qu'il énonce clairement son besoin de m'avoir à ses côtés, je ne m'imagine pas faire voler en éclats notre embryon d'histoire. Je me crispe entre ses bras, les paupières férocement fermées. Andrès se décale et prend mon visage en coupe entre ses mains. Ses lèvres s'ourlent légèrement, mais je sens que ce rictus lui demande un effort incroyable.

– Je ne te force à rien, Félicie.

– Mais, je…

C'est comme s'il avait lu dans mes pensées, et ça me file un coup de poignard en pleine poitrine. Alors qu'il nous reste encore quelques heures ensemble, j'ai l'impression d'être à un carrefour de notre histoire de vacances. Et il y a des au revoir plus difficiles que d'autres.

Je baisse les yeux, consumée par l'intensité de son regard. J'appréhende sa réaction. Je sais dans quelle direction je veux aller, c'est pour cette raison que je ne tiens pas à perdre une miette de lui, de son aura bienveillante, de l'attention dévorante qu'il m'offre.

Andrès se crispe et relâche mon visage.

– J'ai cru comprendre qu'il n'y avait pas de « *nous par la suite* » envisageable, n'est-ce pas ?

Mes yeux se perdent sur l'horizon orangé, sans doute pour éviter la déception dans le regard d'Andrès.

– Je… Je crois que j'aimerais un *« nous par la suite »*, commencé-je.

– Mais.

Quatre lettres. Quatre fichues lettres qui vont tout faire basculer.

– Moi aussi, j'aimerais un « *nous par la suite* », reprend-il, la gorge serrée. Mais.

Son « mais » franc, sans aucune suite, devrait n'avoir aucun sens, pourtant nous savons tous deux ce qu'il signifie. J'attrape ses doigts entre mes mains et soupire. C'est dingue comme un paysage sublime peut tout à coup paraître fade dans une telle situation.

– Mais tu habites à Saint-Brieuc et moi à Dijon, annoncé-je d'une toute petite voix.

Je coule un regard en direction d'Andrès qui arbore un sourire mélancolique. Il finit par poursuivre, le timbre tout aussi serré que le mien :

– Mais une relation à distance n'est jamais facile à gérer et souvent vouée à l'échec.

Il plisse le nez et, d'un signe de tête, me fait comprendre que c'est à mon tour de continuer à énumérer les raisons pour lesquelles notre « amourette de vacances » ne peut pas se transformer en relation sérieuse.

– Mais on n'est pas dans un film… Je ne fais pas partie de ces filles qui peuvent boucler leur valise et changer de vie comme Mary Poppins sort un parapluie de son sac.

Malgré son amertume, Andrès rit. Dans la lumière éclatante de ce lever de soleil, il est magnifique.

– Mais la décence voudrait qu'on ne plaque pas tout pour une fille qu'on vient juste de rencontrer, continue-t-il.

Un instant, j'ai envie de lui dire qu'on se fiche de la décence. Toutefois, je sais pertinemment que moi non plus, je n'ai pas le cran de tout abandonner pour un homme que je connais à peine.

– Mais au final, on ne se connaît pas vraiment. Est-ce que notre histoire pourrait survivre à l'été ?

La mâchoire d'Andrès se serre, comme s'il avait déjà la réponse à cette question, sans oser la prononcer.

– Mais ma mère est malade et ma place est près d'elle.

Je ferme les yeux. Ce n'est pas facile de se convaincre que c'est la bonne décision, alors que mon cœur hurle des mots d'amour.

Lorsque je rouvre les paupières, son regard bienveillant détaille mes traits. Il sourit, comme s'il était apaisé, alors j'essaie de camoufler mes doutes et pose ma tête sur son épaule avant de chuchoter :

– Alors on est d'accord que dimanche, on repart chacun de notre côté et que notre histoire s'arrêtera là ?

Le corps d'Andrès se tend légèrement.

– Ouais… On est d'accord.

Je préfère ignorer les notes de déception qui flottent dans sa voix. Ce que nous avons là, maintenant, tout de suite, est absolument parfait.

Mais.

Il faut se rendre à l'évidence. Nos sentiments sont exacerbés par l'ambiance des vacances. Nous prenons une décision prudente et réaliste qui pourrait nous éviter un cœur brisé, une vie bouleversée. Malgré tout, ma gorge est sèche et je peine à contenir les battements effrénés de mon cœur. Andrès caresse ma joue du bout des doigts et souffle :

– Il nous reste encore deux jours.

Je suis surprise de remarquer que sa bouche est étirée en un sourire radieux. Comme si ces deux jours étaient une forme d'éternité. Il dépose un baiser sur mon nez, puis me dit d'un air jovial :

– Profitons de ces deux jours à fond ! Notre histoire est peut-être vouée à n'être qu'un souvenir, alors autant tout mettre en œuvre pour qu'il soit beau, tu ne crois pas ?

D'un signe de tête, j'approuve.

Ce sera un merveilleux souvenir.

Andrès se lève et m'entraîne avec lui. Je ne sais pas quelle heure il est, mais le soleil est de plus en plus haut dans le ciel. Ça tombe bien, je compte dormir le moins possible pour profiter du temps qu'il nous reste.

– Je veux que tu fasses quelque chose pour moi, Félicie.

Je hausse un sourcil intrigué, décontenancée. Andrès reste silencieux. Il met ma patience à rude épreuve et semble s'en amuser.

– Accouche !

Il éclate de rire, puis me demande innocemment :

– Quand on aura *un peu* dormi, je veux aller faire un saut en parachute.

– Ah oui ? Super ! Ça doit être une sacrée expérience pour ceux qui n'ont pas le vertige et n'angoissent pas à l'idée que le parachute ne s'ouvre pas !

Ma réplique sent l'ironie à plein nez, ce qui fait à nouveau beaucoup rire Andrès.

– Ensemble.

– Jamais de la vie.

Outre le fait que ce mot a une saveur amère entre ses lèvres, sa proposition me donne envie de fuir à toutes jambes. Andrès passe ses mains dans mon dos et pose son front contre le mien.

– On a surpassé plein de trucs en quelques jours, toi et moi. J'aimerais que tu me fasses ce cadeau. Saute avec moi, Félicie.

Je recule, complètement désarçonnée. C'est fou comme une simple phrase peut me donner des palpitations. Puis je secoue violemment la tête de gauche à droite.

– Non merci. On peut sauter ensemble de plein d'autres manières, tu sais…

Andrès penche la tête sur le côté et papillonne des cils.

– S'il te plaît…

– OK, ça dépend. Tu me paies combien ?

– Je t'accorde ma reconnaissance éternelle.

– Tu sais où tu peux te la mettre ?

Il éclate de rire (que j'aime ce son).

– Je sais que tu en es capable, Félicie. Si tu ne le fais pas pour moi, fais-le pour toi.

Je me perds dans ses yeux. Si je n'essaie pas pendant cette semaine de vacances, avec Andrès à mes côtés, je ne le ferai jamais. C'est une expérience à vivre et une peur de plus à affronter, c'est sûr.

– Je crois en toi, insiste-t-il.

– Je te hais… Mais d'accord.

Il a un sursaut de joie. On dirait un gamin à qui on a promis une glace.

– Et maintenant, embrasse-moi, Andrès Cataleno. C'était plutôt de cette manière que je m'imaginais profiter de ces deux jours.

Il ne se fait pas prier. Cette étreinte a le goût des au revoir et de la fièvre des jeunes amours. Entourés par le ciel rosé où le soleil s'élève, nous partageons le plus beau des baisers.

CHAPITRE 27

Je suis d'une humeur de chien.

Un saut en parachute ? Et puis quoi encore ? De l'escalade à mains nues ?

Pourquoi j'ai accepté un truc pareil, déjà ? Ah oui, c'est vrai… Pour les beaux yeux d'Andrès Cataleno ! Je n'ai pas su résister quand il m'a fait sa petite tête de chien battu. Et surtout, il a donné les bons arguments. J'ai (peut-être) un peu envie de me challenger. Parce qu'en quelques jours, il a changé la manière dont je me vois. La confiance qu'il m'accorde et la force qu'il me souffle me donnent envie de me dépasser.

Pour lui. Et surtout pour moi. Même si notre relation se termine dimanche matin, je veux lui prouver qu'il laissera une marque indélébile sur mon cœur.

Heureusement, le saut n'est prévu qu'à 17 heures, j'ai donc encore un peu de temps pour me préparer mentalement (ou angoisser). Mika et Andrès sont partis faire une partie de badminton, tandis que Léo et Gladys sont en promenade. Quant à Josie, Léa, Carlo et Pierre, je ne les ai pas encore revus. Je ne sais pas où ils sont passés (et ça ne me préoccupe pas, d'ailleurs). De mon côté, j'ai opté pour une micro-sieste, mais je ne parviens pas à fermer l'œil. Dans quelques heures, je planerai dans les airs.

Je vais mourir.

J'attrape la romance de Noël qu'Andrès est en train de lire depuis le début des vacances. L'histoire d'une quadragénaire qui hérite d'une maison en Angleterre et fait la rencontre de son voisin aussi bourru qu'attirant. Sans m'en rendre compte, je dévore les cent premières pages.

Tout à coup, mon téléphone sonne. Je l'attrape machinalement, encore le nez dans ma lecture, et constate que l'écran affiche « Maman » sur Skype. Je fronce les sourcils, légèrement inquiète. Ma mère ne m'appelle quasiment jamais sur cette application, ça ne me rassure pas. D'autant qu'elle me sait en vacances avec mes amis.

– Maman, j'essayais de faire une sieste, là, annoncé-je alors que je corne la page du livre pour me rappeler où j'en suis.

Lorsque mon regard se porte enfin sur l'écran, je constate que ce n'est pas ma mère qui est apparue. Il s'agit d'une femme d'une soixantaine d'années, le teint blafard, de larges cernes sous les yeux et un foulard rose pâle autour du crâne.

Mais qu'est-ce que je viens de faire, bon sang ?

Andrès a sans doute laissé son téléphone dans la tente, et, tellement plongée dans ma lecture, je n'ai pas remarqué que ce n'était pas le mien qui sonnait. C'est donc *sa* mère qui est face à moi. Pas la mienne.

Prise de panique, il me faut plusieurs secondes pour positionner correctement le téléphone devant mon nez et lui offrir mon meilleur profil.

– Euh… bonjour ?

J'ai l'air plus bête que jamais. Je passe une main dans mes cheveux dans l'espoir de reprendre contenance. La mère d'Andrès m'observe avec les yeux plissés et l'air intriguée.

– Mon fils a encore perdu son téléphone, c'est ça ?

– Euh, non, pas du tout. Je suis une de ses amies. Il n'est pas là, il est parti jouer au badminton avec Mika. Tout à l'heure, on va faire du saut en parachute, mais je lui dirai de vous rappeler dès qu'il aura cinq minutes. Je m'excuse d'avoir décroché, j'ai cru que c'était mon téléphone et je n'ai pas vérifié avant d'accepter l'appel…

Je viens de parler si vite que je peine à reprendre ma respiration. Je conclus mon monologue d'un sourire crispé. Elle laisse échapper un éclat de rire (la honte).

– Vous êtes Félicie ?

J'arque un sourcil. Ai-je donné mon prénom à un moment donné ? Se pourrait-il que… Andrès ait parlé de moi à sa mère ?

– Euh, oui, c'est bien moi.

– Sa *fameuse* partenaire de tente.

J'ai la sensation qu'un double sens se cache derrière le mot « fameuse », mais je suis bien trop embarrassée pour chercher à comprendre.

– Ça me fait plaisir de mettre un visage sur votre joli prénom.

C'est l'une des premières fois que l'on me complimente à ce sujet. En général, les gens préfèrent les jeux de mots foireux et les références ringardes.

– Et c'est un très joli visage aussi, d'ailleurs.

Je continue à sourire, figée face à l'écran. Je ne pensais pas qu'il était possible d'être aussi mal à l'aise.

– Merci. C'est gentil.

Un silence s'abat entre nous. Je la dévisage et remarque plusieurs ressemblances avec Andrès, leurs yeux principalement. Derrière sa figure fatiguée, j'imagine une femme à la fois douce et au caractère bien trempé. Un peu comme son fils.

J'ouvre la bouche, puis la referme. J'aimerais en profiter pour lui dire à quel point il a peur pour elle, mais ce n'est pas mon rôle. Ce serait déplacé de ma part.

– Vous avez quelque chose à me dire ?

Je sursaute, tirée de mes pensées. Le nez plissé, elle attend que je me décide. Je devrais raccrocher. Maintenant. Pourtant, je continue à observer cette femme, un sourire triste aux lèvres.

– Je ne devrais pas vous dire ça…

– Mais ?

La manière dont elle prononce ce mot me fait penser à ma discussion avec Andrès sur le pont au petit matin. Je baisse les yeux sur le livre qui repose près de moi. J'admire les héroïnes qui prennent le taureau par les cornes et affrontent leurs peurs les plus profondes. J'ai envie d'être spontanée, moi aussi. De ne pas toujours réfléchir aux conséquences de mes actes.

– Votre fils vous aime d'un amour inconditionnel. Il vous admire.

Mme Cataleno fronce les sourcils. Je devrais sans doute m'arrêter de parler.

– Mon père est décédé quand j'avais seize ans. Il n'a pas eu l'opportunité de se battre, vous savez.

L'air contrit de mon interlocutrice me fait prendre conscience de ma maladresse.

– Je n'ai sûrement aucune idée de ce que la maladie représente pour vous, ni de ce que vous endurez au quotidien. Je sais que ça ne me concerne pas, mais j'ai vraiment besoin que vous l'entendiez. Parce que parfois, il nous faut une tierce personne pour voir la réalité en face. Andrès en crève, que vous puissiez abandonner le combat.

Un sourire triste se dessine sur ses lèvres. Elle me regarde avec mélancolie, sans la moindre animosité.

– Effectivement, vos paroles sont déplacées.

J'ouvre grand les yeux. C'est vrai, même si je ne m'attendais pas à ce qu'elle me le balance en pleine figure.

– Mais je sais reconnaître une personne altruiste quand j'en vois une.

– C'est juste que ça m'attriste de le voir aussi affecté, continué-je avec un sourire soulagé. D'après ce que j'ai vu, je pense qu'il est le genre d'homme à refouler ses émotions jusqu'à exploser. Alors si ça se trouve, ce que je vous dis ne mènera à rien et votre décision est irrévocable, mais si jamais vous avez encore une dose d'espoir en vous, peut-être que ça pèsera dans la balance. Bref… on m'a souvent dit que je vis dans le monde des Bisounours, de toute manière.

– Je comprends votre positionnement, Félicie. Il est honorable et je pense que mon fils a de la chance de vous avoir rencontrée. Vous êtes un peu excessive car vous ne connaissez pas mon dossier médical, mais dans le fond, vous n'avez pas tort. Il faut parfois une personne extérieure pour nous ouvrir les yeux.

La fatigue qui se lit sur ses traits me donne des frissons. Andrès a peut-être raison quand il dit que nous sommes égoïstes de vouloir garder les gens que nous aimons près de nous, quoi qu'il en coûte. *L'amour ne peut-il pas parfois se transformer en acharnement ?*

– Mon fils est un homme empathique.

Je souris. Ce mot lui convient à merveille.

– Vous avez élevé un garçon incroyable. Vous pouvez être fière. C'est moi qui suis chanceuse d'avoir croisé sa route.

La mère d'Andrès me regarde d'un air entendu qui me fait rougir.

Mais pourquoi donc suis-je aussi bavarde quand je suis stressée ?

– C'est une personne précieuse, assuré-je, la voix emplie d'émotion. Le genre qu'on aimerait garder pour toujours à nos côtés.

– Andrès est ma force, ma bouée de sauvetage. Je craque toujours quand il est loin de moi, même quelques jours. Ça ne durera pas. Je vais reprendre du poil de la bête. Je vais me battre.

– C'est tout ce que je vous souhaite. Il revient dimanche, ça va venir vite.

Nous nous observons longuement avec un large sourire. Il n'y a pas besoin de mots pour comprendre que nous aimons le même homme. Sauf que moi, je ne peux pas me le permettre. Il doit retourner à Saint-Brieuc près de sa famille.

– À très bientôt, conclut-elle. La Bretagne est une jolie région, vous savez !

La fenêtre vidéo s'éteint et je peine à capter ce qui vient de se passer. Je frôle la crise cardiaque quand la toile de tente s'entrouvre pour laisser apparaître Andrès.

– Je… trompée… téléphone.

E.T. téléphone maison.

Je repose le portable, penaude. En relevant le visage, je tente de reprendre un air digne.

– C'était ta mère.

– J'ai cru comprendre, oui.

À quatre pattes sur le matelas gonflable, Andrès avance vers moi, les yeux brillants. Moi, je recule. Je ne sais pas à quelle sauce je vais être mangée.

– Tu as entendu quoi, exactement ?

Le beau blond est quasiment à califourchon sur moi et son regard devient de plus en plus ardent à chaque seconde qui passe.

– Suffisamment.

Il ne répond pas vraiment à ma question, mais le baiser qu'il m'offre me prouve qu'il ne m'en veut pas le moins du monde. J'y réponds avec la même ardeur, entourant sa nuque de mes bras.

– Tu n'imagines même pas ce que j'ai envie de te faire, là, maintenant, tout de suite.

Son sourire entendu me fait frémir. Honnêtement, il peut bien faire de moi ce qu'il veut, je suis en train de me liquéfier sur place.

Malheureusement, Andrès roule sur le côté puis commence à fouiller dans son sac.

– Mais il est bientôt l'heure de se préparer pour le saut en parachute.

Je bloque, les yeux écarquillés.

Il se fiche de moi, non ?

Quand je vois son petit sourire en coin, je suis certaine qu'il prend un malin plaisir à me torturer.

– Ça coûte une blinde, un saut en parachute, ronchonné-je, je préfère une glace à l'italienne au bord d'un lac.

– Je te l'offre.

– La glace ?

– Le saut.

Je pousse un long soupir désespéré.

– Depuis quand on est riche quand on bosse dans l'Éducation nationale ?

Andrès ne répond pas, il se contente de sourire comme un benêt. Je vais le tuer.

Je me redresse, attrape mes affaires et quitte la tente en bougonnant :

– Ce mec aura ma peau !

Mon angoisse est telle que j'avance sans faire attention. Avec ma chance habituelle, mon corps en heurte un autre. Sans mauvais jeu de mots, Joséphine ne fait pas le poids face à moi : elle se retrouve propulsée au sol. Je me confonds en excuses, mais, visiblement, elle l'a mauvaise.

– Tu ne pourrais pas regarder devant toi ?

Je tends ma main pour l'aider, mais Josie m'ignore et se relève d'un bond en époussetant ses fesses. Nous nous toisons pendant de longues secondes. Elle pourrait me demander pardon pour ce qu'elle a dit avant-hier. Elle pourrait m'assurer qu'elle ne le pensait pas et qu'elle s'en veut d'avoir été aussi virulente.

– Tu peux bouger, s'te plaît ? Tu me bouches le passage.

Non, ça aurait été trop simple. Derrière Joséphine, Mika éclate de rire.

– Hé, Josie ! C'est ta super combinaison neuve ?

Ni elle ni moi ne comprenons où il veut en venir. Entre deux éclats de rire, il parvient à dire avec une pointe de sarcasme :

– Désolé de te l'annoncer, mais elle vient de craquer.

Mika pointe les fesses de Joséphine qui écarquille les yeux et place ses mains sur son postérieur pour vérifier s'il dit la vérité. Vu le teint pâle de Josie, sa jolie combi doit offrir une belle vue sur son sous-vêtement.

Andrès sort de la tente pile à ce moment, attisant encore plus la honte de Joséphine. C'est peut-être bête de ma part, mais j'en viens à avoir de la peine pour elle. Je ne souhaiterais pas ce genre d'humiliation, même à mon pire ennemi. Sans lui laisser le temps de s'esquiver, j'attrape Joséphine par le bras pour l'attirer à l'abri des regards indiscrets.

– Je serai prête, assuré-je à Andrès.

– Tu as intérêt, oui.

Il m'accorde un clin d'œil taquin, même si je ne le sens pas rassuré de me voir m'éloigner avec Josie. Étrangement, elle me suit sans opposer de résistance. Sa honte semble l'avoir mise sur *off*. Mes pas me mènent naturellement vers le mobile-home de Sandrine, dans l'espoir qu'elle soit là. Je frappe, mon autre main toujours positionnée autour du poignet de Josie.

La gérante du camping nous ouvre la porte, l'air absent. Elle était visiblement en train de faire une petite sieste.

– Désolée de te déranger, Sandrine. Je me demandais si je pouvais t'emprunter ta machine à coudre.

Elle observe Joséphine qui est toujours aussi silencieuse (mais qui apparemment commence à reprendre ses esprits, vu le regard dédaigneux qu'elle me lance), puis elle ouvre en grand la porte de son mobile-home pour nous accueillir.

– Josie a eu un petit souci avec sa combinaison, mais je pense pouvoir la réparer.

– Ta gentillesse te perdra, grommelle Sandrine.

Elle me présente sa jolie table de couture en bois vintage, à laquelle je m'installe. Joséphine, qui a définitivement repris du poil de la bête, fronce les sourcils.

– Ma mère coud aussi. Je n'ai pas envie que tu fasses plus de mal que de bien, gronde-t-elle en s'éloignant.

Je me lève d'un bond, agacée. Elle ne changera jamais.

– Si tu ne veux pas de mon aide, débrouille-toi avec tes fesses à l'air, alors !

– Ton aide ? s'égosille Josie. C'est normal que tu veuilles réparer ma combi, c'est quand même ta faute si je suis tombée et qu'elle a craqué.

Là, c'est moi qui vais craquer !

– Tu n'es pas sérieuse, rassure-moi ? C'est surtout parce que tu veux porter des vêtements qui ne sont pas à ta taille.

– Peut-être. Mais moi, au moins, je ne fais pas un…

Elle m'observe des pieds à la tête, un air de dégoût au visage.

– Un 44 ! conclut-elle.

C'est plus fort que moi, j'éclate de rire.

– Je fais du 46-48, alors merci de m'avoir amincie.

Joséphine bougonne dans sa barbe tandis que Sandrine grimace derrière son dos. Je reprends mon calme et me plante devant Josie, la pointant du doigt.

– Maintenant, tu choisis. Soit je sauve ta combinaison et tu peux la remettre tout de suite, soit tu laisses ta mère s'en occuper. Ça m'importe peu, tu sais.

Elle me toise un instant du regard, puis, les épaules basses, commence à se dévêtir.

– Je vais te chercher de quoi te couvrir, annonce Sandrine.

Quelques secondes après, Josie flotte dans un peignoir taille 50 et clairement, ça mériterait une photo souvenir.

Pendant que je me mets au travail, Sandrine propose un thé glacé à Joséphine, qu'elle finit par accepter en n'oubliant pas de dire que *ce n'est pas bon pour la ligne*. J'ai l'impression que la vie de

Josie est régie par un tas de règles obtuses. Ça me rend triste pour elle.

Devant l'ampleur des dégâts, je soupire. Impossible de conserver la combinaison en l'état. Je décide donc de me lancer dans la confection d'une robe courte qui ira sans doute merveilleusement bien à Joséphine.

Derrière moi, les deux femmes (radicalement opposées en tout point) discutent avec enthousiasme. Sandrine a lancé Josie sur ses séries télé préférées, et je suis surprise de la découvrir fan de zombies et de trafiquants de drogue.

– J'aime aussi les séries historiques. J'adore voyager dans le temps et découvrir les traditions et les coutumes d'autres pays. Et puis, les romances me font rêver, j'avoue. Comme dans *Poldark* ou *Outlander*.

Les voilà parties à débattre sur *La Chronique des Bridgerton*, ce qui me laisse le champ libre pour mon atelier couture. Je découpe, couds, assemble pendant qu'elles papotent comme deux vieilles copines. Pour être honnête, je trouve Josie plutôt pertinente et loin d'être aussi superficielle que je le pensais.

– J'aime les histoires avec des femmes fortes qui ne se laissent pas marcher sur les pieds, annonce-t-elle fièrement. Comme Brienne dans *Game of Thrones*. Je l'adore.

Je grimace. C'est mon personnage préféré aussi. Je n'aurais jamais imaginé avoir un point commun avec Josie.

Fidèle à elle-même, Sandrine ne peut s'empêcher d'ajouter son grain de sel :

– Une femme forte n'écrase pas les autres.

Joséphine reste silencieuse et pousse même un léger soupir. Sans un mot, je poursuis mon travail, jetant de temps à autre un coup d'œil à ma montre. Andrès va me tuer si je suis en retard. Je prends pourtant plaisir à coudre et à laisser libre cours à mon esprit créatif. Je n'ai jamais l'occasion d'être aussi imaginative aux impôts. Autant dire que la perspective de retourner au bureau ne m'enchante pas. Avec la couture, tout est fun et inédit. Je ne m'ennuie jamais.

Après une demi-heure, mon travail me semble satisfaisant.

– J'ai terminé.

Joséphine se lève d'un bond pour voir le résultat.

– C'est… c'est…

Magnifique ?

– Une robe. Tu as fait une robe avec ma combinaison.

Je ne m'attendais pas à des effusions de joie, mais je pensais malgré tout qu'elle serait contente.

– Cette combi m'avait coûté un salaire !

– Je… La déchirure était trop importante… Essaie-la au moins.

Joséphine me retire le vêtement des mains, fait tomber son peignoir sans la moindre pudeur et enfile la robe. Sandrine et moi échangeons un regard entendu. Cette robe lui va beaucoup mieux que l'ancienne combinaison. Elle semble avoir été créée pour ses courbes. Et d'une certaine manière, c'est le cas. J'ai l'œil pour analyser les mensurations des personnes. Je n'ai même pas eu besoin de prendre des mesures pour arriver à un résultat quasi parfait.

D'un signe de tête, Sandrine nous montre sa chambre où se trouve un miroir en pied. Joséphine se positionne devant et… ne dit rien. Elle s'observe sans la moindre émotion. Soudain, elle se met à grimacer. Je m'attends au pire, même si venant de sa part, ce sera sans doute de la mauvaise foi.

– Pourquoi tu as agrandi le décolleté ? ronchonne-t-elle.

Pour mieux la mettre en valeur, j'ai taillé un décolleté en V qui dévoile la naissance de ses seins. Sexy à souhait sans être vulgaire.

Afin de détendre l'atmosphère, je prends un accent portugais à couper au couteau :

– Qui dit mini-poitrine dit maxi-décolleté.

Imperméable à mon imitation de Cristina Córdula (contrairement à Sandrine qui se marre dans mon dos), Joséphine grimace.

– Ça me rappelle juste que j'ai des petits pois à la place des seins.

Sa remarque me fait sourire, et en même temps, je trouve ça triste. Je me souviens des mots de Gladys quelques jours plus tôt et hausse les épaules en lançant :

– Je te donne la moitié des miens, si tu veux.

Josie lève les yeux au ciel, puis continue à se pavaner dans la robe, qui lui va à ravir. Elle tourne sur elle-même et se poste face à moi, l'index sur le menton, faisant mine de réfléchir.

– Ça me tue de le dire, mais… Tu as au moins un talent, Félicie.

Je ne peux camoufler un sourire de satisfaction alors que Sandrine me tapote l'épaule, fière.

Ce n'est peut-être pas très flatteur dit de cette façon, mais venant d'elle, c'est comme si elle m'avait remis un Oscar !

CHAPITRE 28

J'arrive en courant sur le parking du camping où Andrès et Gladys sont en train de discuter. J'ai réussi à ne pas être en retard, mais c'était limite. Dès que je suis près d'eux, ils se taisent et m'observent avec de grands yeux.

– Alors ? s'enquiert ma meilleure amie. Est-ce que tu as découpé Josie en morceaux ?

– Josie, non, mais sa combinaison, oui.

Elle me coule un regard qui demande davantage d'explications, mais je suis obligée d'abréger notre conversation car Andrès toussote dans mon dos.

– Je te raconte tout à l'heure. Si je survis.

Depuis que j'ai quitté le mobile-home de Sandrine, le stress monte en flèche. Je me sens bouillir de l'intérieur, comme une casserole d'eau qui déborderait sur un feu trop fort. J'ai envie de hurler, et comme Gladys me connaît bien, elle pose ses deux mains sur mes épaules.

– Tu vas survivre, copine. Je te le promets.

– Je ne crois pas aux promesses d'une fille qui couche avec ses potes.

– C'est petit, même de la part de ton *moi* angoissé ! répond-elle en éclatant de rire.

Je grimace puis rejoins Andrès qui s'est mis au volant de ma voiture. Il vaut mieux que ce soit lui qui conduise, mes mains tremblent un peu trop. D'un geste vif, je lui lance les clefs qui manquent de l'éborgner au passage.

– J'ai l'impression d'être un cochon qu'on emmène à l'abattoir. Je suis sûre que mes cuisses feraient un bon jambon.

Il lève les yeux au ciel, blasé.

– Arrête de te dénigrer, bon sang…

– Je ne me dénigre pas. C'est évident que mes cuisses renferment un tas de trésors.

Quand je prends conscience de ce que je viens de dire, il est déjà trop tard. Andrès hausse un sourcil taquin et passe la langue sur ses lèvres.

Mangez-moi, mangez-moi, mangez-moi.

Il pose sa main sur le haut de ma cuisse mais je me décale d'un coup sec.

– Tu sais, ce matin, quand on a fait l'amour au lever du soleil sur le pont, parce qu'à cause de toi je suis devenue une foutue exhibitionniste ? Heureusement que tu en as bien profité car c'était la dernière fois, mon petit ! Je vais mourir dans quelques heures.

– Mais achevez-moi… râle-t-il en levant son visage vers le toit de la voiture.

– Je ne veux pas sauter d'un avion avec une personne que je ne connais ni d'Ève ni d'Adam, peu importe qu'il ait un brevet de parachutisme ou même un lien de parenté avec James Bond.

Il soupire en démarrant mais ne répond pas. Il choisit de me laisser parler à tort et à travers pendant tout le trajet, comme si mes craintes n'étaient pas légitimes (bon, elles ne le sont peut-être pas *totalement*, mais au moins en partie !).

Quand nous arrivons à l'endroit où je dois suivre une formation express (pour apprendre à mourir avec classe), je jette un regard mauvais à Andrès.

– J'ai cru jusqu'au bout que tu blaguais et que tu m'emmenais à la plage.

Fier de lui, il hausse les épaules, puis sort de la voiture. Je le suis sans l'ombre d'un sourire. Devant moi, un aérodrome, ainsi qu'un hangar dans lequel sont rangés deux avions de petite taille. Dire que je vais monter dans un engin pareil alors que j'ai le vertige… À gauche du hangar, un bâtiment aux murs blancs et, sur la porte, un écriteau annonçant « Accueil ». Un homme d'une trentaine d'années au crâne rasé en sort, tout sourire. Il se dirige vers nous et, une fois près de mon voisin, il l'attire contre lui dans une étreinte.

– Ça fait super plaisir de te voir, mon pote. Comment ça va, depuis le temps ?

– Eh bien écoute, ça va ! Toujours heureux de te retrouver.

Andrès se tourne vers moi.

– Je te présente Félicie.

L'homme me tend sa main que je serre avec un sourire.

– Moi, c'est Jeff.

– Bonjour.

Pendant quelques minutes, les deux amis échangent quelques banalités sur leur famille respective ; Andrès évite soigneusement de parler de la santé de sa mère.

Après leur discussion, il se penche vers moi pour me chuchoter :

– Jeff et moi avons fait notre formation ensemble.

– For… formation ?

Je dois avoir l'air d'une carpe qui sort de l'eau.

– De quoi tu parles ?

– Sur mon temps libre, je suis aussi moniteur de parachute.

Ma mâchoire manque de se décrocher.

Prof de sport et mono de parachute. Il devrait être mon pire cauchemar, et pourtant…

– Quand je te disais : « Saute avec moi », ça signifiait vraiment « saute », « avec », « moi ».

Il fait si chaud, là, tout de suite, et de toute évidence, ce n'est pas juste le soleil.

– Prêts à vous envoyer en l'air ? lance Jeff.

La tension sexuelle est si palpable que ça ?

Quand je comprends qu'il parle du saut en parachute, je râle dans ma barbe.

– Carrément ! répond Andrès pour nous deux.

***

Le briefing en compagnie de Jeff a été beaucoup trop rapide à mon goût. Il m'a expliqué quelques mouvements de base et la façon dont se déroulera le saut. Tout ce qu'il me raconte, ainsi que les gestes que j'effectue, me paraît abstrait. J'entends ses conseils sans vraiment l'écouter. Je ne parviens pas à prendre conscience que d'ici quelques minutes, je grimperai dans un avion pour en sauter.

Il faut être sacrément maso pour aimer ça, non ?

Ou bien alors s'appeler Andrès Cataleno. C'est en sautillant qu'il est parti enfiler sa combinaison en me laissant avec son pote de promo (un vrai gosse). Jeff m'a ensuite aidée à enfiler le harnais qui recouvre mes épaules et le dessous de ma poitrine, puis m'a assuré que ce serait l'un des plus beaux moments de ma vie (permettez-moi d'en douter).

– Qu'est-ce qu'il fiche, le Cataleno ? grommelle-t-il.

Au moment où le moniteur prononce ces mots, Andrès débarque, vêtu de sa combi. C'est un nouveau monde qui s'ouvre devant mes yeux, de quoi alimenter mes fantasmes pour les vingt prochaines années. *Sexy Andrès* prend une tout autre ampleur. Le mec, c'est *Top Gun* en personne, quoi.

Jeff me file un coup de coude :

– Ferme la bouche, tu vas gober une mouche.

Tout fier de sa rime, il rit en secouant les épaules. Mon prof de sport attitré s'arrête devant nous, plus canon que jamais. Je papillonne des cils malgré moi, comme pour me convaincre qu'il ne s'agit pas d'un mirage.

– Jeff t'a rassurée ?

Sa voix rocailleuse me tire de mes pensées. Je hoche la tête pour reprendre contenance alors que je suis plus stressée que le jour où j'ai eu mes règles pour la première fois et que je pensais tout bonnement être en train de mourir.

Mon beau blond plaque un baiser sur mon front, les mains posées sur mes épaules.

– Je te promets que tout va bien se passer.

Dans cette tenue, il pourrait me promettre la lune, je boirais ses paroles.

En deux temps trois mouvements, je me retrouve dans un avion piloté par Jeff, installée en face d'Andrès. L'espace entre les sièges est tellement restreint que nos genoux se touchent presque. À travers les fenêtres arrondies, je remarque le béton de l'aérodrome, mais aussi la nature verdoyante tout autour de nous. Au moment où l'engin démarre, je retiens mon souffle et fais semblant de ne pas écouter quand Andrès m'explique que nous allons monter à 4 000 mètres.

4 000 putains de mètres.

Pour une flippée de la vie comme moi, c'est plus qu'une prouesse. C'est un miracle. Mon cœur bat la chamade et la boule d'angoisse qui grossit dans ma gorge me file la nausée. Peu à peu, l'avion décolle mais mon stress, lui, ne s'envole pas. Alors qu'Andrès semble ébloui par la nature qui s'étend sous nos pieds, je ne parviens pas à me résoudre à jeter un œil au hublot. J'inspire et j'expire en mode méditation.

« *Zen, soyons zen, du sang froid dans les veines, soyons zen.* »

– Regarde-moi ce paysage !

Je serre les dents et secoue la tête.

– Si je fais ça, je vais vomir !

Il attrape ma main et lie nos doigts avec douceur.

– Alors regarde-moi.

Il affiche un sourire à la fois détestable et adorable. Ça n'a aucun sens, mais en même temps, je me trouve dans un avion en compagnie d'un homme qui me donne des palpitations, alors j'ai le droit de ne pas être cohérente. Avec délicatesse, il place ses doigts de part et d'autre de mon visage et m'encourage à tourner la tête vers l'une des fenêtres. Tout mon corps se crispe.

Zeeeen, Félicie.

Je dois me faire violence pour ouvrir les yeux.

Ce que je vois me transporte dans une autre dimension. Maintenant, je comprends ce que signifie l'expression « avoir la tête dans les nuages ». C'est incroyable. À la fois irréaliste et quasiment palpable. Si je tendais le bras, je pourrais presque toucher le ciel.

Les doigts d'Andrès sont une caresse sur mes joues, son regard est empli d'affection. Incapable de retenir mon émotion, je fonds sur ses lèvres.

– Merci, soufflé-je contre sa bouche.

Son air perdu me fait sourire. J'attrape ses doigts et les embrasse.

– Tu me pousses à me dépasser et tu m'aides à exterminer mes peurs. Je suis vraiment reconnaissante pour ça… Et aussi parce que de nombreuses personnes auraient perdu patience avec moi depuis longtemps.

J'aimerais ajouter que visiblement, il n'est pas « n'importe quelle personne ». Néanmoins, j'ai peur que ça sonne comme un genre de déclaration d'amour que nous ne pouvons pas nous permettre.

– Merci à toi, Félicie. Tu es tellement plus forte que tu l'imagines.

Ses mots me bouleversent, mais j'essaie de ne pas le montrer. Je regarde de nouveau vers l'extérieur, et au fur et à mesure de l'ascension, je me sens de moins en moins à l'aise avec l'altitude. Je ne pourrai *jamais* quitter ce siège. C'est impossible.

La voix lointaine de Sandrine résonne à mes oreilles : « *Dans la vie, rien n'est impossible. Ce n'est qu'une question de point de vue.* » Et le point de vue actuel est absolument sensationnel. Les énormes falaises qui entourent les gorges du Verdon sont aussi prodigieuses qu'effrayantes. Quant à l'eau turquoise, elle me paraît à la fois accueillante et terrifiante. J'ai l'impression d'être toute petite face à cette nature imposante. Le ciel bleu nous entoure et c'est comme s'il s'apprêtait à nous dévorer tout entiers.

Jeff m'a expliqué que la chute libre, avant que le parachute s'ouvre, durerait une trentaine de secondes, mais à une vitesse de 200 kilomètres-heure.

– Andy ? Ça va être bon, là, chantonne la voix de Jeff.

Ce surnom est (beaucoup trop) sexy.

Malgré tout, je déglutis avec peine, envahie par la panique. Andrès le perçoit et attrape mes deux mains dans les siennes avant de river son regard au mien. Son sérieux ne me rassure pas le moins du monde. Pas quand je m'apprête à faire le saut de l'ange.

– Est-ce que tu me fais confiance, Félicie ?

– Euh, là, pour être tout à fait franche, je suis plutôt en train de te maudire, toi et les futures générations que tu engendreras.

– J'espère qu'on n'aura pas ces enfants ensemble, dans ce cas…

Andrès me tend une paire de lunettes pour protéger nos yeux lors de la chute libre. Il m'encourage ensuite à me lever, puis me retourne pour accrocher les mousquetons et vérifier que nous sommes en parfaite sécurité. Ses gestes sont assurés, mais en cet instant, c'est comme si j'étais sortie de mon corps. J'observe la scène sans vraiment la vivre. Je ne cesse de repenser à cette phrase qu'il vient de prononcer. Ce n'était sans doute qu'une blague, et pourtant, elle résonne dans ma tête.

Des enfants. Ensemble.

Andrès est posté dans mon dos, et au moment où sa main se pose sur la porte de l'avion, mon bras réagit instinctivement et j'intercepte ses doigts.

Je vais décéder.

Je l'entends pousser un petit soupir d'agacement (ou de frustration peut-être).

– C'est trop dur pour moi, Andrès.

La peur s'immisce dans mes veines, fait palpiter mon cœur comme s'il se préparait pour le tour de France (flippée de la vie, encore et toujours). Qu'est-ce que je fais là ? Alors que je n'arrive même pas à descendre d'un talus sans m'agripper à Andrès comme si ma vie en dépendait ? Qu'est-ce qui m'a pris de me laisser traîner jusqu'ici ?

– Vous attendez quoi ? grogne Jeff, impatient.

Je frissonne. Pire encore, je suis sur le point de fondre en larmes. Est-ce possible de surmonter cette phobie du vide ? Pas aujourd'hui, pas maintenant, pas…

Je ferme férocement les paupières pour tenter de me concentrer sur la présence d'Andrès derrière moi. Sa respiration est calme, apaisante. Je tente d'y accorder mon souffle. En vain. Au moment où je relâche doucement sa main, et la poignée qui va avec, il ouvre la porte. Le vent s'engouffre dans l'avion dans un vacarme monstre. L'air qui me frappe le visage est froid, même si nous sommes en été. Tous les mille mètres, la température baisse environ de sept degrés. Je ne sais pas où je puise ce courage, mais j'arrive à ouvrir les yeux pour observer le vide devant nous. Je secoue la tête de droite à gauche.

Je ne peux pas.

Dans mon dos, Andrès est obligé de parler très fort pour que je l'entende :

– Je ne te forcerai pas, Félicie. Si tu ne veux pas, on rentre, OK ? Mais si tu parviens à faire ce pas en avant, tu te prouveras que tu es capable de tout.

J'aimerais tant pouvoir lire l'expression de son visage en ce moment.

– Tu es capable de *tout*, Félicie. Tu es capable de te relever lorsque les autres s'amusent à te mettre des bâtons dans les roues. Tu es capable de pardonner aux gens qui t'ont blessée. Tu es capable de trouver du bon dans chaque être humain. Tu es capable de t'ouvrir et de t'épanouir. Tu le fais, jour après jour. Ce saut dans le vide, ce n'est rien d'insurmontable. Pas pour une femme comme toi.

Une femme comme moi. Voilà ce que ça signifiait, en fin de compte.

Je ne sais plus si c'est le vide ou ses paroles qui me coupent le souffle.

– Ne le fais pas pour moi. Fais-le pour toi.

Tremblante, je me gorge de l'immensité qui s'étale devant mes yeux. C'est sublime. Ça me fait prendre conscience que dans l'univers, nous ne sommes rien que de minuscules poussières.

Mais que chaque poussière compte.

Je compte.

Je regarde droit vers l'horizon et prends une profonde inspiration. Andrès se tait, il sait que maintenant, c'est moi qui mène la danse. Je peux soit sauter sans penser aux conséquences, soit abandonner.

Mon cœur est sur le point de défaillir quand j'avance d'un pas.

Un seul pas en avant.

Minuscule. Gigantesque.

Je vole.

CHAPITRE 29

Oh merde, oh merde, oh merde !

Mon cerveau est complètement paralysé par la vitesse astronomique et la sensation de fin du monde. Au moment où je pense que nous allons finir par nous écraser comme des crêpes, un coup sec me sort de ma panique et mon corps est freiné dans sa chute. Mes bras sont tirés vers l'arrière et j'ai la sensation d'être un pantin que l'on guiderait avec des ficelles. Le parachute vient de s'ouvrir.

Je pleure. De peur, peut-être, mais de fierté surtout.

– Je l'ai fait !

Le rire adorable d'Andrès résonne à mes oreilles.

– Je n'en doutais pas une seconde.

Des larmes de joie brouillent ma vue. Le spectacle est à couper le souffle. La vue sur les gorges du Verdon est imprenable et l'idée d'être un oiseau me traverse l'esprit. Mon beau blond avait raison : je suis capable de tout. Il faut que je m'enfonce ça dans le crâne.

– Maintenant profite ! La descente est toujours trop rapide.

Je ne suis pas totalement à l'aise, je suis encore un bébé oiseau en plein apprentissage du vol. Le corps d'Andrès collé au mien me donne pourtant l'impression d'être protégée. En sécurité. Nous virevoltons dans les airs, l'un contre l'autre. J'en ai la tête qui tourne. Je me délecte des eaux turquoise, poussant de petits cris lorsque je crois que nous nous approchons trop près des falaises. Andrès ne dit plus rien, moi non plus. Il n'y a pas meilleure sensation que nos corps (et nos cœurs) en chute libre.

Tout doucement, il tire sur les deux commandes de manœuvre pour permettre de diminuer notre vitesse. Le sol se rapproche de plus en plus et j'appréhende d'arriver trop vite, à la fois parce que j'aimerais prolonger l'instant, mais aussi parce que j'ai peur de finir écrasée par terre.

Nous ralentissons de seconde en seconde, tandis qu'il me rappelle les règles de sécurité :

– Garde les jambes souples et regarde devant toi, pas le sol, OK ? Garde tes pieds joints.

Je prends une profonde inspiration et tente de me détendre le plus possible. En atterrissant, nous faisons quelques pas, et l'adrénaline est tellement puissante que je manque de trébucher. Je peine à reprendre mes esprits et à retrouver un rythme cardiaque normal.

Andrès me détache. Malgré mes jambes flageolantes, je me mets à sautiller sur place tant je suis fière de ce que j'ai accompli.

– Je suis vivante !

Sans crier gare, je me jette à son cou pour lui voler un baiser fougueux. Il vacille un peu, mais me rattrape sans mal avant de m'entourer de ses bras et de me serrer tout contre lui. Je ne sais pas combien de temps nous restons collés l'un à l'autre, encore subjugués par l'intensité de notre chute.

– Ça excite, l'altitude ?

La voix taquine de Jeff nous ramène à la réalité. Nous lui accordons un sourire gêné. Jeff éclate de rire, puis donne une tape sur l'épaule de son ami avec un air entendu.

– Vous venez boire un verre ?

– Je crois qu'on a bien mérité un petit remontant après toutes ces émotions ! annoncé-je d'une voix joviale.

Andrès cale sa main dans mon dos et nous suivons Jeff avec le même sourire innocent sur les lèvres.

***

Sur le chemin du retour, je suis aussi bavarde qu'à l'aller. Et même si mon discours est désormais en parfaite opposition avec mes ronchonnements un peu plus tôt dans la journée, je pense qu'Andrès est à deux doigts de me jeter de la voiture.

– Tu connais *Forrest Gump* ?

– Félicie, franchement, qui ne connaît pas ce film ? C'est d'ailleurs l'un de mes préférés.

Trop exaltée pour lui faire remarquer qu'il a de bons goûts cinématographiques, je poursuis ma réflexion :

– Tu te rappelles quand Forrest explique que la vie est comme une boîte de chocolats parce qu'on ne sait pas sur quoi on va tomber ? Eh bien c'est vrai.

Andrès paraît avoir un peu de mal à me suivre, bien qu'il hoche la tête avec un sourire d'encouragement.

– Moi, je pense que la vie, c'est comme un saut en parachute. La chute est parfois vertigineuse ; quand tu apprends une mauvaise nouvelle, par exemple. À d'autres moments, c'est calme, tu flottes dans les airs et tu te sens juste bien. Et tu finis toujours par retomber sur tes pieds. Peu importe tout ce que tu as traversé pour y parvenir.

Andrès met un temps fou à répondre, je me demande s'il a compris où je voulais en venir. Alors qu'il est concentré sur la route, un léger sourire étire ses belles lèvres rosées que je rêve d'embrasser, encore et encore.

– Je préfère ta version.

– Merci, *Andy*.

Nous échangeons un regard complice, et en cet instant, j'ai l'impression d'être encore en train de planer dans les airs.

– J’adooooore ! s’exclame Mika. Je pense garder cette métaphore dans un coin de ma tête pour la ressortir.

Ma nouvelle philosophie a fait mouche. Andrès me couve du regard avec un sourire en coin. Il m’écoute raconter mes aventures, une pinte de bière à la main. Il faut dire que je ne suis pas peu fière et ne cesse de me vanter d’avoir réussi cet exploit. Ce qui, en soi, est tout à fait véridique.

– Qui aurait cru que j’y arriverais ?

Gladys s’esclaffe à son tour en secouant la tête :

– Pas moi, c’est clair.

Léo et Mika se marrent aussi alors qu’Andrès reste on ne peut plus sérieux :

– Moi, je le savais.

Je pince les lèvres et m’empresse de plonger le nez dans mon verre de piña colada. La confiance qu’il me témoigne est incroyable. J’aurai sans doute du mal à m’en passer quand les vacances seront terminées.

Au bar du Camping des pins, nous sommes désormais comme chez nous. Ce soir, l’ambiance est plus douce, la musique moins forte et les groupes d’amis se sont rassemblés dans une atmosphère feutrée et tranquille. Sur notre table ronde, Sandrine pose deux assiettes de tapas tous plus appétissants les uns que les autres. Mika et Léo se jettent dessus, arrêtés par une tape sur la main de la part de la gérante.

– Espèce de goinfres !

– Si je ne me dépêche pas, Mika va piquer tous les calamars fris. Je le connais, *tatounette* !

Sandrine éclate de rire. Ces instants de légèreté vont me manquer quand nous rentrerons chacun chez nous. Moi qui venais à reculons au camping avec l'assurance de m'ennuyer ferme, j'ai finalement passé les meilleures vacances de ma vie. Cette avant-dernière soirée ensemble est à la fois douce et piquante. Il y a quelque chose de mélancolique dans ces instants partagés avec la Team Rocket. Même Mika, d'habitude si enjoué, paraît éteint. Quand il s'affale sur la table, je fronce les sourcils.

– Je veux pas retourner au boulot lundi.

Il fait un peu semblant de chouiner, comme un enfant qui ne voudrait pas aller à l'école.

Glad pousse un long râle contrarié :

– Et moi donc…

– Et l'autre planqué d'Andrès qui a encore un mois de vacances ! se moque Léo.

– Tu veux que je te file les infos pour passer le concours ?

– Sans façon, merci. Des ados bourrés de boutons et aux voix mutantes, très peu pour moi.

– Et toi, Félie ? s'enquiert Mika. Prête à vérifier les déclarations d'impôts ?

– J'imagine, ouais.

Je ne parviens pas à en dire davantage ; une boule d'angoisse s'est formée dans ma gorge. Le quotidien ne m'a jamais réellement gênée, mais aujourd'hui, j'ai peur d'y replonger. Même si je vais retrouver mes coups de téléphone quotidiens avec ma meilleure amie, je n'ai aucune envie de reprendre ce travail dans lequel je ne m'épanouis pas. Et aussi, je sais que je n'aurai plus autant de nouvelles de mes nouveaux amis. D'Andrès, surtout.

À quelques mètres de nous, Joséphine apparaît, divine dans la robe que je lui ai confectionnée. Bon nombre de regards se tournent vers elle, ce qui, en parfaite objectivité, est tout à fait normal. Elle est magnifique. Je l'observe un long moment tandis que Léa, Pierre et Carlo se dirigent vers elle.

– Whaou, elle est canon cette robe ! Elle te va trop bien, lance Léa.

Josie me jette une œillade en biais. Je ne m'attends pas à un merci de sa part, ce serait trop demander. Nous ne serons jamais amies, elle et moi. Nous ne sommes définitivement pas compatibles.

Pourtant, quand je l'entends dire qu'elle a acheté sa robe chez un grand couturier en vogue à Paris, un sentiment de fierté m'envahit. J'ai peut-être *un talent*, effectivement.

Andrès se penche vers moi :

– C'est toi qui as cousu cette merveille ? En si peu de temps ?

– Avec un modèle comme Joséphine, c'est facile.

– Tu es douée, Félicie.

Alors que je l'entends murmurer un « *et pas que pour ça d'ailleurs* », Glad m'attrape par la main dès qu'elle entend les premières notes de *Dancing Queen*.

– Monte le son, *tatounette* ! hurle-t-elle à l'égard de Sandrine.

Pour la forme, la gérante lève les yeux au ciel, mais je sais que ça l'amuse. Enivrée par les cocktails autant que par les paroles adorables d'Andrès, je suis Glad jusque sur la piste de danse. Au milieu de tous ces gens que je ne reverrai plus dès après-demain, je me laisse aller au rythme de la musique comme jamais je n'ai osé le faire, libre. Elle est loin, la Félicie du début de la semaine.

Par-dessus ABBA qui résonne à fond, Gladys me hurle :

– Je me suis trompée !

– Hein ? À propos de quoi ?

On peine à s'entendre tant la musique est forte. Glad fait fi de son amour pour cette chanson et m'entraîne un peu plus loin. Elle attrape mon visage en coupe et m'assure :

– Ça existe, les histoires de camping. Et comme tu me l'as rappelé, mon père et ma mère en sont le parfait exemple.

Je souris à pleines dents.

– Léo et toi, c'est officiel ?

Glad fronce les sourcils et secoue la tête.

– Je ne parle pas de Léo et moi, Félie.

– De qui, alors ?

– Ne fais pas l'innocente.

Devant son petit air malicieux, je comprends enfin.

– Si jamais je trouvais un homme qui me regarde comme Andrès te regarde, je serais incapable de le laisser partir.

– Et il me regarde comment ?

– Crois-moi, ce ne sont pas les vacances dans ses yeux. C'est une envie d'éternité.

Ma gorge se serre. J'en veux à Gladys de remettre ça sur le tapis alors que tout est clair entre Andrès et moi. On en a discuté, et même si ça ne nous ravit pas, à la fin des vacances, il rejoindra Saint-Brieuc, je retournerai à Dijon.

Fin de l'histoire.

– Il t'a changée, Félie. Je ne sais pas comment, mais en quelques jours, il a su t'apprivoiser. C'est comme s'il était allé trifouiller dans ton compteur électrique pour rallumer ta lumière qui aurait disjoncté.

– Il y a une métaphore sexuelle là-dessous ? ricané-je.

– Pour une fois, aucune.

Son sérieux me déstabilise. Je préfère quand elle ne m'oblige pas à réfléchir à ce genre de chose.

– Andrès n'a pas été le seul à m'aider à évoluer ces derniers jours. Mika a été un soutien incroyable, aussi surprenant que cela puisse paraître. Et Sandrine aussi, avec sa bienveillance incroyable. J'espère être aussi forte qu'elle plus tard.

Glad pose sa main sur mon épaule et chuchote :

– Tu l'es déjà, ma Félie.

***

J'ai des ampoules aux pieds d'avoir trop dansé. Je tiens mes compensées dans une main, avançant dans l'herbe afin d'éviter les gravillons. Andrès marche silencieusement à mes côtés. La soirée a été douce. Nous avons profité de la musique, des délicieux cocktails de Sandrine, et de la tiédeur de cette nuit d'été. Nous sommes exténués, mais il s'agit d'une bonne fatigue, de celles qui permettent de passer une nuit réparatrice. Et pourtant, à la manière dont Andrès s'installe près de moi dans la tente, son corps chaud collé au mien, je devine que, pas plus que moi, il n'a envie de dormir. Dans la douceur de nos doigts qui s'entremêlent, nous formons le vœu silencieux que cette nuit ne s'arrête jamais.

Ma tête sur l'épaule d'Andrès, je soupire. Au-delà de notre attirance évidente, tout un tas de petits détails vont me manquer : ses paroles réconfortantes dignes d'un coach, ses sourires taquins, ses talents de danseur, son nez qui se retrousse de manière adorable… Plus le temps file, plus je me rends compte que la séparation sera cruelle.

– Est-ce que tu as parlé à Carlo depuis votre dispute ?

Pour être tout à fait franche, je n'imaginais pas un tel sujet de conversation pour notre avant-dernière nuit ensemble. Je ne parviens pas à contenir un sursaut de surprise.

– C'est le seul truc que j'ai trouvé pour faire taire mon cerveau, m'avoue-t-il, gêné.

Je souris tristement, consciente que son esprit doit être dans le même état que le mien : un véritable tohu-bohu de sentiments contradictoires. Je ne peux pas lui en vouloir.

– Non, je ne lui ai pas parlé. Je… Je devrais sans doute m'excuser, mais il m'a réellement blessée. Jusqu'ici, je pensais bêtement que Carlo était le « meilleur ex » que j'avais eu dans ma vie.

Andrès écarquille les yeux.

– Sexuellement parlant ? Sérieux ?

J'éclate de rire devant son air faussement étonné.

– « Meilleur » dans le sens « bienveillant, tendre, gentil ». Je ne sais pas pourquoi il s'est mis à avoir un tel comportement cette semaine, mais ça ne lui ressemble pas.

Andrès attrape mes mains et sourit.

– Tu devrais lui dire tout ça. J'ai beau avoir dit qu'il ne te méritait pas, c'était surtout ma jalousie qui parlait. Pierre m'a expliqué qu'il était ta plus longue relation à ce jour et… je me suis dit que tu finirais peut-être par lui céder à nouveau.

– Tu as *réellement* été jaloux de Carlo ?

– Pire que ça. Je me suis *comparé* à Carlo.

Je plisse les paupières, choquée.

– Tu me fais une blague, n'est-ce pas ?

Andrès laisse retomber son crâne contre le mien et soupire.

– Même si je le trouvais exaspérant avec ses remarques sur toutes les plantes du Verdon, je me suis dit que tu aimais les hommes qui ont la science infuse.

Je me redresse et l'observe, les sourcils froncés.

– Chacun a sa propre culture. Carlo serait incapable de citer trois chansons des Beatles, si ça peut te rassurer.

À son tour, Andrès s'installe en tailleur face à moi. Sa main redessine mon visage et je me perds dans l'observation de ses yeux qui me détaillent.

– La confiance en soi n'est pas quelque chose d'acquis, lance-t-il, le plus sérieusement du monde. Il faut sans cesse la travailler. C'est un combat de tous les jours.

Il relève brusquement le visage vers moi et l'intensité de son regard me fait tressaillir.

– N'oublie jamais ça, Félicie. Tu as toutes les armes pour combattre tes démons.

Je fonds sur ses lèvres, prête à fondre en larmes.

– Si Carlo était le « meilleur », que t'ont fait subir les autres ?

Doucement, je frotte mon nez contre le sien et ferme les yeux. C'est toujours difficile de ressasser le passé. Cependant, je suis en confiance avec Andrès. Peu de gens sont au courant de cette partie de ma vie, mais je me sens prête à la lui confier.

– Ça a commencé avec Clément, à l'adolescence. C'était le beau gosse du lycée, alors au départ, je me suis méfiée. Pourquoi moi plutôt que toutes ces filles beaucoup plus belles que moi et minces, qui plus est ?

Le regard d'Andrès s'assombrit.

– Ça me donne un sentiment de déjà-vu, souffle-t-il.

– *Tu* m'as donné un sentiment de déjà-vu, Andrès. J'ai eu peur de revivre ce que j'avais connu dans le passé. Parce qu'avec Clément, il n'y a pas eu de belle surprise, au bout du compte. Je me suis laissée apprivoiser, et même si nous avons été quelques semaines ensemble, j'ai vite compris ce qui se tramait. Il avait fait le pari avec ses potes de sortir pendant un mois avec une grosse et de la dépuceler. Il a gagné.

Andrès fronce le nez.

– Je suis désolé, Félicie.

Je dépose un baiser au coin de ses lèvres avant de poursuivre :

– Et il y a eu Jonathan qui m'adulait en privé et m'ignorait en public. J'ai tenu quelques mois à peine. Ensuite, je suis sortie avec David, pour qui j'étais une vraie princesse. Au bout de trois ou quatre mois, plus rien n'allait dans mon physique. Il a voulu me mettre au sport, puis au régime. J'ai accepté. Par amour, j'imagine. C'est Gladys qui m'a fait comprendre que ce n'était pas une relation saine. J'ai eu du mal à m'en dépêtrer, et c'est sûrement pour ça qu'après, mon choix s'est porté sur une histoire plus facile.

– Carlo.

– Le seul et l'unique !

Nous échangeons un regard complice.

– Ni lui ni moi n'étions amoureux, mais c'était chouette. Serein. Sauf que j'aspirais à *plus*. Glad dit que j'attends le Prince charmant sur son cheval blanc. Ce n'est pas vrai. J'attends juste un homme qui m'aime et m'accepte telle que je suis.

Andrès et moi nous observons pendant de longues secondes, sans parler. Dans ma tête, tout un tas de pensées virevoltent, ainsi que la violente impression que l'homme dont je viens de parler est celui qui se trouve en ce moment même face à moi. Je déglutis avec peine, ravagée par mes propres sentiments. Je ne peux pas me permettre de l'envisager de cette manière. Il y a trop de « mais » qui m'en empêchent.

– À toi, soufflé-je en pressant son genou pour l'encourager à parler.

Andrès affiche un sourire crispé qui me fait mal au cœur. Je me rappelle qu'au tout début de la semaine, il m'a confié sortir d'une relation compliquée.

– C'est douloureux pour toi d'en parler pour le moment, peut-être ?

Il secoue la tête avant de se rallonger, les mains croisées derrière la nuque.

– J'ai eu plusieurs relations plus ou moins longues, mais deux d'entre elles m'ont marqué. Marc, d'abord. J'avais vingt ans et je découvrais tout juste ma pansexualité que j'avais longtemps refoulée. Je commençais à m'accepter tel que j'étais et Marc, lui, était encore dans le placard. Devant tout le monde, il s'affichait comme hétéro. Cette relation cachée, surtout à un moment où je voulais crier haut et fort qui j'étais, a été très dure à vivre pour moi.

Étrangement, j'ai l'impression d'entendre mon histoire avec Jonathan.

– C'est difficile d'être avec quelqu'un qui ne s'assume pas. Ça nous donne le sentiment de ne pas être assez alors que c'est lui qui a encore du chemin à faire.

– C'est complètement ça, murmure Andrès. J'espère que Marc a évolué et qu'il est heureux comme il est aujourd'hui, mais cette relation m'a bousillé. C'était aussi intense que malsain.

Mes doigts se posent sur les siens. Je les serre fort pour lui prouver à quel point ses paroles vibrent en moi.

– Ensuite, il y a eu Julie, poursuit-il.

La fille que j'ai vue sur la photo de Pierre.

– Sur le papier, on était faits pour être ensemble. Tout le monde nous imaginait mariés et parents dans les années à venir. On avait des discussions endiablées et des débats qui pouvaient durer des heures. On vivait tout à cent à l'heure et avec passion. Sauf que la passion, ça ne dure jamais, du moins, pas dans notre cas. Le quotidien a eu raison de nous et nos débats devenaient des disputes interminables. Je voulais des enfants, elle n'en voulait pas. Je voulais vivre en centre-ville, elle préférait la campagne. Plus rien ne fonctionnait.

Pourtant, ça a été très compliqué de mettre fin à notre relation. Parce que dans le fond, on s'aimait toujours.

Sans doute qu'Andrès a raison. La passion finit toujours par s'estomper. Alors, nous prenons sûrement la bonne décision.

– Tu l'aimes encore ?

À ma question, il fronce les sourcils et se redresse sur ses coudes. Il met une éternité à réfléchir et je me dis que dans son silence, j'ai ma réponse.

– J'ai toujours pensé que les gens qui s'aiment trop fort finissent par se déchirer, annonce-t-il enfin. Mais avec Julie, on ne s'aimait pas trop fort, on s'aimait mal. On s'est balancé les pires crasses à la figure et j'ai vu un visage d'elle qui m'a déçu. Elle a ligué ses amis et sa famille contre moi, ça a été particulièrement violent. Alors non, je ne l'aime plus.

Je ne devrais pas être soulagée. Pourtant, je le suis.

Andrès m'attrape par la taille pour m'attirer contre lui. Je me blottis dans ses bras et cale mon visage près de son cou. Il appuie un peu plus dans mon dos pour m'enlacer davantage.

– On n'est pas bien, là ?

Le sourire dans sa voix fait battre mon cœur.

– Très bien, même.

Trop bien, surtout.

CHAPITRE 30

Il y a des instants dans la vie où le temps passe beaucoup trop vite. On essaie d'apprécier chaque seconde comme il se doit. Et pourtant, quand on prend conscience que ces secondes, immatérielles et furtives, s'écoulent à la vitesse de la lumière, ça nous empêche d'en profiter pleinement. On ne cesse de se dire que c'est trop court et surtout, on anticipe le moment où le gong qui signifie la fin du temps imparti sonnera.

Aujourd'hui, Andrès et moi sommes allés nous balader en ville, rien que tous les deux. Sa main n'a pas quitté la mienne et ses yeux ont prononcé plus de mots que ses lèvres n'ont voulu m'offrir.

C'était trop court.

C'était trop beau.

C'était trop tout.

Ce soir, nous rejoignons nos amis au bar. C'est de nouveau soirée karaoké et Gladys est déjà pendue au micro pour chanter *Dancing Queen*. Je tanne un peu Andrès pour qu'il vienne chanter avec moi, mais rien n'y fait.

– Andy, s'il te plaît…

Andrès écarquille les yeux, surpris que j'utilise à nouveau ce surnom. Devant son air étonné, je murmure à son oreille :

– Ce surnom est *terriblement* sexy. Allez, Andy, dis-moi oui.

Il se tend à vue d'œil, troublé par ma voix chuchotée. Il se décale de moi et lève les mains en l'air :

– Je chante comme une casserole !

– Une vraie batterie de cuisine à lui tout seul, lance Pierre qui passe derrière nous.

Nous nous retournons comme un seul homme. Le malaise est presque palpable. Conscient que sa démarche était sûrement prématurée, Pierre se contente d'attraper son verre au comptoir et de déguerpir au plus vite.

– J'aurais dû dire quelque chose, se lamente Andrès. Mais… Je ne m'attendais pas à le voir.

– Tu auras du temps demain, sur le chemin du retour, le rassuré-je en posant ma main sur son épaule. Ça te donnera l'occasion de discuter à nouveau à cœur ouvert avec lui. Tu l'as dit toi-même, vous êtes collègues, mais surtout amis. Vous pouvez surmonter ça.

Andrès approuve d'un sourire, puis pointe discrètement quelqu'un du doigt.

– Tu devrais aller lui parler, toi aussi.

Mon cœur manque un battement en découvrant Carlo.

– Tu dis surtout ça pour échapper à la séance de karaoké, n'est-ce pas ? grommelé-je.

Andrès ricane, puis m'attire contre lui pour me voler un baiser fiévreux.

– Est-ce que demain, je pourrai avoir le trophée du « meilleur ex » à la place de Carlo ?

Je frémis de la tête aux pieds. Pour dissimuler mon malaise, je fais comme si j'avais mal compris :

– Sexuellement parlant ? Peut-être.

Il lève les yeux au ciel, puis me laisse m'échapper. Si Andrès savait… Il ne sera pas seulement mon « meilleur ex ». Il est désormais mon « meilleur tout ».

Quelques mètres plus loin, Carlo sursaute quand il me voit dans son champ de vision. Je m'installe sur une chaise haute près de lui ; il se tend à vue d'œil.

– Je peux te parler deux minutes ?

Sa mâchoire se serre, ainsi que ses doigts autour de son verre.

– Ça dépend. Tu veux encore lâcher toute ta rancœur sur moi, ou bien…

– Je suis désolée, Carlo. J'ai été un peu dure.

– Un peu… répète-t-il en levant les yeux au ciel.

Mes épaules s'affaissent et un long soupir m'échappe. Je pose une main sur son épaule.

– Ce que tu as dit sur moi l'autre jour avec Pierre et Joséphine… Ce n'était pas toi. Je ne sais pas ce qui se passe dans ta vie pour que tu en sois arrivé à une telle méchanceté, mais tu n'es pas comme ça. Je te connais. Tu as été mon seul allié avec Gladys pendant des années. Nous n'étions pas faits pour être ensemble, tu le sais très bien.

À son tour, Carlo soupire.

– C'était quand même chouette, nous deux.

– « Nous deux », c'était toi devant ta console et moi derrière ma machine à coudre. Tout le temps. C'était chouette, mais tu peux aussi faire ça avec un coloc, hein.

Carlo ricane.

– Tu as un tas de qualités, lui assuré-je. Tu es prévenant. Enfin, quand tu veux. Tu es cultivé. Tu es drôle. Tu es un *vrai* gentil. Ne laisse pas les aléas de la vie t'enlever ça, d'accord ?

– Tu le penses vraiment ?

Tout en me levant, j'acquiesce d'un signe de tête.

– On ne serait pas restés trois ans ensemble si tu avais été un connard pourri. Même en colocation.

Sans un mot de plus, et satisfaite par le sourire sur le visage de mon ex, je me dirige à nouveau vers Andrès qui m'accueille en ouvrant grand ses bras. Je l'enlace avant de prendre un air volontairement mystérieux. Je le pointe du doigt et, avec une voix rauque surjouée, je lui demande :

– Chante. Avec. Moi.

– Tu es en train de m'imiter, là ?

De toute évidence, il se retient de rire. Je plante mes poings sur mes hanches et tente une approche plus autoritaire :

– Bon, écoute, j'ai sauté avec toi, tu peux bien faire un petit effort, non ?

– Tu abuses !

– À peine…

Nous éclatons de rire, puis Andrès fait signe à Sandrine de s'approcher.

– Je peux avoir le livret de chansons, s'il te plaît, *tatounette ?*

– Tu ne vas pas t'y mettre, toi aussi ! grogne la gérante du camping.

Elle nous présente le fameux répertoire pour le karaoké, que nous parcourons des yeux, à la recherche de la perle rare. Quand je lui propose *J'ai encore rêvé d'elle*, il éclate de rire.

– Toi et tes goûts de vieux !

– Dit celui qui fait des blagues avec *Je te survivrai* de Jean-Pierre François…

Nous échangeons un regard complice, puis son index se pose sur une chanson en particulier. Je mordille ma lèvre, ravie. Nous le signalons à Sandrine, tandis que Gladys et Léo nous rejoignent, main dans la main.

– Ne me dites pas que vous allez chanter tous les deux ? demande Glad, tout excitée.

– C'est trop mignon ! surenchérit Léo.

Au comble du malaise, Andrès plisse le nez (qui risque de rester coincé dans cette position toute la soirée si Léo et Glad n'arrêtent pas de nous charrier). Je l'attrape par la main sans prendre en compte les remarques taquines de nos amis. Contre mon pouce, je sens le pouls rapide d'Andrès.

– Je te promets que le ridicule ne tue pas !

– C'est surtout terriblement triste de finir notre histoire sur tes tympans en sang.

J'explose de rire. Je suis sûre que ses talents de chanteur sont loin d'être aussi catastrophiques qu'il le sous-entend.

Nous grimpons sur l'estrade, et avant de demander le départ de la musique, je saisis le micro et annonce d'une voix assurée :

– Cette chanson est pour nos ex, qui ont forgé celui et celle que nous sommes devenus.

Le regard ému que nous partageons n'échappe pas à Glad qui se met à faire des « *ouh ouh* » peu discrets dans la foule. Les spectateurs ricanent. L'émotion me frappe un peu plus quand je vois Léo déposer un baiser sur sa joue. Ils sont mignons ensemble.

Les premières notes de la chanson d'Ariana Grande résonnent dans le camping. D'un signe de tête, j'encourage Andrès à chanter en premier. Il fronce les sourcils et grimace.

Quand il se laisse entraîner par la musique, je ne peux m'empêcher d'écarquiller les yeux.

Il chante faux. Terriblement faux.

Je cache ma bouche avec mes mains pour ne pas rire dans le micro. Il me lance un regard qui signifie

« je t'avais prévenue », et d'un clignement d'œil, me fait comprendre que c'est à mon tour. Les paroles de *Thank U, Next* sont en parfaite adéquation avec notre conversation sous la tente.

One taught me love
L'un m'a appris l'amour
One taught me patience
Un autre m'a appris la patience
And one taught me pain
Et un autre m'a appris la douleur
Now, I'm so amazing
Maintenant, je suis tellement géniale

Tout en me regardant chanter, Andrès se mord la lèvre. Je me demande bien à quoi il est en train de penser. Je tente de ne pas me laisser déconcentrer jusqu'au refrain.

Look what you taught me
Regarde ce que tu m'as appris
And for that, I say
Et pour ça, je dis

Les yeux dans les yeux, nous reprenons le refrain en chœur :

Thank U, next (Next)
Merci, au suivant (au suivant)

I'm so fuckin' grateful for my ex[5]
Je suis tellement reconnaissante pour mes ex

Andrès m'aura aidée à comprendre que tous les hommes ne sont pas à mettre dans le même panier et que le « suivant » peut être encore meilleur. À la fin de la chanson, nous descendons de scène main dans la main. Je lui file un léger coup de hanche avant de lui souffler :

– Tu vois, ce n'était pas si compliqué.

– Tu ne vas quand même pas me faire croire que j'ai bien chanté, si ?

J'éclate de rire.

– Ah ça, non, effectivement. Mes tympans sont traumatisés à vie.

– Je te l'avais dit.

Je m'arrête au milieu de la foule pour l'embrasser.

– Je suis tellement reconnaissante que tu aies chanté avec moi ce soir. Ce souvenir est désormais gravé en moi. C'était très libérateur.

Mika nous coupe en pleine étreinte et nous sépare sans aucune gêne :

– On va sur la plage ? Histoire d'être un peu au calme entre nous avant…

---

5. Extrait de *Thank U, Next*, interprété par Ariana Grande, composé par Thomas Lee Brown, Njomza Vitia, Taylor Monet Parks, Kimberly Anne Krysiuk, Ariana Grande, Michael Foster, Victoria Monet McCants et Charles Michael Anderson. Universal MCA Music Publishing, 2019.

Il ne termine pas sa phrase, et pourtant, mon cœur se serre. *Avant le grand départ.* C'est ça qu'il voulait dire.

Sans un mot, nous suivons notre ami et descendons un petit chemin tortueux. Mon vertige est toujours présent, si bien qu'Andrès m'aide à chaque obstacle, sa main tenant fermement la mienne. Sur la plage, plusieurs groupes sont déjà installés. Le crépitement des feux de camp est apaisant, presque tout autant que les rires qui s'élèvent dans le ciel orangé.

Léo et Glad nous attendent sur le sable, enlacés l'un contre l'autre. Mika ne peut s'empêcher de grommeler :

– Je ne vais pas réussir à m'y faire.

Il pose sa guitare et enlève son tee-shirt et son short pour se retrouver en boxer.

– Mais qu'est-ce que tu fiches ? s'écrie Léo.

– Le dernier à l'eau paie mon plein d'essence pour rentrer !

Il ne manquait qu'une chose pour que nos vacances soient parfaites : un bain de minuit ! Je coule un regard vers Andrès qui affiche un air taquin. Mika s'élance déjà vers l'eau. Glad et Léo mettent un peu plus de temps à réagir, mais ils commencent tout de même à se dévêtir.

– Dégrafe ma robe, s'il te plaît !

– Pas le temps, Félicie. Il y va de notre honneur !

Son clin d'œil charmeur me donne des bouffées de chaleur. OK, tant pis pour nos vêtements ! Nous courons à perdre haleine, Glad et Léo à nos trousses.

Le contraste entre cette nuit chaude d'été et l'eau tiède me file la chair de poule. Tandis que nous plongeons jusqu'au cou, le rire clair d'Andrès, qui s'élève vers les étoiles, me procure mille et un frissons qui serpentent le long de ma colonne vertébrale.

Quand Gladys comprend qu'elle a perdu, elle ronchonne sur le sable dans son bel ensemble de lingerie rouge.

– Tu sais où tu peux te le mettre, ton plein d'essence ?

J'éclate de rire. Très vite, Léo, Mika et elle se retrouvent dans l'eau à essayer de se couler (de vrais gamins !).

Ma robe colle mon corps, dévoilant tout ce que je déteste chez moi d'habitude. Mon ventre rebondi. Mes bouées dans le dos. Ma poitrine trop imposante. Cependant, sous le regard brillant de mon beau blond, je me sens juste belle. Maintenant, je dois suivre le conseil de Sandrine et m'offrir ce même regard jour après jour.

Mes mains se greffent à la nuque d'Andrès et mes lèvres dévorent les siennes. Pour cette dernière soirée, j'ai besoin de le sentir proche. J'ai besoin de lui tout entier pour gorger mon cerveau de souvenirs. Des souvenirs qui me permettront d'apprendre à vivre sans sa présence.

Parce que je suis capable de tout. Même seule.

***

De retour sous la tente, après un passage aux douches pour changer nos vêtements encore mouillés, Andrès et moi nous retrouvons blottis l'un contre l'autre sans savoir quoi dire, ni quoi faire. Cette dernière nuit promet d'être aussi douce qu'amère.

Jusqu'ici dos à lui, son bras entourant fortement ma taille, je me retourne pour lui faire face et coller mon front au sien. Nos regards mélancoliques se heurtent. Parfois, il paraît que les mots sont inutiles. C'est le cas aujourd'hui. Les grands discours ne serviront à rien, seuls les gestes resteront gravés.

Mon nez joue avec le sien et nos rires discrets s'entremêlent pour créer la plus délicate des mélodies. Mes mains caressent ses côtes sous son tee-shirt, parcourent les muscles de son torse. Mes doigts tentent de réaliser un croquis, une carte, un plan, pour me permettre de garder un souvenir indélébile de ses courbes.

– Fais-moi l'amour, Andy.

Je le sens frémir sous mes doigts, alors je frémis aussi. Andrès me fait basculer sur le dos et se retrouve au-dessus de moi, imposant et rassurant à la fois. Je ne sais pas comment cet homme a pu me faire si peur, il y a quelques jours. Je comprends désormais qu'il n'est que bonté, sérénité et tendresse. Il est un refuge où j'aimerais pouvoir rester plus longtemps.

D'un geste, j'atteins le bouton pour allumer la lampe de notre tente. Le regard surpris d'Andrès me fait rire. Peu importe que nos corps enlacés forment des ombres indécentes sur la toile ! J'ai envie de lui offrir ce cadeau d'adieu afin de lui prouver à quel point il m'a changée.

Moi, cette femme qu'il a su apprivoiser le temps d'un été.

Ses doigts glissent sur mon visage et ses yeux luisent d'émotion. Son pouce flatte ma bouche entrouverte, tandis qu'un sourire triste illumine la sienne.

– Félicie, je…

Andrès prend une profonde inspiration. Quand il enfouit son nez dans mon cou, je ne cherche pas à en savoir plus. Ses lèvres dévorent le moindre centimètre carré de ma peau, ses mains naviguent sur mon corps comme si elles le découvraient pour la première fois. Ma respiration devient de plus en plus courte à chacune de ses caresses. Mes doigts courent sur son dos, l'attirent toujours plus contre moi. Lorsque nous ne faisons plus qu'un, je ne prends pas la peine de retenir le long gémissement qui franchit mes lèvres.

Andrès m'embrasse avec fièvre, je tremble malgré la chaleur de nos corps enlacés. Notre étreinte se conclut par un baiser langoureux, par nos peaux moites qui continuent à se chercher, par nos fronts trempés de sueur qui se collent l'un à l'autre… et par le soleil qui commence déjà à se lever, signifiant la fin de nos vacances.

Nous ne sommes pas parvenus à retenir le temps.

CHAPITRE 31

Il est temps de plier bagage et de reprendre nos petites vies. Nous avons traîné au petit déjeuner, dans l'espoir qu'un événement nous empêche de rentrer chez nous. Rien n'est arrivé.

Je referme le coffre de ma voiture, une boule au ventre. Gladys et Léo se chamaillent comme si de rien n'était, comme s'ils n'étaient que deux vieux potes. C'est sans doute plus simple (et moins douloureux aussi).

Près d'eux, Andrès discute avec Sandrine et Mika. À l'idée de nous laisser partir, la gérante a le vague à l'âme.

– Vous revenez l'année prochaine, n'est-ce pas ? Je peux déjà vous réserver le mobile-home.

– Et la tente, précise Andrès en me lançant un regard en coin.

Mika, beaucoup plus terre à terre, casse les espoirs de sa tante :

– Je t'adore, tata, n'en doute pas… Mais si jamais on peut aller en Corse, on ira en Corse !

Sandrine tire la langue à son neveu, tandis que Léo l'attrape par les épaules.

– Ne te soucie pas de cet ingrat, *tatounette*. La Team Rocket reviendra très vite te voir.

Je me joins à leurs éclats de rire. Au même moment, Josie et Léa passent près de nous avec leurs valises. Je ne peux m'empêcher de les saluer, même si elles ne semblent pas avoir envie de discuter.

– Rentrez bien, les filles.

Joséphine se tourne vers moi, les sourcils froncés. Elle semble chercher quelque chose de piquant à balancer, mais comme rien ne vient, elle bat en retraite :

– Vous aussi. À la prochaine.

Mika s'approche de moi et dépose un bref baiser sur ma joue. Malgré moi, les larmes me montent aux yeux.

– Je t'interdis de pleurer, super chou-fleur !

Un ricanement m'échappe, puis j'ouvre mes bras en grand.

– Tu sais que je déteste les câlins ! Mais pour toi, Félicie, je ferai toujours un effort.

Son étreinte manque de me faire perdre l'équilibre. Il me serre fort contre lui et nous nous balançons d'un pied sur l'autre avec exagération ; pour éviter de tomber dans le pathos, je présume.

– Tu as été ma révélation des vacances, Félicie. Sincèrement.

– C'est réciproque.

Il secoue la tête, peu convaincu.

– Je ne fais pas le poids face à Andrès dans le top de tes rencontres de vacances !

– Pour être tout à fait franche, je pensais que tu étais un gros beauf, mais tu m'as prouvé que les apparences sont trompeuses.

Mika paraît scandalisé, les yeux grands ouverts.

– Mais, Félicie… Je *suis* un gros beauf. Et je le revendique.

J'éclate de rire, puis me blottis une nouvelle fois contre lui.

– Mais un beauf cool, insiste-t-il.

Et ce crétin va me manquer. Peut-être même sa vuvuzela ! Alors qu'il se dirige vers Glad, Sandrine se poste devant moi :

– Buste droit, n'oublie pas.

– Merci, Sandrine. Pour tout.

Mon cœur se serre. J'aimerais rester dans ce camping pour l'éternité, c'est quand même un comble, non ? J'aurais vendu mon âme au diable pour ne pas venir, et maintenant, je la vendrais pour ne pas repartir. Comme quoi, il n'y a vraiment que les imbéciles qui ne changent pas d'avis.

Quelques mètres plus loin, Pierre arrive près d'Andrès et je l'entends demander :

– Tu es prêt ?

Mon beau blond hausse les épaules, les mains enfoncées dans ses poches. Il affiche une moue bougonne. Ça me brise le cœur de le voir aussi renfermé. Il me coule un regard en biais, attendant visiblement un geste de ma part. Les bras ballants et le cœur en chute libre, j'esquisse un fin sourire alors qu'il met ses affaires dans sa voiture. Je le devine aussi tendre qu'un chamallow et aussi amer que du vinaigre.

Et si c'était ainsi que nous devions nous quitter ? Sur ce sourire aigre-doux ?

Tout au fond de mon âme, quelque chose hurle un énorme « non ». Je mords férocement ma lèvre inférieure et m'approche d'Andrès. Ma main s'abat sur son poignet avant qu'il ne monte dans le véhicule. Il a beau faire une température monstre, je sens sa peau frissonner sous mes doigts. Il se retourne tout doucement et nous nous regardons pendant de longues secondes. Je ne sais pas si son cœur bat aussi vite que le mien ; j'ai l'impression qu'il cherche à s'enfuir de ma cage thoracique.

– Maman est allée à sa chimio hier.

Je peine à contenir mes larmes. Je me jette contre lui et le serre dans mes bras. Ça n'a rien de doux, on dirait que je cherche à l'étouffer.

– Je suis contente. Pour elle. Pour toi. Pour vous.

Andrès met un temps fou avant de caler ses mains sur mon dos. Il enfouit son nez dans mes cheveux et semble se gorger une dernière fois de leur odeur. Il dépose quelques baisers puis se détache de moi, me laissant plus glacée que jamais. Je ne pleurerai pas, mais ce n'est pas l'envie qui me manque.

– La vie, c'est comme un saut en parachute, n'est-ce pas ? souffle-t-il en dessinant mon visage de ses doigts. Viendra le moment où on se remettra à flotter paisiblement, toi et moi. C'est tout ce que je te souhaite.

Je hoche vivement la tête et bredouille un banal « moi aussi ». Andrès dépose un baiser au coin de mes lèvres, puis s'éloigne une bonne fois pour toutes. Je le regarde monter dans la voiture où l'attend Pierre et mon cœur se fend un peu plus. Je savais que ça ferait mal.

Mais pas à ce point.

Andrès ouvre sa fenêtre et secoue son téléphone dans ma direction.

– On reste en contact ?

Je ne sais pas à quoi je m'attendais… Je ne sais pas si j'espérais une fin rocambolesque où Andrès se jetterait sur moi pour me garder près de lui pour l'éternité. Ce n'est pas ce que nous avons décidé et nous avons tous deux été clairs. Alors, c'est ainsi que ça se termine.

Quand je vois la voiture qui s'éloigne, une larme insidieuse menace de s'échapper. Dans mon dos, la voix de Carlo me demande timidement :

– Tu pourrais m'emmener à la gare, Félie ?

Foutu karma de merde.

Le trajet se fait dans un silence collégial. Glad sait très bien que je n'ai aucune envie de parler et Carlo tente de se faire tout petit à l'arrière. Le regard rivé sur la route, je ne cesse de ressasser les derniers mots que j'ai échangés avec Andrès. Il y a comme un goût d'inachevé dans cette relation.

Je ne parviens pas à me l'expliquer, mais je n'ai qu'une hâte, c'est d'être chez moi et de m'affaler sur mon canapé.

Lorsque nous arrivons à la gare, je me range sur une place « arrêt minute » pour bien faire comprendre à mon ex que je n'ai pas envie de m'éterniser. Carlo sort de la voiture et se poste à ma fenêtre.

– Tu es une fille bien, Félicie. Je m'excuse pour mes paroles blessantes, je crois qu'elles ne sont que le reflet de ma vie en ce moment : merdique.

Je lui renvoie un sourire crispé.

– Je te souhaite de rebondir, Carlo. Tu y arriveras.

Les yeux larmoyants, mon ex tapote la toiture, puis nous salue une dernière fois :

– À plus, les filles.

Quand nous quittons le parking, Glad pose sa main sur ma cuisse, un sourire bienveillant aux lèvres.

– Tu sais que je t'aime, ma Félie ?

Mes yeux se voilent d'émotion. Il y a trop de choses à ressentir, là, tout de suite. Je ne suis pas sûre d'y arriver.

– Tu peux pleurer devant moi, tu sais.

– Tout va bien, Glad. Tu m'avais prévenue que la capote du cœur n'existait pas. J'aurais dû prendre davantage de précautions, mais… C'est comme ça. J'ai voulu vivre cette histoire pleinement, je ne regrette rien.

– Vraiment rien ?

– *Noooon, rien de rien, noooon, je ne regrette rien.*

Tout plutôt que d'avouer tout haut que ça me bouffe d'avoir laissé Andrès derrière moi. Dans ma tête, j'entends sa voix dire : « *Toi et tes goûts de vieux.* » Heureusement, Gladys rit aux éclats, et je n'ai besoin que de ça pour que mon cœur se desserre.

Juste un tout petit peu.

***

Ma meilleure amie m'a proposé de dormir chez elle, mais j'ai préféré refuser. Impatiente de retrouver mon petit chat d'amour, j'ai conduit jusque chez ma mère dans la banlieue de Dijon.

Quand elle me voit sur le pas de sa porte, des cernes jusqu'au menton, maman fronce les sourcils.

– Bonjour, ma chérie.

D'un geste doux, elle me prend par la main et m'accompagne jusqu'au salon où Kiwi se roule sur le canapé comme un bienheureux. Je suis sûre qu'il a pris au moins deux kilos avec une baby-sitter comme ma mère.

– Les vacances ont été bonnes ?

– Oui, oui… C'était super.

Maman m'observe d'un drôle d'air. Elle pose une main sur mon épaule en penchant la tête. Elle me connaît par cœur, elle sait que je cache quelque chose.

Pourquoi faut-il que les mères aient de tels pouvoirs ?

Sans crier gare, je fonds en larmes et me jette dans ses bras. Elle m'accueille avec toute sa douceur et me blottit contre elle.

– Ma toute belle… La route a été longue, n'est-ce pas ?

Si elle savait… Il n'y a pas que le trajet jusqu'à Dijon qui a été long. Il y a aussi tout le chemin parcouru vers l'acceptation de soi pour lequel Andrès m'a beaucoup aidée. Mais mon combat contre moi-même dure depuis des années ; il est évident que tout n'est pas réglé en une semaine. Cependant, je suis déterminée à prendre mon existence en main. Au diable les réflexions et les regards mauvais ! Je vais m'assurer de vivre chaque jour pleinement sans me laisser rabaisser ou me dénigrer moi-même. Et certains ne sont pas prêts pour la nouvelle Félicie, celle qui saute en parachute et fait l'amour en pleine nature !

Pour le moment, je m'accorde de pleurer dans les bras de ma mère. J'ai le droit de craquer après toutes les émotions cumulées ces derniers jours. Maman me berce, sa main dans mes cheveux. Quand je retrouve mon calme, elle m'entraîne jusqu'au canapé. Une fois que je suis assise, Kiwi me saute dessus pour se blottir contre mon ventre. Ça fait un bien fou de revoir ma boule de poils préférée.

– Alors, raconte-moi, ma chérie… demande ma mère du bout des lèvres.

– C'était incroyable…

Ma réponse la fait sourire.

– Comment s'appelle cette personne merveilleuse, dis-moi ?

Je ne m'étonne même plus qu'elle ait deviné. Une vraie magicienne.

– Andrès.

– Andrès… répète-t-elle, rêveuse. Tout un programme.

Ça, tu l'as dit. Le meilleur programme de ma vie.

– Tu me racontes ?

– Au début, j'ai cru que c'était un psychopathe.

Maman éclate de rire, et moi avec.

Je pensais qu'il me faudrait un temps infini avant de parler d'Andrès sans avoir des regrets. Finalement, tout me vient plutôt naturellement, même si je ne rentre pas dans les détails. Ma mère n'a pas besoin de savoir que je m'envoie en l'air n'importe où ! Me remémorer chaque étape de notre histoire de vacances, alors que tout est encore si brûlant, me prouve qu'Andrès sera toujours là, quelque part au fond de mon cœur. Il a laissé une marque sur mon âme.

Une marque indélébile.

CHAPITRE 32

Six mois plus tard.

J'HALLUCINE !

Le nez rivé sur mon téléphone (le plus discrètement possible), je prends connaissance de mes ventes sur la boutique de couture en ligne que j'ai créée à mon retour des vacances d'été. Je suis à deux doigts de faire une danse de la joie en pleine réunion. D'ailleurs, il m'est impossible de retenir un petit cri de stupeur qui fait grogner mon supérieur :

– Félicie… Ce serait trop vous demander d'arrêter de regarder votre écran ? Il n'est pas encore 11 heures, ne me dites pas que vous avez déjà faim.

M. Charmant, lui, n'a pas changé. Toujours aussi bête et méchant. Je lui accorde un large sourire et réponds sans la moindre gêne :

– Pas le moins du monde. Vous savez très bien que je me nourris uniquement de vos sages paroles.

Charly ne peut s'empêcher d'exploser de rire. Mon boss lui renvoie un regard mauvais, tandis que je fais mine de ranger mon téléphone.

Au bout de la table, Diego, arrivé deux mois plus tôt dans le service, me lance une œillade emplie d'admiration. Charly est convaincu qu'il en pince pour moi, mais que sa timidité l'empêche de faire le premier pas. C'est un beau garçon, avec des cheveux bruns mi-longs qui tombent en bouclettes sur ses oreilles et lui donnent un air espiègle, des yeux rieurs et une fossette au menton tout à fait adorable. Il a même un petit accent à croquer qui a fait craquer bon nombre de mes collègues (Charly en tête de ligne). Et le must : il a de la conversation et un humour qui fait mouche.

Sur le papier, Diego a tout pour plaire.

À la fin de la réunion, Charly me retient par le bras.

– C'était quoi la bonne nouvelle ? Le beau blond des gorges du Verdon t'a écrit ?

La simple évocation d'Andrès me tord le ventre.

– Non, il ne m'a pas écrit, me renfrogné-je. Il ne m'écrira pas et je ne suis même pas sûre d'avoir envie qu'il le fasse.

Charly mime un pipeau devant sa bouche, ce qui m'arrache un rire.

– Tu devrais déjà être en train de t'envoyer en l'air avec Diego sur la photocopieuse. Si ce n'est pas encore arrivé, c'est uniquement à cause de cet *Andrès*.

Pour le faire taire, je plaque ma main sur ses lèvres.

– Mon compte Instagram a dépassé les trente mille abonnés en à peine six mois, annoncé-je.

– Le truc avec tes bouts de tissu ?

Charly n'a jamais compris mon engouement pour la couture. Pourtant, il a été mon premier soutien quand j'ai lancé mes comptes sur les réseaux sociaux et ma boutique en ligne. En septembre, ça a été le calme plat niveau commandes. Puis une certaine Josie s'est abonnée à mon compte. Elle a posté en story la robe que je lui ai confectionnée, et à partir de là, ma boîte de réception s'est enflammée. Je me rappelle encore lui avoir envoyé un message pour la remercier, auquel elle a répondu par un : « *C'est uniquement ton talent qui a fait le job.* »

Et en effet, par la suite, tout s'est emballé. Mon carnet de commandes n'a cessé de se remplir et aujourd'hui, j'en suis arrivée à devoir sacrifier une partie de mon sommeil pour coudre.

– « Félie va en découdre » me prend un temps monstre, avoué-je à Charly.

– Tu gagnes des sous avec tes chiffons ?

Je lève les yeux au ciel, puis hoche la tête.

– Pas mal, oui. Sauf que je suis obligée de ralentir sur les commandes.

– Parce que tu bosses ici.

– Oui, mais j'ai un CDI et je ne me vois pas tout plaquer pour la couture. Imagine si ça ne fonctionne pas…

– Tu viens de me dire que tu avais des commandes à la pelle. Pourquoi ça changerait ?

Charly a toujours été très pragmatique, mais aujourd'hui, ça m'agace un peu. Je hausse les épaules et le quitte en bougonnant.

– Ne pas affronter ses peurs ne les efface pas ! me hurle-t-il avant que je m'enferme dans mon bureau.

Je m'enfonce dans ma chaise et pousse un long soupir. Je jette un coup d'œil au compte professionnel que je me suis ouvert depuis la création de mon autoentreprise (après quelques péripéties administratives) et souris.

Sans même frapper, M. Charmant ouvre ma porte à la volée.

– J'aimerais vous parler.

Je m'attends au pire. D'un signe de tête, je désigne le fauteuil en face du mien, sur lequel il s'installe. Mal à l'aise, il plisse le nez. Alors qu'ils sont diamétralement opposés (aussi bien physiquement que mentalement), je ne peux m'empêcher de penser à Andrès qui avait ce même tic lorsqu'il était gêné.

– Je vous trouve très pâle ces derniers temps, mademoiselle Lefebvre.

Je verrouille discrètement l'écran de mon ordinateur.

– Ne me dites pas que vous vous inquiétez pour moi, monsieur Charmant…

– J'ai aussi remarqué que vous alliez souvent aux toilettes.

C'est du délire. Je ne crois pas aller plus au petit coin que d'habitude.

– Vous n'avez pas touché aux chocolats à la liqueur que Véronique a apportés à Noël et avez refusé un verre de champagne.

J'ai peur de comprendre où il veut en venir.

– Et quelle est votre conclusion ?

– J'aurais aimé que vous m'informiez que vous êtes enceinte.

Je cligne des yeux à la vitesse de l'éclair. Où est-il allé pêcher un truc pareil ?

– Un remplacement ne se prépare pas du jour au lendemain, vous savez. J'ai bien vu que vous avez pris du poids ces dernières semaines.

Il me faut toute la volonté du monde pour ne pas imploser. En plus, c'est faux, j'ai même perdu cinq kilos depuis que je ne dors plus que quatre heures par nuit. Mon écran de téléphone s'allume pour afficher un e-mail avec de nouvelles commandes.

Une ribambelle de nouvelles commandes.

Je me lève d'un bond et pose mes mains à plat sur mon bureau, les sourcils froncés.

– Je ne suis pas enceinte.

– Ah, ça me rassure ! Je me doute bien que vous n'avez aucun homme dans votre vie.

– Ah oui ? Pourquoi ?

Il me regarde de la tête aux pieds et hausse les épaules.

– Ça se voit, c'est tout.

Plus cet homme parle, plus j'ai envie de le gifler. Je me demande comment c'est possible d'être aussi exécrable. Depuis toutes ces années que je travaille pour lui, il a toujours abusé de sa position. Maintenant, ça suffit ! Je ne suis plus du genre à me laisser marcher sur les pieds (surtout par un crétin comme lui).

– Vous savez, si vous continuez de me traiter ainsi, avec condescendance et dédain, vous risquez vraiment d'avoir un remplaçant à me trouver.

– Ah bon ?

M. Charmant éclate de rire.

– Ne dites pas de bêtises, mademoiselle Lefebvre. Qui serait assez stupide pour quitter un emploi aussi sécurisant ?

Je me rassieds, la mâchoire serrée. Quant à mon supérieur, il se lève et rejoint la porte de mon bureau.

– Je vais faire comme si je n'avais rien entendu. En attendant, reposez-vous cette nuit, vous avez une mine affreuse.

Lorsque M. Charmant quitte mon bureau, je prends ma tête entre mes mains et pousse un long soupir rageur. Je me suis pourtant promis que je ne laisserai plus l'occasion aux gens de me dénigrer.

Je prends note des nouvelles commandes sur mon site et mon cœur se gorge de satisfaction. Mon véritable épanouissement est là, à portée de main, et il ne tient qu'à moi de tout entreprendre pour le réaliser.

Et pour ça, je suis prête à en découdre !

***

Une semaine passe et je suis toujours aux impôts, fidèle au poste. Charly dit que je suis lâche et M. Charmant ne m'a pas reparlé de mes envies de démission. Dès que je sors du boulot, je me tue jour et nuit à confectionner les commandes de plus en plus nombreuses, de mes clients.

Ce soir, en rentrant, je fais un détour par chez ma mère. J'ai beaucoup de questions en tête ces derniers temps, alors j'ai besoin de sa présence et de ses conseils.

– Tu veux quelque chose à boire ?

– Un peu d'eau, ça ira.

– Tu as des cernes gigantesques, ma chérie. Il serait peut-être temps que tu lèves le pied.

Je prends mon visage dans mes mains, car encore une fois, elle pose le doigt là où ça fait mal. Je refoule difficilement mes larmes d'épuisement.

– Tu penses que je devrais fermer ma boutique ?

Maman fronce les sourcils et secoue la tête. Elle vient s'asseoir à mes côtés et attrape mes mains dans les siennes.

– Je pense que tu dois faire ce qui te rend heureuse. Qu'est-ce qui te rend heureuse, ma puce ?

La réponse est évidente.

– Je passe ma journée aux impôts à penser à mes patrons et à mes aiguilles.

– Alors c'est peut-être le moment de prendre ton destin en main, non ?

Je pousse un long soupir.

– Et si j'échouais ?

– Tu as un diplôme et tu es compétente. Tu retrouveras un travail facilement si tu en arrives là.

Je trouve ça dingue que ma mère me pousse à prendre un tel risque. Pourtant, je me surprends à rêver de cette vie où je pourrais passer mon temps à coudre. Dans le confort de ma petite maison de banlieue. Travailler de chez soi est un luxe, et pouvoir m'organiser comme je l'entends, encore plus.

– En étant à cent pour cent à ton compte, tu pourras travailler de n'importe où.

Le regard de maman fuit le mien et sur le coup, je ne comprends pas pourquoi. Je l'interroge silencieusement, les sourcils froncés.

– Je dis juste que tu pourrais bosser de Paris, Dijon, Saint-Brieuc ou Tombouctou.

– Tu n'es pas sérieuse, là ?

Devant mon air agressif, elle lève les mains en signe de reddition.

– OK, Tombouctou n'est peut-être pas la destination de rêve.

– Andrès ne m'a pas envoyé un seul message en six mois.

– Ce qui ne veut pas dire qu'il ne pense pas à toi.

Je ferme férocement les paupières et soupire. Maman reprend :

– Toi non plus, tu ne lui as pas envoyé de message. Et je sais très bien que tu penses à lui.

Tout le temps.

Je repense sans cesse au timbre rauque de sa voix, à son beau regard bleu qui m'a tant dévorée, à ses mains sur ma peau, à son corps chaud contre le mien au réveil… Les larmes aux yeux, je lâche avec amertume :

– Peu importe si je pense à lui, maman ! Il n'y avait pas que la distance qui était un frein à notre histoire. Cette histoire, c'était la passion d'un été. Changer de vie pour un homme, c'est une autre affaire.

Ma mère serre un peu plus fort mes mains et dépose une bise sur ma joue.

– Je crois que parfois, il faut prendre le taureau par les cornes. Et je suis prête à te soutenir. J'ai toujours aimé la Bretagne, tu sais. Je ne verrais pas d'inconvénient à y passer ma retraite.

Je me lève d'un bond.

– Tu délires ! Moi, je ne suis pas encore à la retraite, hein… je n'ai pas de temps à perdre, j'ai encore des commandes par-dessus la tête.

Je sais de quoi il s'agit : d'une fuite en avant. En revanche, je ne sais pas quelle torture est la plus difficile à supporter : penser à notre histoire avec Andrès comme au plus beau moment de ma vie, hélas terminé, ou à ce qu'elle pourrait être si je le recontactais.

Je m'échappe du salon avant qu'elle puisse me rattraper.

***

Le lendemain soir, alors que tout le monde a déserté le centre des impôts, je me retrouve seule avec Diego qui rassemble ses affaires. Il me jette des regards en biais tandis que je range mon dernier dossier de la journée.

– Tout va bien, Diego ?

Après avoir esquissé un pas puis reculé deux fois, il se poste devant moi, visiblement mal à l'aise.

– Est-ce que tu aimerais… Je… Peut-être que…

Charly avait raison. Diego en pince pour moi et il va m'inviter à sortir. C'est la mouise. Gladys me dit pourtant que je devrais me prendre en main et fermer la parenthèse Andrès pour de bon.

Parce qu'il est là, le problème !

Six mois ont passé, des hommes m'ont tourné autour, et chaque fois je les ai comparés à Andrès. Tout serait plus simple s'il quittait mes pensées. Hélas, il est présent à chaque nouveau pas dans ma vie, comme un mentor fantôme. Il m'arrive de prendre un temps de réflexion et de me demander : « *Qu'aurait fait Andrès ?* » C'est dingue comme il me manque, jour après jour…

Diego avance d'un pas vers moi et attrape mes deux mains entre les siennes.

Pas le moindre frisson.

– Est-ce que tu aimerais boire un verre avec moi, ce soir ?

Ses épaules s'affaissent de soulagement et un sourire radieux habille ses lèvres.

– Voilà, c'est lancé ! La balle est dans ton camp, désormais.

Diego est si mignon…

Parfois, je me dis qu'Andrès aurait pu être n'importe qui d'autre. Il me fallait juste une personnalité inspirante et magnétique pour changer mon monde. Pourtant, je sais que ce n'est pas le cas. Andrès est Andrès. Il est unique et, au-delà de ses encouragements, je suis tombée amoureuse de *lui*. Seulement lui.

Grâce à notre histoire, j'essaie de ne plus me laisser marcher sur les pieds. Il n'y a qu'à voir à Noël, avec ma tante Caroline et ses remarques insidieuses.

« *Tu crois que c'est sérieux ?* » m'a-t-elle lancé quand je me suis resservi une tranche de foie gras.

Un instant, mon cœur s'est serré et j'ai pensé me maudire pour être aussi goinfre. Finalement, j'ai préféré relever la tête :

« *Tu as raison, tatie. Il n'en reste pas beaucoup, ce serait bête de gâcher.* »

Et, sans prêter attention à son regard outré, j'ai terminé le plat avec une bonne couche de confit d'oignons. Au moment du fromage, j'ai également pris le dernier bout qu'elle convoitait et lui ai tendu le saladier :

« *Tiens, je t'ai laissé un peu de salade.* »

La pauvre a blêmi, pendant qu'à l'intérieur, je jubilais.

« *Félicie !* s'est exclamée ma tante, outrée.

– *Un souci ?*

– *Oui, il y a un gros souci ! Tu es en train de devenir une vraie peste !* »

C'est cet instant qu'a choisi maman pour intervenir :

« *Félicie ne devient pas une peste, elle s'épanouit.*

– *Parce que tu cautionnes ce genre d'attitude ?*

– *Si les propos de Félicie te gênent, tu sais où est la porte.* »

Le repas s'est terminé en eau de boudin, et pourtant, je ne me suis jamais sentie aussi légère et soutenue. Maintenant, je m'applique à m'épanouir, jour après jour.

– Je t'ai perdue, souffle Diego en relâchant mes mains. Je veux juste que tu saches que si tu n'es pas intéressée, ça ne changera en rien notre relation de travail. J'aime bosser avec toi.

Diego a tout du gendre idéal. Mais il n'est pas Andrès.

Pile au moment où je m'apprête à répondre, le téléphone du bureau résonne. Je soupire. Je ne devrais même pas prendre la peine de décrocher, j'étais sur le point de partir. C'est le week-end, qui plus est. Le droit à la déconnexion, tout ça tout ça.

Je grommelle et finis par prendre le combiné en faisant signe à Diego que je suis désolée.

– Centre des impôts de Dijon, Félicie Lefebvre, j'écoute.

– Félicie ? C'est bien toi ? Tu m'entends ?

Tout se fige autour de moi.

Le timing est hyper mauvais. Et surtout, pourquoi m'appelle-t-il sur mon lieu de travail ? Maladroitement, j'attrape mon fauteuil à roulettes et me laisse tomber dedans.

– Tout va bien ? s'enquiert Diego en chuchotant.

Je hoche la tête puis, la main sur le combiné, je lui explique qu'il s'agit d'un appel perso. Je tente d'ignorer sa déception, mais difficile de la manquer tandis qu'il avance vers la porte.

– C'est Pierre, insiste mon interlocuteur.

– Pourquoi tu m'appelles ? soufflé-je d'exaspération, une fois seule.

– Je voulais m'excuser.

– Tu as six mois de retard, tu sais ça ?

– J'en ai bien conscience, oui.

– Tu m'as humiliée par pure jalousie, Pierre. Tu sais où tu peux te mettre tes excuses ?

Passablement agacée, je suis sur le point de raccrocher. Pierre s'empresse d'ajouter :

– Je suis à Dijon juste pour te voir et m'expliquer.

J'ai follement envie de savoir ce qu'il a à me dire, et d'un autre côté, ça lui ferait les pieds si je l'ignorais.

– Je suis dans le bar juste en bas de ton travail et c'est l'heure de l'apéro, alors…

– Tu m'espionnes ou quoi ?

– Toujours aussi mesurée !

– Je t'emmerde, Pierre.

Ah, ça, c'est libérateur !

– Est-ce que tu viens boire un coup, maintenant ? Je t'attends pour commander.

– J'arrive.

Après avoir raccroché d'un geste sec, j'attrape mon sac à main et m'élance vers la sortie. Je croise Diego devant l'escalier, qui ose me demander d'une voix timide :

– Tu réfléchis à ma proposition, d'accord ?

Je lui lance un regard amical et souffle, sans en être réellement convaincue :

– Promis.

CHAPITRE 33

J'arrive au bar plutôt stressée. La présence de Pierre est déroutante. Il a sans doute mauvaise conscience, mais le mal est fait, et je ne suis pas certaine d'être capable de lui pardonner. Pendant des années, j'ai pensé qu'il pouvait devenir un ami. Je le croyais sincère quand il assurait aimer passer du temps avec moi lors des soirées de la Team Rocket. Finalement, je me dis que ce n'était que du flan.

Quand je le repère enfin dans la foule du vendredi soir, Pierre m'accorde un petit sourire embarrassé. Sans un mot, j'enlève ma veste et m'installe.

– Euh… Salut ? tente-t-il.

– On vient de se parler au téléphone.

– Tu ne m'as pas salué au téléphone non plus.

C'est pas faux.

D'un geste brusque, je plaque mes mains sur la table, manquant de faire tomber une petite coupelle avec des olives.

– Je n'accepte pas tes excuses, Pierre. C'est trop simple de débarquer comme une fleur. Si tu avais voulu me demander pardon, c'était au camping que tu aurais dû le faire. Ne me dis pas qu'il t'a fallu six mois pour te rendre compte que tu as été désobligeant, si ? Depuis combien de temps tu avais cette piètre opinion de moi, hein ? Même Joséphine s'est excusée. À sa manière, mais elle l'a fait.

Je me rappelle ses mots abrupts : « *Il faut croire qu'Andrès fait dans l'humanitaire, maintenant.* » Je me souviens aussi de la rage et de la tristesse qui ont suivi. Alors non, je ne peux pas lui pardonner juste parce que la culpabilité l'empêche de dormir sur ses deux oreilles.

Pierre s'apprête à répondre, mais le serveur nous interrompt pour prendre notre commande. Une fois parti, Pierre reprend :

– Je m'en veux beaucoup, Félicie.

– Ça me fait une belle jambe !

– La jalousie m'a fait perdre de vue mes valeurs. Je t'ai attaquée sur ton physique pour des raisons obscures que je ne comprends pas moi-même.

– Et tu aurais fait comment, s'il avait craqué sur une fille belle, intelligente et drôle ?

– Tout le monde a un point faible, Félicie. Il suffit de creuser un peu pour le trouver. Personne n'est parfait. J'ai déraillé et je m'en excuse platement. Tu ne mérites pas ça.

– Qui mérite ça, Pierre ?

Il baisse les yeux vers le verre de blanc que le serveur lui apporte.

– Tu ne sais pas tout. Tu te souviens, quand je t'ai parlé des ex d'Andrès ?

– Julie, la bombe en photo et Valérie, celle qui était un sosie de Scarlett Johansson. Je m'en souviens *vaguement*, oui.

– J'ai inventé Valérie juste pour te blesser, avoue-t-il en haussant les épaules. Elle n'existe pas.

Je tombe des nues.

– Je savais que tu étais fourbe, mais pas à ce point !

– Et moi, je savais que tu n'avais pas confiance en toi et que d'imaginer Andrès avec de telles filles te rendrait malade. J'avais deviné que ça te pousserait à te remettre en question et à douter. C'était minable de ma part, admet-il, les joues rouges.

– Ça a pourtant fonctionné…

Pierre acquiesce, les lèvres pincées. Je prends une gorgée de mon jus de pomme pendant qu'il fait tourner son verre, gêné. La situation serait-elle différente aujourd'hui ? De telles paroles parviendraient-elles à m'atteindre de la même manière ? Je ne pense pas. Il n'y a qu'à voir avec Diego. J'ai tout de suite accepté le fait qu'il puisse craquer pour moi. Et pourtant, il est beau à se damner, autant qu'Andrès. À aucun moment je ne me suis dit qu'il me mentait. J'aurais pu me comparer à Mélanie, notre collègue la plus canon, et me dire qu'il aurait dû être attiré par elle et non par moi. J'ai changé. Vraiment changé.

– Il y a quelque chose que je ne comprends pas, Pierre. Je n'ai jamais été une menace. Andrès et moi, c'était une histoire de vacances, rien de plus. Je ne vois pas pourquoi tu t'es senti obligé de te montrer aussi virulent.

Pierre ricane.

– Une histoire de vacances ? C'est *vraiment* ce que tu penses ?

– C'est comme ça qu'on qualifie une relation qui dure une semaine pendant l'été, non ?

– Donc tu as tourné la page ?

– Techniquement, Andrès et moi étions d'accord sur la nature de notre relation et sur le fait que celle-ci s'arrêtait en même temps que les vacances. Donc j'imagine que oui, j'ai tourné la page.

– Tu imagines ?

Je suis à deux doigts de perdre patience à force de recevoir des questions en guise de réponses.

– C'est quoi, ces sous-entendus, Pierre ?

Il prend un temps monstre à avaler une gorgée de vin.

– Je t'appréciais beaucoup, avant cet été, je t'assure. Et tu sais comme je suis terre à terre. Je ne crois pas au coup de foudre ou aux conneries dans le genre. En revanche, à partir du moment où tu as débarqué au camping, tu as été une menace pour moi. J'ai vu la façon dont il te regardait. Et si j'ai fini par accepter qu'il ne se passerait jamais rien entre lui et moi, tu représentes toujours une menace pour quiconque s'intéresserait à lui.

J'éclate de rire. Comment peut-il prétendre un truc pareil ? Je n'ai pas vu Andrès depuis six mois, ni même reçu le moindre SMS. C'est dément.

– Tu débloques.

Il farfouille dans son sac, puis fait glisser un papier jusqu'à moi.

– C'est quoi ?

– L'histoire d'un prof de sport un peu trop romantique, on dirait.

Mon cœur rate un battement lorsque je pose mes mains sur la feuille pliée en quatre.

– Lis.

Je déplie précautionneusement le papier et porte mon regard sur cette écriture que je ne connais pas. Quand je comprends qu'il s'agit d'une lettre et qu'elle m'est adressée, je sens mes joues s'échauffer, puis cherche la signature en bas de la page.

Andrès.

Brièvement, je redresse la tête vers Pierre qui tente de me laisser une once d'intimité, les yeux plantés dans son verre.

Le 24 septembre,

Félicie,

J'ai une heure de creux dans mon planning et je pense à toi.

Pas seulement maintenant, en fait. Tout le temps. Je pense tout le temps à toi. Je pourrais t'envoyer un message, mais je n'ai pas ce courage. Parce que ce soir-là, près du pont, quand on a énuméré les « mais » qui nous empêchaient de poursuivre ensemble, j'ai accepté la sentence. Que pouvais-je faire d'autre ?

J'écris en me disant que, peut-être, ça me permettra de faire le deuil de ce truc dément que nous avons partagé et que n'importe quelle personne sensée aurait oublié en un claquement de doigts. Mais je crois que je ne suis plus sensé depuis que je t'ai rencontrée. Je me surprends à penser à toi le soir, quand je rentre du travail, en me disant que telle ou telle anecdote de mes élèves t'aurait amusée. J'entends ton rire dans mon appartement. Je sens tes mains sur ma peau et ton cœur qui palpite contre mon torse.

Et puis surtout, je me dis que je suis con de ressentir ça. Parce que les amours de vacances ne sont pas faites pour durer, n'est-ce pas ?

Alors j'écris... J'écris dans l'espoir que ce sentiment de vide me quitte et que cette phrase lancinante cesse de résonner à mes oreilles... Et si on avait pu faire exploser les « mais » ?

J'ai l'impression qu'Andrès est près de moi, que c'est lui qui a prononcé ces mots à mes côtés. Je ne parviens pas à décrire ce que je ressens ; un mélange d'amertume et de tristesse, peut-être.

– Qui me dit que c'est bien lui qui a écrit ?

– Je ne suis pas pervers à ce point, Félicie.

– C'est lui qui t'a demandé de me la donner ?

– Il connaît l'existence de La Poste, je pense.

Je grimace. J'ai peur de comprendre ce que ça implique.

– Tu l'as trouvée où, cette lettre ?

– Ça faisait un moment que je le trouvais bizarre en salle des profs. Il se mettait en retrait, un crayon à la main. Un matin, alors que j'étais en pause, j'ai remarqué que son casier était mal fermé… Tu te doutes de ce que j'ai fait.

– Et tu as trouvé ça.

– Je soupçonne l'existence d'autres lettres, mais j'avais trop peur de me faire gauler.

Les larmes me montent aux yeux malgré moi.

– Comment va-t-il aujourd'hui ? demandé-je, la voix tremblante. Nous ne sommes plus le 24 septembre, de l'eau a dû couler sous les ponts.

– Il donne le change, mais je le connais, je ne suis pas dupe.

Ma gorge se serre.

– Pourquoi me montrer cette lettre, Pierre ?

– Hier, Gladys m'a appelé.

Mais qu'est-ce que ma meilleure amie vient faire là-dedans ?

– C'est par elle que j'ai eu le numéro de ton bureau. Je me suis dit que tu ne répondrais jamais si tu voyais mon nom apparaître sur ton téléphone.

– Et qu'est-ce que Glad t'a dit ?

– Que ta mère l'avait appelée.

J'éclate d'un rire jaune. Je suis entourée de commères.

– Elles s'inquiètent pour toi, Félicie. Et moi, je m'inquiète pour Andrès. C'est complètement ridicule que vous soyez à des kilomètres l'un de l'autre, fous amoureux, sans oser vous lancer.

D'un geste tendre qu'il m'est impossible de refuser, Pierre pose sa main sur la mienne.

– Le coup de téléphone tombait à pic, m'explique-t-il. Parce qu'Andrès a besoin de toi. Maintenant.

Devant mon incompréhension, Pierre poursuit :

– C'est à propos de sa mère. Je l'ai vu caresser ton nom dans son répertoire, mais il est trop fier, il ne t'enverra pas de message.

Mille et un scénarios dramatiques me viennent en tête. Et si la maman d'Andrès était condamnée ? Et si elle était décédée ?

Désormais, la voix de Pierre me parvient comme un murmure quasi inaudible. J'ai l'impression d'être dans un hall de gare. Je prends une gorgée de mon jus pour essayer de faire passer la sensation de vertige.

– J'ai réservé deux billets pour Saint-Brieuc pour demain en fin de journée. Viens avec moi, s'il te plaît. Je suis certain que le jeu en vaut la chandelle.

C'est trop d'informations d'un coup. J'ai le cœur qui bat vite et l'estomac qui se serre.

– Je… Je ne peux pas. C'est… Il ne m'a pas envoyé ces lettres, il y a une raison. Il y a de multiples façons de faire le deuil d'une chouette histoire. Écrire est la sienne, et s'il avait vraiment voulu prendre contact avec moi, il l'aurait fait.

Pierre fronce les sourcils et se pince l'arête du nez, agacé.

– Tu crois que j'ai fait toute cette route seulement pour m'excuser ? On *répare* ses erreurs, Félicie. Je suis là pour réparer la mienne.

– Je n'ai pas à m'immiscer dans sa vie de cette façon. Ça ne se fait pas.

Pierre se lève d'un bond, les mains posées à plat sur la table. Je ne l'ai jamais vu aussi énervé, lui d'habitude si posé.

– Merde, Félicie ! Je suis absolument certain que tu lui manques, il n'est plus le même depuis ces vacances. Et d'après ta mère et Glad, c'est pareil pour toi. Ose me dire qu'il ne te manque pas.

Je déglutis avec peine, les larmes aux yeux. J'ai envie de hurler un grand « oui », mais aucun son ne sort de mes lèvres.

– Le train part à 17 heures, m'explique Pierre en déposant un billet sur la table pour payer la note. Maintenant, la balle est dans ton camp.

Il quitte le restaurant sans un mot de plus, me laissant les bras ballants face à mon verre vide.

C'est la deuxième fois que j'entends cette expression aujourd'hui. Dans la bouche de Diego, puis dans celle de Pierre. Alors c'est peut-être vrai…

La balle est dans mon camp.

CHAPITRE 34

Devant la gare en attendant Pierre, je passe un coup de téléphone à Gladys. Au lieu du banal « allô », j'entends aussitôt un :

– Tu me détestes ?

– Un peu.

Nous rions de concert.

– Plein de choses changent dans ta vie et ce n'est pas pour rien, assure Glad, plus sérieuse qu'elle ne l'a jamais été. Tu cartonnes avec ta boutique en ligne, tu t'affirmes jour après jour et… tu sais que ta rencontre avec Andrès n'y est pas pour rien. Alors, même si votre histoire ne fonctionne pas, je pense que ça vaut le coup d'essayer.

Mes lèvres s'étirent en un large sourire. Les émotions sont fortes aujourd'hui. Je sens à nouveau les larmes me monter aux yeux. Consciente que je suis sur le point de pleurer, ma meilleure amie ajoute :

– Et je pense surtout qu'un mec n'écrit pas des lettres sans raison et que c'est super romantique.

Tu es enfin prête à porter tes ovaires, et ça c'est génial. Parce que cette fois, tu n'as pas intérêt à le laisser filer, compris ? Tu aurais peut-être pu apprendre à vivre sans lui, mais je crois quand même que ta vie est beaucoup plus chouette quand il est à tes côtés, je me trompe ?

– Tu ne te trompes jamais, Glad.

Elle rit avec moi, puis me demande, d'un ton plus grave :

– Tu as peur, ma belle ?

– Terriblement.

Je soupire, les yeux dans le vague.

– Mais aujourd'hui, j'ai décidé de me servir d'elle comme d'un moteur, pas comme d'un frein. Je me dis que s'il a changé d'avis depuis qu'il a écrit cette lettre, j'en aurai au moins le cœur net. Je crois que je ne pourrai jamais être sereine avec des « et si » plein la tête.

Ma meilleure amie applaudit et m'arrache un nouveau rire. Avant de raccrocher, je l'interpelle une dernière fois :

– Hey, Glad ?

– Hmm ?

– Ça vaut pour toi aussi, hein.

– À propos de ? fait-elle d'un air innocent.

– Envoie un message à Léo. Je suis certaine qu'il sera ravi.

Pierre arrive au moment où Gladys bougonne à l'autre bout du fil.

– Sérieusement, Glad. Porte tes ovaires, toi aussi.

Elle rit, puis me fait promettre de tout lui raconter dès que j'aurai une minute.

– Je suis content de te voir, assure Pierre. Prête ?

Je hoche la tête, puis nous pénétrons dans le train. L'arrivée est prévue vers 22 heures. Pendant tout le trajet, je m'imagine les retrouvailles avec Andrès, mais en réalité, je ne sais pas à quoi m'attendre. Plus nous nous rapprochons de Saint-Brieuc, plus je sens mon cœur résonner dans la moindre parcelle de mon corps.

Vers 20 heures, je reçois un message de Mika qui me fait exploser de rire.

Mika
Glad m'a dit pour Andrès…
Go super chou-fleur !
Il va finir par te manger dans la main !
Ou te manger tout cru, c'est super
bon, le chou-fleur cru en apéro !

Quelques secondes plus tard, j'en reçois un second qui me fait sourire avec mélancolie.

Mika
Quelqu'un de très haut placé
m'a dit un jour que la vie,
c'est comme un saut en parachute.
Alors saute, Félicie !
Déploie tes ailes et vole !
Fais-toi confiance une bonne fois
pour toutes !

À notre arrivée en gare, alors que je suis pleine d'un courage renouvelé (mais qui ne va probablement pas durer longtemps), Pierre m'explique qu'il a donné rendez-vous à Andrès dans un bar du centre-ville et que celui-ci ne se doute visiblement de rien. Il pense simplement boire un verre un samedi soir avec un ami, rien de plus. Je souris, heureuse d'avoir retrouvé mon ami, même s'il m'a blessée. Après une longue discussion dans le train, je ne pouvais pas continuer à lui en vouloir. Nous commettons tous des erreurs et bien qu'il ait mis du temps avant de venir demander pardon, je sais que ses excuses sont sincères.

Plus j'avance dans les rues pavées, plus mon stress grimpe. Aux prises avec mes doutes, je manque de foncer dans Pierre qui s'arrête devant un pub branché.

– Je ne suis pas sûre que ce soit une bonne idée.

Il hausse un sourcil d'un air désabusé.

– S'il faut que je te mette un coup de pied aux fesses pour que tu entres dans ce bar, je le ferai.

Il m'abandonne devant la porte.

Je n'ai pas fait tout ce chemin pour faire demi-tour au dernier moment, si ?

Timidement, je finis à mon tour par pousser la porte. L'entrée du pub est bondée, j'ai quelques difficultés à repérer la silhouette de Pierre. Je me hisse sur la pointe des pieds pour l'apercevoir. Mon cœur s'arrête un bref instant avant de repartir de plus belle.

Andrès est là. Plus beau que jamais.

Il n'a pas remarqué ma présence, il se contente d'accorder une poignée de main à son ami. Je m'approche à pas de loup avec appréhension. Ce que je ressens tout au fond de moi est démentiel. Il a beau être encore loin, je perçois l'alchimie qui nous relie depuis le premier jour. Moi qui pensais m'être adaptée à son absence, je prends conscience que j'avais seulement mis mon cœur en sourdine, et j'ai l'impression de prendre ma respiration pour la première fois depuis des mois.

Je m'arrête aux côtés de Pierre et Andrès, complètement déconnectée. Un séisme pourrait nous secouer, je ne réagirais même pas, beaucoup trop perdue au milieu de mes sentiments. Il faut croire que je les ai ignorés trop longtemps.

Tout doucement (trop doucement), Andrès pose son regard sur mes bottines en velours, puis remonte le long de ma robe cache-cœur recouverte de mon perfecto en cuir, pour finir sa route sur mes lèvres entrouvertes.

À partir de quel moment m'a-t-il reconnue ?

Je lis la surprise dans ses yeux bleus, mais autre chose aussi. Quelque chose de plus subtil et d'indescriptible. Je tente d'avoir l'air détaché, alors que les tambours du Bronx résonnent dans mes tempes. Pierre pose une main sur l'épaule de son ami. Hébété, Andrès tourne la tête vers lui et fronce les sourcils.

– De rien, mon pote, lance Pierrot avec un sourire amusé.

Puis il nous plante là sans se retourner.

Andrès et moi restons à nous regarder pendant plusieurs secondes, peut-être plusieurs minutes. Mon cœur bat à tout rompre dans ma poitrine et j'appréhende l'instant où je vais devoir parler. Pour le moment, sa bouche qui s'ouvre et se referme me rend dingue et me rappelle à quel point j'ai aimé l'embrasser il y a quelques mois.

– Félicie… Mais qu'est-ce que tu fais ici ?

Les notes éraillées de son timbre pulvérisent tout à l'intérieur de moi.

– Je ne sais pas trop… Je crois que je viens retrouver quelqu'un qui m'a appris à lâcher prise et à ne plus me poser trop de questions.

Andrès fronce les sourcils une demi-seconde, à la fois étonné et amusé. Sa pomme d'Adam va et vient dans sa gorge tandis qu'il déglutit. Comme toujours quand il est gêné, son nez se fronce (j'avais oublié à quel point j'adore ce tic). Son sourire s'élargit au fil des secondes, et sa langue caresse sa lèvre inférieure. La température dans ce bar bondé est déjà excessive, mais alors là, elle monte encore d'un cran.

Avec une douceur exquise qui m'avait manqué, Andrès saisit mon poignet pour m'encourager à m'installer sur la banquette. Nous nous retrouvons assis l'un à côté de l'autre et ses doigts ne quittent pas ma peau.

Sent-il comme mon pouls accélère ?

Je tourne la tête vers lui et me positionne de manière à pouvoir lui parler en face-à-face. Forcément, mon genou heurte le sien, mais à aucun moment je ne songe à le retirer. Je laisse nos jambes reposer l'une contre l'autre, ça ne semble pas le gêner non plus.

– Explique-moi, murmure-t-il malgré le bruit ambiant.

De la poche de mon perfecto, je sors la lettre qu'il a écrite et la déplie.

– Ne tue pas Pierre, s'il te plaît. Je crois sincèrement qu'il ne veut que ton bonheur.

Quand Andrès reconnaît son écriture, il blêmit.

– Tu es là pour quoi exactement ?

Sa voix est plus dure ; il est temps de jouer cartes sur table. Je dois arrêter de me voiler la face et me rendre à l'évidence : je suis folle de cet homme et les mois qui nous ont séparés n'ont eu aucun effet là-dessus.

– Je suis là pour savoir si tu ressens toujours ce que tu as écrit dans cette lettre.

Andrès baisse les yeux et son air sombre me laisse présager le pire. Je recule mon genou alors que sa main quitte mon poignet. Pendue à ses lèvres, je n'attends qu'un ultime geste de sa part.

– Tu veux savoir si je t'aime toujours, c'est ça, Félicie ?

Mon cerveau se déconnecte.

« *Si je t'aime toujours.* »

– Je pensais sincèrement que je serais capable de m'en accommoder et d'apprendre à vivre sans toi.

Andrès attrape de nouveau mon poignet et entrelace nos doigts. De sa main libre, il caresse mon visage, son pouce aussi doux qu'une plume sur ma peau. Et le monde se met sur pause.

– C'est inexplicable, nous deux. Il est évident que je t'aime autant qu'au premier jour. Parce qu'aussi incroyable que ça puisse paraître, c'est ce qui est arrivé quand j'ai croisé ton regard. Tu m'as frappé en plein cœur.

Mes yeux perdus dans les siens, j'ai l'impression de flotter dans les airs et d'observer la scène de l'extérieur. Les mots d'Andrès sont une magnifique déclaration d'amour que je n'aurais jamais espéré entendre un jour. Lorsque je redescends de mon petit nuage, il arbore un air grave et brûlant. Moi aussi, j'ai envie de lui dire « je t'aime ». C'est réellement ce que je ressens pour lui. Pourtant, ce ne sont pas des mots faciles à prononcer, surtout quand, chaque fois que je les ai offerts, c'était aux mauvais hommes.

Conscient de mon combat intérieur, Andrès m'assure d'une voix douce :

– Le fait que tu sois près de moi est déjà énorme, Félicie. Ne te force en rien.

J'avais oublié à quel point entendre mon prénom dans sa bouche me donne des envies d'interdit. À mon tour, je pose ma main sur sa joue. Autour de nous, il n'y a plus personne, ou du moins, je ne vois plus personne. Andrès et moi sommes seuls au monde. Mes doigts parcourent sa pommette, mon pouce effleure ses lèvres. Mon nez frôle le sien tandis que je clos les paupières en même temps que lui.

– Le jour du départ, j'ai tenu bon dans la voiture, mais dès que j'ai vu ma mère, j'ai fondu en larmes. Et pour finir, je me suis dit que je voulais juste garder le bon de notre histoire et poursuivre les pas de géant que j'avais faits grâce à toi pour apprendre à m'aimer. Tu étais toujours là, dans un coin de ma tête, et ça m'aidait à avancer jour après jour. C'était si compliqué de tourner réellement la page…

Quand je parle de ma mère, je me souviens des mots de Pierre à propos de celle d'Andrès. Mes mains se plaquent brusquement sur ses joues, le contraignant à ouvrir les yeux.

– Pierre m'a parlé de ta mère et… Oh, mon Dieu, Andrès, tu aurais dû m'envoyer un message s'il lui est arrivé quelque chose !

Contre toute attente, au lieu de se reculer et de pâlir, mon beau blond éclate de ce rire clair que j'aime tant. Puis, sans crier gare, il me vole un baiser fougueux et passionné. Je m'accroche à sa nuque avec force pour m'assurer que je ne rêve pas. Lorsque nous reprenons notre souffle, son sourire m'éblouit.

– Ma mère va bien. J'aurais voulu avoir le courage de t'envoyer un message pour te dire que, selon les médecins, elle est tirée d'affaire. Elle me demande souvent de tes nouvelles. Ce que tu lui as dit au téléphone l'a beaucoup marquée et je crois que malgré ta maladresse, tu l'as aidée.

L'euphorie que je ressens me fait rire et pleurer à la fois. Les larmes roulent sur mes joues sans que je puisse les retenir, et je sais aujourd'hui que ce n'est pas un signe de faiblesse.

– Alors comme ça, « Félie va en découdre » ? me questionne-t-il.

J'écarquille les yeux.

– Comment tu sais ça ?

– Comme je n'arrivais pas à tourner la page non plus, je t'ai un peu *stalkée* sur les réseaux sociaux. J'ai même créé un faux compte pour que tu ne te doutes pas que c'était moi.

– Très mature, Andrès Cataleno !

– C'est surtout que j'avais besoin de conserver un lien avec toi, malgré tout. Je suis très heureux de ce qui t'arrive. Tu le mérites amplement.

– Je vais quitter mon travail.

Andrès déglutit avec peine et ses yeux brillants font écho aux miens.

– Je veux que « Félie va en découdre » puisse continuer son ascension et pour ça, j'ai besoin de temps. J'aimerais vraiment créer une ligne de vêtements pour toutes les morphologies.

Andrès sourit et approuve d'un signe de tête.

– Ça va faire un malheur, je n'en doute pas.

– Et je me disais que, peut-être…

Je ne parviens pas à terminer ma phrase. Je n'ai pas envie de précipiter les choses.

– Je pourrais bosser de chez toi, de temps à autre. Tu sais… histoire de voir si toi et moi, ça peut fonctionner.

Mes joues me chauffent et Andrès me regarde avec un air ahuri. Je n'aurais pas dû m'emporter et lui faire une telle proposition aussi vite. Comme il constate que je panique, il pose sa main sur mon avant-bras et sourit à pleines dents.

– On a vécu une semaine sous une tente et la cohabitation ne s'est pas trop mal passée, si ?

Derrière son ironie, je sens à quel point il est touché.

– Tu sais déjà que je ne ronfle pas, ajoute-t-il.

– Pour être honnête, tu ne ronfles peut-être pas autant que Mika, mais au moins autant qu'un porcelet, pouffé-je.

– Un porcelet ? s'offusque-t-il. Cette relation commence très mal, Félicie.

Je dépose mille et un baisers fugaces sur son visage, si bien que nous explosons de rire.

– Tu es en train de me dévorer, là !

– Oh non, Andy, pas encore. Mais tout à l'heure, je compte bien te manger tout cru. Et sache que je n'ai pas mangé depuis ce matin. Je suis *affamée*.

Le regard d'Andrès se voile de désir. Je l'embrasse à nouveau à perdre haleine, bien décidée à ne plus le lâcher. L'avenir est peut-être incertain et semé d'embûches, mais je suis prête à prendre le risque.

– Et je t'aime, Andrès, soufflé-je contre ses lèvres. Il m'aura fallu des mois loin de toi pour m'en rendre compte et l'accepter, mais c'est réel. Je t'aime. Peu importe si c'est trop tôt ou un peu fou.

Je me fiche des conventions et des bien-pensants qui diront que nous nous déclarons trop vite. J'ai besoin qu'il comprenne à quel point il compte pour moi.

À quel point je l'aime.

Alors qu'il s'apprête à parler, je plaque mon index sur ses lèvres et poursuis sur ma lancée :

– Je t'aime et je ne te remercierai jamais assez d'être l'homme que tu es. Bienveillant, fougueux, tendre, drôle, empathique. Tu as fait voler en éclats mes barrières et exterminé mes peurs.

– Et toi, tu m'as écouté et soutenu. Tu as su me redonner le sourire et l'espoir à un moment où ma vie était vraiment compliquée. Tu ne te rends pas compte de combien tu irradies et répands de bonnes ondes autour de toi.

Nous restons dans les bras l'un de l'autre pendant plusieurs minutes. Je me sens émue et soulagée à la fois. Je hais toutes ces histoires qui nous répètent sans cesse que les amours de vacances ne sont pas faites pour durer. Nous en sommes le parfait contre-exemple.

Tout comme on ne peut pas ranger les gens dans des cases, on ne peut pas catégoriser leurs relations.

– J'habite à cent mètres, souffle Andrès à mon oreille.

Je comprends exactement où il veut en venir. Nous quittons précipitamment le bar, main dans la main. Sur le chemin, nous nous arrêtons sans cesse pour nous embrasser, comme les deux amoureux transis que nous sommes.

Une fois au pied de son immeuble, Andrès tape le code d'une main fébrile, puis nous nous engouffrons dans l'ascenseur, nos bouches scellées l'une à l'autre. La porte s'ouvre sur le quatrième étage, et mes mains s'empressent de lui enlever sa veste. Il pousse un léger gémissement quand mes doigts naviguent jusqu'à la poche de son jean pour en sortir le trousseau de clefs qui dépasse.

Avec maladresse, il ouvre la porte de son appartement, puis, sans préambule, m'entraîne vers sa chambre. Je ne prends pas la peine d'observer la décoration du salon, ce n'est pas ça qui m'intéresse en cet instant. Tout ce que je veux, c'est qu'il se fonde à nouveau en moi.

Il me pousse sans ménagement sur le matelas, et je lis une pointe de culpabilité dans son regard, si bien que j'éclate de rire.

– J'en connais un autre qui est affamé, apparemment…

Andrès me dévore des yeux, puis avance vers moi d'un air félin. Ses mains font voler ses vêtements en un rien de temps et il se retrouve au-dessus de moi, plus attirant que jamais.

Cette nuit-là, nous faisons l'amour doucement avec toute la tendresse du monde. Nous prenons le temps de redécouvrir toutes ces sensations de plaisir décuplées par nos corps en symbiose, par nos cœurs alignés maintenant que nous avons accepté ce que nous ressentions, toutes ces effusions d'amour qui explosent de nos âmes en parfaite harmonie.

Quand nous nous allongeons l'un en face de l'autre, comblés et heureux, je l'entends souffler contre mes lèvres :

– Tu veux bien être mon amour de vacances pour toutes les vacances, Félicie ?

– Et les jours fériés ?

– Et les jours pas fériés aussi, en fait !

Je ris en posant ma main sur sa joue. Maintenant que nous savons où nous allons, nous avons tout le temps de nous organiser pour nous découvrir un peu plus et envisager une vie commune.

– On tente le coup, alors ? me demande-t-il, légèrement inquiet.

– Quelqu'un m'a dit un jour que j'étais capable de tout.

Je grimpe à califourchon sur lui et pose mes mains de part et d'autre de son visage, jusqu'à ce que mon nez frôle le sien et que mon regard déterminé s'ancre à ses prunelles azur.

– Alors on ne tente pas, Andrès.

Je le vois retenir son souffle quand j'annonce d'une voix résolue :

– On réussit.

Ses lèvres enveloppent les miennes dans le plus magnifique des baisers. Oui, nous allons réussir.

Comment ? Ça reste à voir, mais nous sommes armés d'amour pour les futures épreuves.

– On enfile notre parachute et on saute. À pieds joints. Et surtout, on profite de la descente aussi longtemps que possible.

Même si notre histoire venait à échouer, je suis persuadée qu'Andrès demeurerait la plus belle erreur de ma vie.

Celle qu'on n'oublie jamais.

Et qui nous change pour toujours.

REMERCIEMENTS

Félicie n'est pas une héroïne comme les autres.

Elle n'est pas parfaite. Elle ne prend pas toujours les bonnes décisions. Parfois, elle ne sait pas sur quel pied danser.

Elle est un peu toi. Un peu moi. Un peu nous.

Elle donne sa voix à toutes les personnes sous-représentées, de temps à autre cachées, souvent dénigrées.

Elle est belle comme la diversité de notre monde. Alors, pour sa force et son sourire, je la remercie. Elle est et restera un personnage important dans ma vie d'autrice. Plus encore, elle est une coach, un rayon de soleil, une amie. Et si Félicie est un peu de chacun.e d'entre nous, n'oublions pas que notre meilleur.e ami.e… c'est nous.

Pour ce roman, je tenais à remercier tout particulièrement Marie, mon éditrice, qui a cru en Félicie et Andrès. Elle a tout mis en œuvre pour m'aider à rendre ce roman meilleur. La réécriture n'a pas été facile, mais je suis fière du chemin accompli.

Cette version de *Nos cœurs en chute libre* est définitivement celle qui ressemble le plus à mes personnages hauts en couleur. Alors, merci Marie pour ça (et pour tes références aux Inconnus). Je remercie aussi l'équipe d'Hugo Publishing qui m'accorde une nouvelle fois sa confiance.

Un merci tout particulier à Sandrine et Pierre (eh oui, ils existent vraiment). Vos idées de personnages étaient au top, et même si je m'en suis peut-être un peu éloignée parfois, j'ai eu vos visages en tête pendant l'écriture.

Je tiens à remercier madame Kerhascoët, qui a été ma professeure de sport en troisième et terminale. Je parle souvent d'elle avec émotion, car bien que je ne sois pas une grande sportive, elle a su me motiver et me donner confiance en moi. Elle m'a aidée à me surpasser dans une matière que je n'appréciais pas. À travers la bienveillance d'Andrès à l'égard de ses élèves, je me suis souvenue de la sienne.

Et comment conclure ces remerciements sans avoir une pensée toute particulière pour ma jolie maman. Patou. La seule et l'unique. Merci d'être toi. Je t'aime.

Chèr.e lecteur.ice, j'espère que tu as apprécié ton voyage dans les gorges du Verdon. Merci à toi d'avoir suivi les aventures de Félicie et d'Andrès. Si tu as aimé sauter dans le vide à leur côté, n'hésite pas à en parler sur les réseaux sociaux ou à poster ton avis. Je serais aussi ravie de discuter avec toi au détour d'un mail, alors n'hésite pas à m'écrire à l'adresse suivante :

talktovalentinestergann@gmail.com

Nul doute que je repenserai à Félicie et Andrès avec tendresse et que je prendrai plaisir à redécouvrir certains passages de cette histoire.

N'oublie jamais les mots de Coco Chanel : « La beauté commence au moment où vous décidez d'être vous-même. »

À très bientôt,

Valentine

PLAYLIST

Retrouvez la playlist du roman sur mon compte Spotify (oceanicwings).

CANNONS – Fire For You
ANNA OF THE NORTH – Playing Games
KIDS AT MIDNIGHT – Boys Like You
ROBIN SCHULZ & WES – Alane
THEGIORNALISTI – Riccione
THE AVENER ft. M.I.L.K.
– Under The Waterfall
SUPER-HI & NEEKA – Following The Sun
YSEULT – Corps
OSCAR ANTON & CLEMENTINE – Nuits d'été
FRÉDÉRIC MAGNON – Close to me
KANSAS – Dust In The Wind
SHOUSE – Love Tonight
NAPS – La kiffance
CKAY – Love Nwantiti
JUSTIN WELLINGTON ft. SMALL JAM
– Iko Iko

THE BEATLES – With A Little Help From My Friends
FLEETWOOD MAC – Landslide
ABBA – Dancing Queen
REBELDE – Sálvame
REBELDE – Lo siento
ARIANA GRANDE – Thank U, Next
CLARA LUCIANI – La grenade
SIMON & GARFUNKEL – The Sound Of Silence
DJ ASSAD ft. ALAIN RAMANISUM & WILLY WILLIAM – Li tourner

Composition et mise en pages
Nord Compo à Villeneuve-d'Ascq